PANDORA
et la paresse

Tome 3

Carolyn Hennesy

Traduit de l'anglais par
Renée Thivierge

Éditeur : François Doucet
Traduction : Renée Thivierge
Révision linguistique : Caroline Bourgault-Côté
Correction d'épreuves : Nancy Coulombe, Marie-Yann Trahan, Carine Paradis
Montage de la couverture : Matthieu Fortin
Illustration de la couverture : © 2009 Weng Chen (Jade)
Mise en pages : Sébastien Michaud
ISBN 978-2-89667-127-4
Première impression : 2010
Dépôt légal : 2010
Bibliothèque et Archives nationales du Québec
Bibliothèque Nationale du Canada

Éditions AdA Inc.
1385, boul. Lionel-Boulet
Varennes, Québec, Canada, J3X 1P7
Téléphone : 450-929-0296
Télécopieur : 450-929-0220
www.ada-inc.com
info@ada-inc.com

Diffusion
Canada :   Éditions AdA Inc.
France :   D.G. Diffusion
              Z.I. des Bogues
              31750 Escalquens — France
              Téléphone : 05.61.00.09.99
Suisse :   Transat — 23.42.77.40
Belgique :   D.G. Diffusion — 05.61.00.09.99

Imprimé au Canada

Participation de la SODEC.
Nous reconnaissons l'aide financière du gouvernement du Canada par l'entremise du Programme d'aide au
développement de l'industrie de l'édition (PADIÉ) pour nos activités d'édition.
Gouvernement du Québec — Programme de crédit d'impôt pour l'édition de livres — Gestion SODEC.

**Catalogage avant publication de Bibliothèque et Archives nationales du Québec et Bibliothèque
et Archives Canada**

Hennesy, Carolyn

    Pandora et la paresse. Tome 3
    Traduction de: Pandora gets lazy.
    Pour les jeunes de 12 ans et plus.
    ISBN 978-2-89667-127-4

    I. Thivierge, Renée, 1942-   . II. Titre.

PZ23.H447Pap 2010   j813'.6   C2010-940829-2

Pour Donald
Lakh tirikh

CHAPITRE 1

Le char du Soleil

C'était douloureusement évident…

Au cours des dernières semaines, Pandie avait cessé de se ronger les ongles. À un moment donné, depuis qu'elle et ses amies avaient commencé leur quête pour retrouver les maux qu'elle avait relâchés par erreur dans le monde, elle avait inconsciemment abandonné cette habitude idiote de son enfance.

Pandie s'en rendait compte maintenant à la façon dont ses ongles creusaient ses paumes alors qu'elle serrait le bord de la mince cape d'Iole d'une main, son autre poing essuyant follement un flot de larmes de ses yeux. Quatre minuscules demi-croissants rouges brûlaient dans chaque main ; elle ne lâchait pourtant pas prise. Même quand Iole avait commencé à se plaindre de crampes dans ses maigres jambes, à cause de sa position accroupie, et avait dit qu'elle allait se mettre debout juste un moment, Pandie était demeurée pliée en deux et accrochée à elle.

Pandie, Alcie, Iole et Homère s'étaient tous attendus à ce que leur court voyage de l'Égypte vers les montagnes de l'Atlas ressemble à n'importe quel trajet en char, avec des cahotements et des secousses. Mais ils étaient tous dans le char du Soleil d'Apollon et les splendides coursiers blancs fendaient l'air aussi doucement que s'ils avaient été immobiles.

Depuis les cinq dernières minutes, l'esprit de Pandie, recroquevillée en position fœtale à l'avant, était concentré uniquement sur le fait que quelques secondes avant leur départ d'Alexandrie, elle avait découvert que la déesse Héra lui avait volé son chien, Dido. Sanglotant, elle n'avait capté que quelques bribes du bavardage de ses amis qui se tenaient debout près d'elle.

— Excusez-moi! avait-elle entendu Alcie crier en regardant au loin sur le côté du char, mais là-bas, très loin... Euh! Où est le monde?

— N'est-ce pas excitant? avait répondu Iole. Je savais que ma théorie était juste. C'est exactement comme je l'avais estimé : la Terre est ronde!

— Ouais, exact ! se moqua Homère, détournant son regard de l'horizon devant lui, ses mains serrées sur les rênes.

— Oh, oranges ! dit Alcie. Iole, si le monde était rond, tous les océans et toutes les mers se videraient sur le côté. Tout le monde le sait.

— Doute de moi si tu veux, mais si la Terre était plate, nous pourrions voir au loin ; pourtant regarde la courbure. C'est parce que c'est une sphère !

Pandie respira profondément et ouvrit les yeux.

— Sphère, pure... commença Alcie.

— Je veux me lever ! interrompit Pandie, reniflant vers ses amis au-dessus d'elle.

— Voilà qui est super ! dit Iole. Alors tu peux m'aider à expliquer à Alcie pourquoi la Terre doit être ronde et...

— S'il te plaît, aide-moi à me lever, dit Pandie. Peut-être que Héra et Dido ne sont pas très loin. Je pourrais peut-être l'apercevoir.

Une fois debout, elle jeta un coup d'œil par-dessus bord, prenant soin de ne pas toucher l'extérieur incandescent alors que le char tirait le Soleil à seulement quelques mètres derrière eux.

— Pandie, dit doucement Alcie. Il est probable que Héra ait maintenant regagné l'Olympe. Je ne crois pas... Oh, oh!... Iole, attrape-la!

Iole saisit le bras de Pandie, tandis qu'un nouveau spasme de chagrin la faisait se plier en deux, sa joue frôlant presque la paroi extérieure avant du char.

— Pourquoi voulait-elle volé Dido? gémit Pandie. Il ne lui a rien fait! Même quand elle nous est apparue en Grèce, il s'est tout simplement caché sous la paillasse. Il n'a pas essayé de la mordre! Il n'a même pas grogné!

— Regarde, dit Iole. Je te parie qu'elle ne touchera pas un poil de son corps. Elle ne pouvait nous kidnapper sans que Zeus découvre son ingérence dans ta quête. Nous ferions trop de tapage. Mais elle peut cacher Dido quelque part et Zeus n'en saura rien. Je te le dis, Pandie, elle a agi ainsi parce qu'elle savait que tu réagirais comme tu l'as fait. Tu es désorientée, tu n'es plus concentrée sur ta quête. Reste concentrée, termine la quête et tu retrouveras Dido. Je te le promets.

Pandie regarda Iole, puis Alcie.

— Promis, murmura Alcie, hochant la tête.

— Hé ! hum ! j'ai, genre, un problème ici, dit Homère, ayant de la difficulté à tenir les rênes du char. Jusqu'ici, genre, c'était parfait de retenir les chevaux quand vous, les filles, étiez accroupies devant, mais maintenant que vous êtes toutes, genre, debout, je… euh ! ne peux pas voir.

Avec précaution, les filles se déplacèrent pour dégager la vue d'Homère. Iole remarqua qu'Alcie lui enserra légèrement la poitrine de son bras et Homère lui tapota la main lorsqu'elle se glissa devant lui.

Pandie regarda par-dessus un côté du char et faillit presque trébucher. Le paysage sous eux filait à une vitesse inimaginable. Elle commença à avoir des élancements doulou-reux dans la tête, comme si des dryades munies de bâtons effilés la piquaient de l'inté-rieur, et elle eut même l'impression qu'elle allait être malade. Elle ferma les yeux pour chasser la vision en bas, imaginant les fres-ques sur les murs des bâtiments lorsqu'elle était à Athènes et les couleurs fraîches suin-tantes après une bonne pluie. En ce moment, c'était ce à quoi ressemblait le monde : une énorme peinture en train de se délaver. Alors qu'elle se cachait le visage, elle ressentit une envie irrésistible de se lancer hors du char et de tomber vers la Terre. Pandie sentit la main d'Iole qui l'agrippait et elle saisit de nouveau la cape de son amie.

C'est à ce moment qu'elle prit conscience du bruit. Un bourdonnement sourd l'entourait complètement comme un million d'abeilles essaimant autour de sa tête, et sous cette masse grouillante, un double martèlement sourd persistait.

— Entendez-vous ça ? demanda Alcie.

— Je l'entends, répondit Iole.

— Qu'est-ce que c'est ? cria Homère, haussant la voix, ses yeux cherchant au-dessus et en bas.

— On dirait que c'est une machine ! cria Pandie, se remémorant brusquement une pièce de théâtre à laquelle elle avait assisté un jour à Athènes et l'étrange truc deus ex machina qui abaissait vers le plancher du théâtre un acteur jouant le rôle d'un dieu.

— Non, songea-t-elle, ce n'est pas une machine... pas avec cet étrange battement double.

Elle avait déjà entendu ce martèlement. Non, ce n'était pas exact...

Elle l'avait senti.

Quand elle était petite fille et qu'elle avait peur ou était fatiguée, son père tenait sa tête contre sa poitrine pour la réconforter ou l'aider à s'endormir, et elle avait senti le même martèlement.

C'était le bruit d'un battement de cœur.

— C'est un pouls! cria-t-elle.

— Abricots! hurla Alcie. Quelle créature est aussi grosse? Et où est-elle?

Mais par instinct, Pandie savait que ce bruit ne provenait pas d'une créature — en tout cas, aucune qu'elle aurait pu imaginer. C'était le bruit de quelque chose de beaucoup plus important, comme le battement du cœur de Zeus lui-même, alimentant la puissante machinerie qui gardait le monde en vie. Puis, elle regarda l'horizon devant elle et fut brusquement tirée de sa contemplation.

— Euh! qu'est-ce c'est? demanda Pandie, fixant droit devant elle.

— Quoi? demanda Alcie.

— Cela.

— Grand Zeus! dit Iole d'une voix presque inaudible.

Devant eux, mais à une distance indéterminable, un immense mur d'obscurité vaporeuse était apparu comme un rideau noir d'intimité interminable, s'étirant du sommet du firmament presque jusqu'au sol. Avec les chevaux d'Apollon qui volaient à une vitesse aussi incroyable, le mur était presque sur eux. Les chevaux commencèrent à ralentir imperceptiblement.

— C'est, genre, pas vraiment bon ça, dit Homère.

Soudain, Pandie entendit un bruit qui interrompit son propre pouls, son cœur sortant de sa poitrine.

Loin, loin à sa droite, les jappements de Dido l'appelaient. Elle ignorait comment, mais il avait réussi à s'échapper, Pandie en était certaine, et il essayait de retrouver son chemin vers elle ! Elle détourna son regard du terrible mur noir devant elle, scrutant chaque centimètre du firmament.

— Dido ! C'est Dido ! cria-elle. Il essaie de nous trouver !

— De quoi parles-tu Pandie ? cria Alcie.

Les aboiements de Dido se rapprochaient… et maintenant on aurait dit qu'il souffrait. Le char d'Apollon continuait à voler dans le ciel.

— Ne peux-tu pas l'entendre ? Il est juste là !

— Ce n'est pas possible, Pandie ! C'est une ruse ! hurla Iole.

— Dido ! cria-t-elle. Ici, garçon !

Mais ces dernières paroles furent noyées quand ils entendirent tous le bruit d'un gloussement strident — le rire de Héra retentissant par-dessus le courant d'air.

Les chevaux l'entendirent aussi. Terrifié, l'étalon de tête se cabra frénétiquement et les trois autres chevaux s'arrêtèrent net. Alcie s'accrocha instinctivement à Homère. Le char ballotta de haut en bas dans un mouvement rapide ; traînant derrière, le soleil lança une gerbe d'étincelles dans les airs. Hurlant, Iole fut projetée vers l'ouverture à l'arrière, sa cheville rattrapée au dernier moment par Alcie.

Mais Pandie, qui n'empoignait que très légèrement la cape d'Iole, fut éjectée du char, très haut dans les airs. Elle tomba comme un poids de plomb, pour se retrouver agrippée d'une main à l'extrémité des planches du plancher du chariot ; le bois foncé et ancien était devenu lisse et glissant après des éternités à supporter le poids d'Apollon. La main de Pandie commença instantanément à glisser vers l'extrémité, son bras s'approchant de l'endroit où le vieux bois et la paroi incandescente du char se rejoignaient. Iole tenta de lui attraper le poignet, mais elle fut projetée sur le côté, tandis qu'une étincelle du soleil atterrissait sur un cheval, lui brûlant le flanc et le faisant se tordre de douleur. De nouveau, le char fut violemment agité d'avant en arrière, secouant Pandora comme une guenille. Elle était sur le point de lâcher prise, serrant frénétiquement les planches du plancher avec deux doigts et un pouce.

— Pandie ! hurla Iole.

Tenue solidement par Alcie, Iole avait presque atteint le poignet de Pandie, quand les chevaux commencèrent une abrupte descente, lançant une fois de plus le char vers le haut.

— Oh, dieux ! Iole ! cria Pandie alors que le dernier morceau de bois glissait de ses doigts, et elle tomba vers la Terre en hurlant. Alors qu'elle fendait l'air comme une pierre, le sol se précipitant à sa rencontre, elle entendit très distinctement deux sons différents avant de s'évanouir : Héra riant comme un bébé heureux, et ses trois meilleurs amis, leurs hurlements se combinant à un énorme gémissement terrifié.

CHAPITRE 2

L'atterrissage

Le bruit sourd du pouls était maintenant loin derrière eux, les étalons couraient le nez pointé vers le bas, parallèles au mur noir, dans une trajectoire de collision avec le sol. Leurs pattes remuaient si rapidement que le vent qu'ils créaient arracha les rênes des mains d'Homère, elles se mirent à fouetter l'air violemment — des coups de fouet mordants, dont l'un lui fit une éraflure sur le front.

— Couchez-vous ! cria Homère.

Iole était déjà entortillée sur Alcie lorsqu'elle sentit la cape d'Homère qui les recouvrait toutes les deux, bloquant la lumière pendant qu'il s'accroupissait au-dessus d'elles. Des étincelles du soleil se frayaient d'une certaine façon un chemin dans le char et commençaient à creuser de petits trous dans le tissu de la cape. Dans l'obscurité, Iole capta une lueur sur le visage d'Alcie sous ses cheveux bouclés. Elle fixait directement Iole, les yeux écarquillés, le visage parfaitement immobile.

Soudain, ils furent poussés plus loin en arrière vers l'ouverture, comme s'ils étaient obligés de faire place à quelque chose de nouveau dans le chariot. Homère émit un fort grognement alors qu'il était pressé entre Alcie, Iole et ce qui lui semblait être deux larges piliers qui s'étaient matérialisés comme par magie.

Soulevant la cape pour dégager ses yeux, Homère vit deux immenses jambes, puis un torse au-dessus, et encore plus haut, les yeux d'Apollon.

— Le sifflet? demanda calmement le dieu.

Prenant conscience qu'il serrait toujours dans sa main le minuscule sifflet d'argent, Homère étendit lentement son bras. Alcie et Iole écartèrent la cape de leur visage et levèrent les yeux vers le dieu du Soleil.

— Merci beaucoup, dit Apollon, et maintenant...

Il attrapa instantanément les deux rênes et souffla dans le sifflet. Immédiatement, les chevaux ralentirent à une vitesse modérée, qu'ils maintinrent.

Pendant quelques secondes, Homère, Alcie et Iole se contentèrent de se regarder.

— Oh! ça va maintenant! beugla la voix d'Apollon au-dessus d'eux, vous pouvez vous lever. Il n'y a plus rien à craindre.

Les trois se levèrent avec précaution. Alcie le vit la première.

— Tangerines!

Le sol était si près qu'Iole aurait pu s'appuyer contre l'arrière du char et le toucher avec ses doigts. Si Apollon était arrivé une seconde plus tard, ils se seraient brisés en 1 000 morceaux.

— Il s'en est fallu de peu! dit brusquement Alcie.

Puis elle plaqua immédiatement sa main contre sa bouche.

— Je veux dire... merci vraiment beaucoup!

— Croyiez-vous vraiment que j'aurais permis qu'il arrive quelque chose? demanda Apollon. Bien qu'il n'y ait, en fait, rien qui pourrait endommager le char. Il est inaltérable; ni bosses, ni égratignures ni écrasement depuis de très grandes hauteurs.

— Bien; c'est rassurant... commença Iole.

— Bien sûr, tous les trois, vous auriez subi une mort terrible, continua Apollon, mais le char n'aurait pas été endommagé. Mais pour ce qui est des chevaux, je ne suis pas certain.

— Comme a dit Alcie, Ô Dieu de la Vérité ! nous vous remercions grandement, répondit Iole.

— En ce qui te concerne, jeune garçon, dit Apollon en se tournant vers Homère, c'est bien réussi, si je peux me permettre. Sauf pour ce dernier bout où tu les as laissées s'échapper complètement…

— Les a laissées ? glapit Alcie.

Iole lui donna un coup de pied.

Apollon les ignora tous les deux, et continua.

— … je dirais que c'était un travail de premier ordre. Une excitation ; oui ? À marquer d'une pierre blanche ?

— Oui, Très grand Apollon, dit Homère.

— Bon, tu les as faits monter, tu les ramènes en bas, dit Apollon, offrant de nouveau les rênes à Homère.

— Euh ! regimba Homère.

— Rien ne vaut cette sensation, mon garçon. Sentir les roues toucher terre, sentir les coursiers s'immobiliser. Et tu n'auras pas cette chance à nouveau.

Homère prit les rênes et le sifflet, et en tirant très légèrement vers l'arrière, il fit descendre le très grand char, sans heurt, ni glissement, ni secousse, sur une petite étendue de plage entre le mur noir vaporeux qui s'étendait de l'ouest et la mer Méditerranée vers le nord-est. Au loin, peut-être à 20 kilomètres ou un peu plus, ils aperçurent une autre étendue de terre s'élever de l'eau.

— Bravo ! cria Apollon. Tu es digne de moi. Presque. Parfait, tout le monde sort !

Immédiatement, ils entendirent le grésillement et le craquement alors que le soleil, maintenant au sol, commençait à transformer la terre autour en lave en fusion.

Homère lança pratiquement Alcie hors du char et à l'écart de la mare de lave ; il allait pousser Iole lorsqu'elle hésita et se tourna vers Apollon.

— S'il vous plaît, Monsieur. Vous êtes le dieu de la Vérité. Je vous en supplie… Où est Pandie — Pandora ?

— À votre place, je me hâterais, dit Apollon avec un sourire.

Sortant d'un bond du char à la suite d'Iole, Homère courut avec les autres vers l'océan alors que la mare de lave commençait à s'élargir. Alcie se tourna vers Apollon juste au moment où il allait souffler dans son sifflet.

— S'il vous plaît — s'il vous plaît! Qu'est-il arrivé à Pandie? A-t-elle survécu au…?

— Je ne m'en inquiéterais pas pour le moment. Dans environ trois minutes, vous devrez vous occuper d'un problème plus immédiat et plus grave. Vous voudrez peut-être vous y préparer. Courez, ou autre chose. Je ne sais pas comment vous faites, les humains, dans un tel cas. Au revoir!

Sur ces mots, il fouetta brusquement les rênes et souffla dans le sifflet, et le char doré se souleva sans effort dans les airs, transportant à nouveau le Soleil dans les cieux. L'élargissement du cercle de terre en fusion commença rapidement à ralentir, les extrémités extérieures virant du rouge luisant au marron foncé.

— Ils nous abandonnent tout simplement! dit Alcie, se hâtant de rejoindre les autres. Les dauphins, les dieux. Ils nous lancent juste des choses mystérieuses qui nous font dire « Hein? » et « Quoi? », et ensuite, ils partent! Nous ne savons même pas où nous sommes. Que se passera-t-il dans trois minutes ?

— Maintenant, deux et demie, dit Iole.

— Iole, nous devons trouver Pandie !

Alcie avait haussé le ton et sa voix était devenue un hurlement.

— Je le sais et nous le ferons, mais Apollon lui-même nous a tout simplement donné un avertissement. Nous devons demeurer vigilants ! Nous ne pouvons rien faire sans elle, et nous ne lui rendrons pas service si nous sommes morts. Calmons-nous un peu.

— Tu peux être calme quand *ta* meilleure amie est probablement…

— Je ne sais pas ce qui est arrivé à *ma* meilleure amie.

— Vous deux, vous arrêtez, dit Homère. Dieux ! est-ce ainsi qu'agissent les filles ? Vous êtes, genre, toutes des meilleures amies, donc laissez tomber, d'accord ? Allons-y, dit-il en s'éloignant vers l'ouest.

— Pourquoi de ce côté ? demanda Iole d'un ton de défiance.

— Parce que je parie que nous sommes sur le continent africain, probablement en Mauritanie, et ces quatre ou cinq pics à notre gauche font partie des Colonnes d'Hercule.

C'est un gros rocher qu'Hercule a soi-disant séparé en deux. Il y a une colonne de l'autre côté du détroit en Espagne et une ici, et même si je pouvais les escalader, probablement que vous en seriez incapables. Il y a des collines et des dunes plus petites de ce côté, où nous pouvons nous cacher de n'importe quoi ou de n'importe qui. Il y a un énorme mur noir devant nous et il y a là, genre, le plus gros bateau que j'aie jamais vu, à une distance d'environ 200 mètres sur l'eau.

— Oh! dit Iole, regardant la mer, voilà pourquoi.

— Beau travail, Homie, dit Alcie, d'un ton très détaché, alors qu'elle et Iole se hâtaient pour suivre le rythme comme les trois contournaient l'énorme mare de lave.

— Homie?

La voix d'Iole avait monté d'une octave.

— Qui est Homie?

— Chhhut! murmura Homère alors qu'il commençait à grimper le flanc d'une large dune.

Soudain, il s'arrêta et se retourna pour les regarder.

— Iole, étends ta cape de chaque côté.

Iole pencha la tête d'un côté, regarda sa cape, ensuite le sol, puis ouvrit grand ses bras.

Alcie serra les poings.

— Je déteste tellement quand je ne sais pas ce qui se passe !

— Ma cape est ce qui ressemble le plus à la couleur du sable. S'ils observent du bateau, ils auront plus de mal à nous voir si nous nous cachons derrière la cape. Allons-y !

Les trois gravirent lentement la dune, avec Alcie qui se serrait étroitement contre Iole, pour que la plus grande partie de la cape puisse camoufler la masse substantielle d'Homère. Ils étaient presque rendus sur la crête, la tête très penchée, les yeux au sol, et sans dire un mot.

Alcie osa briser le silence.

— Bon, murmura-t-elle, ça fait plus de trois minutes et rien. Je crois que nous sommes probablement hors de danger...

Soudainement, une enfilade de têtes de lances, certaines noires avec du sang séché, d'autres encore rouges et brillantes, jaillirent sous leur nez, les extrémités pointant directement vers leur cœur.

CHAPITRE 3

Le réveil

Même si elle se trouvait toujours dans ce premier état engourdi du réveil, la première chose à laquelle songea Pandie fut qu'elle en avait pas mal assez de ces chutes depuis les grandes hauteurs, pour l'instant, merci beaucoup. En Égypte, elle était tombée à travers le plancher du désert dans la chambre du désespoir ; à son réveil sur l'Olympe, elle avait été terrifiée à l'idée de plonger vers la mort... C'était vraiment trop. Et maintenant ceci : elle avait été éjectée du char d'Apollon à des milliers de kilomètres au-dessus de la Terre, ses amis hurlant après elle. Au moins, pensait-elle maintenant, elle avait eu le bon sens de s'évanouir avant d'être écrasée en morceaux.

Mais si elle s'était brisée en cinq millions de morceaux, pourquoi pouvait-elle remuer ses orteils ? Et ses doigts ? Et pourquoi sentait-elle des picotements partout sur son corps ?

Ouvrant les yeux, elle vit, directement au-dessus de sa tête, des objets foncés et duveteux, et au-delà, le firmament bleu, clair et profond. Elle se rendit lentement compte qu'elle était en train de fixer les branches les plus élevées d'un énorme pin, et qu'elle était étendue, pelotonnée à vrai dire, sur l'une des branches les plus larges. Pandie tourna légèrement la tête et regarda à travers les grappes d'aiguilles de pins et de cônes. Le sol se trouvait au moins à une centaine de mètres plus bas.

— Oh ! fantastique, pensa-t-elle. Une autre chute.

Mais avant qu'elle ait eu la chance de trouver un moyen de descendre de l'arbre, la branche commença à s'incliner lentement vers sa gauche. La panique l'envahit — alors que la branche semblait vraisemblablement en train de la larguer — et Pandie commença à empoigner frénétiquement les aiguilles, les cônes et les courtes brindilles— n'importe quoi ! Tout ce qu'elle attrapait se mettait à bouger rapidement hors de sa poigne sauf deux nouvelles pousses de minuscules aiguilles. Désespérée, Pandie les saisit de toutes ses forces, de telle sorte que, lorsque la branche fut complètement renversée, elle était simplement suspendue dans les airs au-dessous. Subitement, la branche se souleva et s'agita de légères secousses, affaiblissant la poigne de Pandie, jusqu'à ce qu'elle lâche prise. Elle tomba de la branche en hurlant...

Et atterrit sur la branche plus bas.

La nouvelle branche rebondit légèrement à cause du poids supplémentaire, se stabilisa pendant un moment, puis roula lentement vers la gauche. Instinctivement, Pandie chercha à saisir n'importe quoi à sa portée, mais cette fois-ci, les aiguilles lui piquèrent les doigts et les plus grosses brindilles lui donnèrent de petits coups sur les jointures, la frappant pour qu'elle écarte ses mains. Étonnée, elle tomba maladroitement de la nouvelle branche sur celle d'en dessous.

Retournant en spirale une branche après l'autre, l'arbre géant l'abaissa vers le sol. Vers la fin de la descente, Pandie, qui avait complètement refréné son instinct de s'accrocher à n'importe quoi, faisait l'expérience de différents types de positions de glissement et de chute : pelotonnée en boule (tenant sa gourde et son sac de transport dans ses bras), étendue à plat avec les bras croisés devant elle telle une momie, ou les bras allongés contre ses flancs et roulant comme les cuisses de poulet que Sabine faisait frire dans l'huile d'olive à la maison. Elle avait presque perfectionné le meilleur mouvement (étendue de côté, les jambes repliées et les bras croisés, de sorte que presque aucune aiguille ne s'accrochait à elle) quand elle fut déposée très délicatement au sol. Elle se leva immédiatement et fit face au pin, réalisant que, même si elle se trouvait dans une partie du monde dont elle ne connaissait rien, il était peut-être habité par des dryades, ou encore l'arbre pouvait être une chose consciente ou enchantée.

— Merci, dit-elle à voix haute.

Il n'y eut comme réponse que les bruissements du vent dans les branches.

Pandie se retourna pour examiner son environnement. Elle se trouvait sur le sommet d'une large hauteur rocailleuse entourée de montagnes et de collines de tous les côtés ; elle pouvait apercevoir une unique route qui serpentait autour de la base des collines, au loin. Même si elle se tenait au milieu d'un terrain plat et dénudé entre plusieurs arbres, lorsqu'elle s'approcha doucement du bord, elle fut étonnée de voir une dénivellation abrupte de presque 200 mètres. Ce n'était pas tout à fait perpendiculaire, mais la pente était assez raide pour que Pandie sache qu'elle ne pourrait jamais la descendre. Inspectant le pourtour de ce qui était, apparemment, une large crête plate de rochers, elle ne pouvait apercevoir que des buissons broussailleux peu invitants, parsemés d'un occasionnel olivier désespérément accroché à ses flancs. Pas de route ni de chemin menant en bas de la crête; aucun moyen de descendre… aucun. Et aucun signe de vie dans aucune direction; pas de fumée d'un feu de cuisine, aucune poussière d'un char sur la route serpentant à travers les montagnes, aucun pilier de temple s'élevant vers le ciel. Mais ce qu'elle remarqua à sa gauche, ce fut un assombrissement du firmament, qui s'obscurcissait de plus en plus vers l'ouest, le plus loin qu'elle portait son regard. Elle se rendit compte qu'il s'agissait du même mur noir nébuleux qu'ils avaient aperçu à bord du char du soleil. Mais à part cela, elle ne vit rien vers quoi aller et, pire, aucun moyen d'y accéder.

Où étaient Alcie, Iole et Homère? Avaient-ils survécu au trajet en char? Étaient-ils blessés? Vivants? Si c'était le cas, ils étaient probablement fous d'inquiétude.

Sans avertissement, quelque chose la frappa sur le dessus de la tête. Instinctivement, elle leva les bras, mais quelle que soit la chose, elle était tombée sur le sol. Elle continua à scruter la colline pour trouver un moyen de descendre et gagner la route. Quelque chose d'autre lui cogna la tête, cette fois un peu plus fort. Elle regarda vers le firmament. Rien. Abaissant les yeux, elle vit deux petites pommes de pin l'une à côté de l'autre sur la terre brun foncé. Une autre pigne la frappa sur le dessus de la tête et tomba à côté des deux autres.

— J'ai dit merci ! cria-t-elle au pin. Étais-je censée faire quelque chose… ?

Avant d'avoir pu terminer sa question, elle constata avec ahurissement que chaque branche de l'arbre commençait à frémir. Soudain, Pandie fut immobilisée sous une pluie torrentielle de pommes de pin blanc fraîches. Elles pleuvaient si fort et si rapidement que Pandie ne put que placer ses bras au-dessus de sa tête pour se protéger. Quelques secondes plus tard, quand le déluge s'arrêta, elle était clouée sur place, enfoncée jusqu'aux genoux dans une énorme montagne de pignes. Comme elle commençait à s'en dégager, chaque pigne sur le sol fila instantanément vers elle, à toute allure, pour former une autre grosse pile.

Incertaine de ce qu'il fallait faire, Pandie fit dériver son regard de l'arbre aux piles, puis de nouveau vers l'arbre.

— D'accoooord, finit-elle par dire.

Immédiatement, la pile commença à prendre une nouvelle forme. Les pignes se déplaçaient seules ou en petits groupes, à gauche, à droite, en haut, en bas, s'empilant les unes sur les autres, traçant de petites formes, qui s'unissaient à d'autres petites formes, certaines se balançant de façon précaire sur les autres, jusqu'à ce qu'elles aient formé un unique mot reconnaissable :

D'ACCORD !

Puis, les pignes bougèrent pour former une seule phrase, cette fois-ci plus rapidement.

COMMENT VAS-TU ?

— Très bien, murmura Pandie, stupéfaite.

EXCELLENT ! J'ÉTAIS INQUIET ! épelèrent les pignes.

— Vous étiez… Qui… ?

… ÊTES-VOUS ?

— Hum, hum !

TROIS RÉPONSES POSSIBLES !

— Hum ! Hermès. Ouche !

Elle avait nommé le seul dieu à qui elle avait parlé et qui avait le sens de l'humour quand, soudain, un cône de pin la frappa directement sur le dessus de la tête. Elle leva les yeux et vit un gros écureuil gris assis sur une branche élevée avec une montagne de cônes à ses côtés.

Totalement faux !

— Désolée, hum !

Tu veux un indice ?

— Ouais ! je veux dire, oui, merci… je veux dire, s'il vous plaît !

Je me sens broyé que tu n'aies pas deviné. Tu as droit à deux autres essais !

Il y avait tellement de mots que les pignes n'étaient pas en nombre suffisant pour terminer avec un point d'exclamation, donc les phrases durent attendre que l'arbre en ait secoué quelques-unes de plus, donnant à Pandie le temps de réfléchir. Broyé. On broyait la farine pour obtenir de la farine et des olives pour obtenir de l'huile… les deux provenant de la terre.

— Déméter ? dit-elle timidement.

Bang ! Un autre énorme cône lui rebondit sur le crâne.

— Ouche ! cria-t-elle plus fort, jetant un regard noir à l'écureuil dont les petites griffes serraient déjà un autre cône.

DERNIER INDICE... TU ES PRÊTE ?

— Je suppose... marmonna Pandie.

SURTOUT NE SOIS PAS DANS LES VIGNES SI TU NE DEVINES PAS ! épelèrent les pignes.

— Je ne serai pas...

Soudain, elle se mit à réfléchir. « Être dans les vignes » ? « Broyé » ? Des vignes donnent des raisins, qui donnent du vin une fois broyés.

— Dionysos ? dit-elle, se couvrant immédiatement la tête de ses bras.

EXACT ! épelèrent les pignes en lettres immenses. Puis, les pignes s'étalèrent à l'horizontale pendant une seconde, puis à la verticale, puis alternèrent entre les deux positions... de telle sorte que le mot paraissait clignoter. Après quelques secondes, les pignes se mirent rapidement à former les jambes, le torse, les bras et la tête d'un homme immense. Soudain les paupières s'ouvrirent et deux globes oculaires bleu vert regardèrent fixement Pandie, pendant que la silhouette commençait à bouger.

— Dionysos ? demanda Pandie.

— Oh ! désolé... attends, dit le dieu avec sa bouche en pommes de pin.

Une poignée de pignes quittèrent les rebords de sa toge de pignes et formèrent un anneau de grappes de raisins lui encerclant la tête. D'autres formèrent un gobelet de vin dans sa main droite.

— Et voici ! dit-il en éclatant de rire. Tu me reconnais maintenant ?

— Oui, Monsieur.

— Brave fille ! Je suis très fier, dit-il en articulant un petit peu mal ses mots alors qu'il sautillait et dansait sur la crête, faisant voler une occasionnelle noix de pin égarée.

— Pas de temps à perdre. Tu t'engages dans un territoire dangereux, jeune fille. Si j'avais su, quand j'ai déposé la Paresse dans la boîte il y a plusieurs éternités, l'endroit où elle s'installerait si jamais elle était libérée, j'y aurais réfléchi deux fois, je peux te le dire. Voici un indice, très général, n'oublie pas : aimes-tu les cheveux ? J'aime les miens. Si foncés et si bouclés. Mais la forme de la Paresse…

Il s'arrêta et fut pris d'un tressaillement, toutes les petites pignes s'agitant légèrement en même temps.

— … c'est dégoûtant. Dégueulasse. D'accord, ça suffit. Plus d'indice. Maintenant, tu dois trouver ton chemin dans les hautes montagnes de l'Atlas jusqu'au sommet le plus haut, qu'on appelle Jbel Toubkal, et n'est-ce pas là le nom le plus amusant que tu aies jamais entendu ? Je le jure sur mes propres ongles d'orteils, ces Libyens ont de ces façons amusantes de nommer les choses ! Répète avec moi : Jbel Toooubkaaal ! Oh ! je ne peux le supporter !

Mais la mémoire de Pandie avait été activée. Où avait-elle entendu ce nom étrange auparavant. Quelqu'un d'autre l'avait aussi utilisé pour faire une plaisanterie... mais qui ?

Dionysos se mit à rire si fort qu'il avala quelques-unes des pignes qui formaient sa propre langue et commença à s'étouffer. Comme il était incapable de s'arrêter, il agita désespérément la main derrière lui, puis fit signe à Pandie de s'approcher ; elle se précipita et s'attela à frapper son dos de pignes aussi fort qu'elle en était capable. Enfin, Dionysos toussa quelques pignes perdues et retrouva son souffle. Comme il levait les yeux vers l'immense pin, évitant le regard de Pandie, sa voix prit un ton très sérieux — et sobre.

— Gardons tout simplement le fait que je me sois presque étouffé comme notre petit secret, d'accord ?

— Absolument, convint-elle.

— Et nous continuons. En ce moment même, tu es au milieu des montagnes de l'Atlas. Là où tu es tombée, c'était aussi loin que je pouvais laisser le vent te transporter sans attirer l'attention… mais ce n'est qu'une marche de deux semaines. D'abord une descente, puis toute une remontée. Et j'essaierai d'installer quelques indications… pour te garder sur le droit chemin, qui se révélera dangereux.

Il s'arrêta, déposant une main de·pignes sur un arbre voisin.

— Mais je ne vois aucun moyen de descendre d'ici, commença Pandie. C'est presque une dénivellation à pic… Ouche !

Trois cônes de pin lui frappèrent la caboche en une succession rapide.

— Vous, les humains, n'avez absolument aucune foi ! dit Dionysos. C'est devenu le principal sujet de conversation devant un verre d'ambroisie sur l'Olympe : les humains ont perdu la foi. Tellement déprimant. Bon, alors tu sais où tu dois aller. S'ils ne se sont pas fait tuer, il est tout probable que tes amis se manifesteront, et ensuite tu pourras capturer cette horrible chose et je pourrai cesser de m'inquiéter ! À propos de ma petite contribution, du moins... Laisser quelqu'un d'autre prendre la relève. Car je suis tout simplement épuisé !

Et sur ces mots, toutes les pommes de pin tombèrent au sol, ne laissant que deux globes oculaires clignotants, bleu vert.

— Prête ? fit la voix de Dionysos dans le vent.

— Oui, Monsieur, répondit Pandie.

Instantanément, les globes oculaires disparurent, et les pignes prirent la forme d'une large coupe vide ressemblant au dessus d'un gobelet de vin de fantaisie, sauf qu'elle faisait environ deux mètres de diamètre et peut-être quatre centimètres d'épaisseur.

Ne sachant que faire, Pandie demeura simplement figée sur place. Le dieu allait-il la remplir avec du vin ? Il n'était pas possible qu'il veuille qu'elle boive...

Puis quelques pignes isolées formèrent le mot EMBARQUE ! pendant qu'un autre cône s'écrasait directement sur son crâne.

— Tu ne serais pas si brave si tu étais ici bas ! cria-t-elle à l'écureuil.

En un éclair, l'écureuil descendit en trottinant le tronc d'arbre jusqu'à la hauteur de Pandie, puis il lui lança une pigne juste sur le front, jacassant d'un air ravi.

— Pourquoi je… bredouilla Pandie.

TU JOUERAS AVEC LES ANIMAUX PLUS TARD, PANDORA ! épelèrent les pignes.

Jetant un regard noir à l'écureuil, elle grimpa dans la coupe de pignes, surprise de voir à quel point elle était solide. Immédiatement, la coupe commença à se déplacer vers l'extrémité de la clairière, obligeant Pandie à s'asseoir. Se rendant compte qu'elle franchissait la limite de l'escarpement, elle saisit le bord de la coupe de toutes ses forces.

— Waaahhh !

Elle ne pouvait s'arrêter de hurler alors que la coupe naviguait dans la descente abrupte, cahotant, tanguant et vacillant, accélérant de plus en plus. Pandie sentait chaque heurt contre chaque buisson, chaque collision contre les plus gros rochers et dut se baisser vivement à plusieurs reprises alors que la coupe volait sous des branches basses d'oliviers.

— C'est Dionysos. Il m'aime. Il m'a dit où aller. C'est Dionysos. Il m'aime. Il m'a dit où aller, scandait-elle continuellement pour elle-même.

La coupe tamponna un vilain et épais amas de buissons jaunâtres, vira légèrement vers la gauche, puis vola après avoir percuté un affleurement rocailleux, alors que Pandie demeura suspendue dans l'air — pendant presque 10 secondes.

— Maiiiiiis il m'aimmme ! hurla-t-elle juste au moment où la coupe s'élevait à nouveau sous elle.

À la vitesse de l'un des éclairs de Zeus, la coupe se dirigea vers le bas de la colline, tout droit dans une trajectoire de collision contre un groupe d'énormes rochers. Pressentant avec une assurance précaire qu'elle ne serait pas tuée, Pandie serra les dents et retint son souffle. Les roches n'étaient qu'à quelques secondes de distance. Elle ferma les yeux aussi fort qu'elle en était capable ; si, cette fois, elle se faisait vraiment briser en mille morceaux, elle ne voulait pas voir le moment de l'impact.

Mais, les yeux encore fermés, Pandie n'avait pas pu voir deux petits garçons émerger de derrière un rocher particulièrement large.

Pour leur part, à la vue d'une fille hurlante dans un objet volant blanc arrivant directement vers eux, les garçons, abandonnés et presque délirants de faim, pensèrent tous deux chacun de leur côté qu'ils étaient probablement morts ; et ils prièrent pour qu'il s'agisse d'un esprit bruyant, mais avec un peu de chance, gentil, venu les réunir avec les esprits de leur famille.

Quelques centimètres avant l'écrasement, la coupe s'arrêta si rapidement que le fond glissa sur quelques rochers lisses et plats, créant une énorme friction et une immense chaleur, et Pandie sentit l'arôme délicieux des pignes rôties.

Ouvrant les yeux, Pandie fixa directement le rocher et laissa échapper un colossal soupir de soulagement.

Puis, alors qu'un mouvement captait son attention, elle se retourna et eut le souffle coupé devant les deux petits garçons qui se tenaient tout près, les deux lançant leurs mains vers le haut et se laissant immédiatement tomber à genoux.

CHAPITRE 4

Captifs

Il y avait tellement de lances qu'ils ne pouvaient toutes les compter. Mais ces lances étaient très courtes, presque minuscules, comme l'étaient les créatures qui les retenaient prisonniers.

Alcie, Iole et Homère hésitaient entre la peur, la répulsion et une extraordinaire curiosité digne de Pandie.

Leurs attaquants ressemblaient à de petits hommes, ou garçons, avaient une peau noirâtre ridée, marbrée de taches craquelées rouges, comme s'ils avaient été brûlés par quelque chose, puis qu'ils avaient été guéris, et de nouveau brûlés. Et leurs corps étaient horriblement déformés, leur cou semblant avoir été coincé entre les omoplates, leur dos étant courbé et creusé, et leur colonne vertébrale étant tordue à de terribles angles.

— On dirait que ces… choses ont été cassées, puis rapetissées puis réassemblées… par un aveugle, songea Iole.

Mais personne n'eut plus le temps de penser à autre chose, car d'autres minuscules créatures les avaient contournés pour se placer derrière eux et commençaient à les pousser vers la crête de la dune. Ils furent jetés au sol (10 créatures frappèrent Homère aux jambes avec leur lance pour le mater) ; leurs mains et leurs pieds furent étroitement enchaînés. Alcie leva la tête et regarda à sa droite. Elle n'eut que le temps d'apercevoir les quelques premiers individus d'une longue file de gens attachés de la même manière et conduits comme un troupeau en haut de la dune, puis en bas, vers le bord de la mer. Puis une pointe de lance fut piquée dans le sol vis-à-vis de ses yeux, et un pied minuscule l'obligea à enfouir son visage dans la terre.

Malheureusement, personne ne semblait prononcer un mot, de telle sorte qu'Homère, Alcie et Iole étaient incapables d'obtenir des indices sur la langue que parlaient ces créatures.

Ils attendirent de longues minutes, le visage contre le sol, avant d'être forcés à se relever et conduits à la fin de la file de captifs, enchaînés quatre ou cinq ensemble. Une fois rendu au bord de l'eau, le groupe en entier fut réuni en un cercle compact, et obligé d'avancer dans la mer, gardé par des dizaines de petites créatures ayant leurs lances tenues serrées dans un demi-cercle rapproché.

Entassée avec les autres près de la périphérie, Iole put apercevoir des portions de plage et des dunes entre la masse des corps.

— Je reviens tout de suite, murmura-t-elle à Alcie.

Iole glissa facilement ses mains hors de ses menottes, puis se tortilla et se faufila parmi les autres prisonniers. À un moment donné, elle trébucha et se retrouva presque sous l'eau. Ce n'est qu'en empoignant une longue cape sale qu'elle put regagner son équilibre.

Se dirigeant vers la ceinture extérieure de prisonniers, elle vit le demi-cercle de gardes et, au-delà, un autre groupe beaucoup plus petit pelotonné autour d'une large marmite de métal. Ce groupe n'était pas seulement constitué de petites créatures, mais aussi d'une femme et de plusieurs grands hommes adultes, vêtus de pièces usées d'habits de combat. Alors que les hommes de grande taille se parlaient, la femme fouilla dans les nombreux sacs qu'elle transportait, pour en sortir des poignées de différentes poudres séchées, qu'elle jeta dans le chaudron. À un certain moment, l'une des minuscules créatures s'approcha du groupe des hommes plus grands, seulement pour récolter un rapide coup de pied et un cri. Peu de mots, mais suffisamment pour qu'Iole comprenne : un mélange bizarre de dialectes latins et berbères.

Subitement, la femme se tourna vers les grands hommes.

— Fermez les yeux ! hurla-t-elle, et instantanément, il y eut un éclair aveuglant, au moment où le contenu de la marmite explosait, éjectant une sphère orange incandescente qui filait vers le ciel. Là, elle éclata en un million de morceaux, chacun d'eux décrivant un arc gracieux dans un vaste embrasement, pour ensuite retomber dans la mer.

Moins de 20 secondes plus tard, un éclat semblable provenant du bateau géant répondait à l'explosion. Iole vit une modeste embarcation être abaissée dans la mer, où elle s'éloigna rapidement de la proue.

Pendant que le demi-cercle de minuscules créatures commençait à réunir les captifs, Iole manœuvra pour retrouver Alcie et Homère et glissa rapidement ses mains à l'intérieur de ses menottes.

— Nous serons emmenés à bord du bateau, dit-elle doucement pendant que tout le groupe de captifs regagnait la plage.

— Comquats ! murmura Alcie.

Soudain, il y eut un énorme tapage derrière eux et un certain nombre des minuscules créatures filèrent dans la mer en avant d'eux. Regardant au-dessus du groupe, Homère aperçut un petit groupe de prisonniers qui s'étaient échappés et qui, en dépit de leurs chaînes, se dirigeaient vers l'eau plus profonde. Les petites créatures se mirent à courir, mais ne purent se rendre bien loin, se tenant dans les vagues déferlantes, criant comme des forcenés et agitant leurs lances, leurs corps ratatinés rendant la nage difficile.

— Laissez-les aller ! hurla l'un des plus grands hommes, ils finiront dans le ventre des requins avant la fin de cette heure ! Veillez à ce que les autres restent en rang, par les dents de Jupiter ! Sinon vous rejoindrez ces scélérats dans la mer !

Il posta quelques-unes des créatures comme sentinelles, au cas où les évadés essaieraient de revenir sur la rive, puis il se

mit à crier pour que le reste du groupe de captifs commencent à monter dans l'embarcation,
qui attendait maintenant dans l'eau peu profonde. Les uns après les autres, les prisonniers
furent durement hissés à bord, constamment
poussés et piqués par les petites lances. Même
les jeunes enfants et les personnes âgées ne
pouvaient s'évader. Plusieurs des créatures
remplirent l'embarcation, comblant tout
l'espace qui restait.

Quand l'embarcation fut pleine, les
rameurs retournèrent au bateau, déposèrent
les captifs et revinrent vers la plage. À deux
autres reprises, l'embarcation refit le trajet
pour transporter tout le monde. À son troisième voyage au bateau, Homère, Alcie et Iole
faisaient partie d'un très petit groupe de prisonniers. Parmi ceux qui se trouvaient à bord,
il y avait les hommes de grande taille, l'étrange
sorcière, la marmite et un grand nombre
de créatures. Presque à mi-chemin, et sans
aucune raison apparente, une créature piqua
sa lance dans la jambe d'Homère. Homère,
qui n'avait pas parlé depuis sa capture, balança
son autre pied en un arc et projeta la créature
très haut dans les airs, par-dessus bord. Une
grande clameur s'éleva parmi les autres, qui
allaient foncer sur Homère, quand un énorme

requin jaillit hors de l'eau, attrapa la créature éjectée à mi-chute et l'avala au complet, avec sa lance et tout le reste.

L'homme qui avait parlé plus tôt sur la plage, qui portait plus de pièces d'armure que les autres et qui semblait être le responsable, laissa échapper un rire gargantuesque et leva la main, arrêtant toute autre attaque.

— Reculez! Vous tous! dit-il dans l'étrange langue latine-berbère.

Puis il fixa Homère pendant un long moment.

— Sur mon honneur, dit-il lentement, envoyant un jet de crachat jaune par-dessus bord, le Très grand te donnera un kilomètre carré à lever par toi-même. Je renoncerai à mon épée s'il ne le fait pas.

Homère ne dit rien, n'essayant même pas de deviner ce qu'avait voulu dire l'homme. Iole commença à enfoncer son doigt dans la paume d'Alcie comme les deux se tenaient les mains, mais la pression d'Alcie lui indiqua qu'elle n'avait pas l'intention de prononcer aucune syllabe en riposte.

Arrivant le long du bateau, ils pouvaient voir des centaines de créatures à la rambarde en train de grimper sur les poteaux du mât. Une échelle de corde fut lancée sur le côté.

Iole entreprit de monter, suivie d'Alcie puis d'Homère. Avec leurs mains étroitement liées, ils avançaient très lentement. Ce n'est que lorsqu'ils furent arrivés à la rambarde qu'Homère dut finalement parler.

— Wow !

— Quoi ? demanda Alcie, baissant les yeux vers lui, voyant une expression de révérence se dessiner sur son visage.

— J'ai entendu parler d'elle, mais, genre, je n'ai jamais pensé que je la verrais dans la réalité, dit-il doucement.

— Et qui, pour l'amour des pommes, est-elle ? Hummm ?

— Vous deux, pouvez-vous essayer de ne pas vous montrer si récalcitrants ? murmura Iole.

— Elle a été construite pour le roi Hiéro II.

Homère était près de la rambarde, mais il était aussi complètement captivé, de telle sorte que, lorsqu'une créature le poussa de nouveau avec une lance, il balaya encore une fois la créature et sa lance dans l'air sans même faire une pause.

— On dit que sa construction a duré une année : elle a 20 rangées d'avirons, 3 mâts, genre, 1 800 tonnes d'espace de chargement, des stalles pour 20 chevaux, d'énormes cuisines, et un gymnase ! Tellement cool ! Je pensais que ce bateau avait coulé il y a des années — mais c'est elle ! C'est la *Syracuse* !

CHAPITRE 5

Ismailil et Amri

Les garçons ne bougèrent pas un muscle… ni l'un ni l'autre. Pandie attendit simplement quelques secondes, espérant qu'ils parleraient les premiers et qu'elle pourrait identifier leur langue. Rien.

— S'il vous plaît, levez-vous, finit-elle par dire en grec.

Pas un mouvement ; seule une douce brise remuait légèrement les mèches noires les plus hautes de leurs têtes.

Pandie commença à passer rapidement en revue tout ce qu'elle connaissait de la région : la « Lybie » comme la nommaient les Grecs. Étonnant, pensa-t-elle, qu'elle s'étende de la frontière de l'Égypte jusqu'au très grand océan inconnu à l'ouest. Et… ? Et… ?

Tout ce dont elle pouvait se souvenir ensuite, c'était d'être tombée endormie durant le cours de Maître Épéus, pendant qu'il parlait d'un ton monotone du peuple indigène de la Libye. Roupillon.

Sans aucun avertissement, son esprit fut soudainement conscient des dizaines de langues différentes que les garçons pouvaient parler : chaouia ? djerbi ? nafusi ? zénaga ? Elles tombaient toutes dans la catégorie des langues berbères. Et s'il s'agissait d'une autre catégorie ? Sans réfléchir, elle laissa échapper une salutation en tarifit traditionnel. Immédiatement, le plus costaud des garçons leva la tête et regarda fixement Pandie. Ses grands yeux de la couleur de la caroube commencèrent à se mouiller et sa bouche frissonna lorsqu'il prit la parole.

— Êtes-vous la Mort ? demanda-t-il en kabyle cassé.

Comme cela s'était produit si souvent depuis les quelques derniers jours, Pandie parlait et comprenait toute langue qu'elle entendait, parce que, alors qu'elle se trouvait dans la chambre du désespoir, elle avait bu de l'eau mélangée aux cendres d'un brillant sorcier.

— Non ! Je veux dire, je ne suis pas la Mort, dit-elle au petit garçon. Mon nom est Pandora et je viens de Grèce, qui est… euh ! de ce côté. C'est loin. Quel est ton nom ?

Le garçon plus âgé donna un petit coup de coude à l'autre garçon, qui était demeuré immobile de stupeur.

— Je suis Ismailil et voici mon frère, Amri, répondit-il.

Le plus jeune garçon leva vers Pandie des yeux du même magnifique brun que ceux de son frère, mais deux fois plus grands. Pandie pouvait voir distinctement qu'il était beaucoup plus terrifié qu'Ismailil.

Elle avait des milliers de questions à poser, mais la première chose qu'elle fit fut d'avancer lentement la main et de l'agiter doucement vers Amri. C'étaient les deux plus beaux petits garçons qu'elle avait jamais vus. Leur peau brun foncé avait la couleur du sol fraîchement labouré, accentuant l'étonnant blanc et brun de leurs yeux. Ils avaient tous les deux de longs cheveux noirs ondulés, et Ismailil, à tout le moins, avait de parfaites dents blanches.

— Salut, Amri.

Le ton de sa voix était léger et accueillant. Amri ne fit pas l'ombre d'un sourire.

Tout à coup, la coupe de pommes de pin se désassembla dans un bruit de sifflement et d'éclat causé par l'explosion de plusieurs pignes du dessous. Les garçons se mirent à hurler et s'enfuirent rapidement à l'ombre des rochers pendant que Pandie se levait, essuyant et secouant des pignes de ses jambes et de ses vêtements.

— Hé! les garçons? cria-t-elle après eux. Les garçons? Ismailil?

Elle les suivit à travers une fissure étroite dans les rochers, puis le long d'un chemin serpentant profondément dans l'ombre des rochers s'élevant de chaque côté. Elle arriva bientôt à un petit espace vide et ouvert dans le roc, où quelqu'un avait fabriqué un petit campement plutôt triste. Deux montagnes de guenilles sales, une petite pile de fruits séchés (quelques-uns encore accrochés à leur vigne), une gourde et la plus minuscule pile de bois. Du coin des yeux, elle capta les mouvements de quelque chose de petit qui reculait dans une seconde mince ouverture dans les rochers.

— Ismailil? Amri? appela-t-elle doucement. Je ne vous ferai pas de mal.

Rien du tout.

— J'ai de la nourriture, continua-t-elle, se souvenant du cadeau de la réserve illimitée de fruits secs et de pains plats qu'Athéna lui avait offerts.

Fouillant dans son sac de transport en cuir, elle prit une poignée de dattes et d'abricots séchés et les déposa sur une pile de guenilles. Lorsqu'elle inséra la main pour en prendre d'autres, elle fut surprise de toucher une grenade mûre rouge foncé.

— Merci, Athéna, pensa-t-elle.

Elle s'installa à mi-chemin entre les deux ouvertures, le dos contre le mur de pierres courbe, passant la grenade d'une main à l'autre.

— Wow ! cria-t-elle en parfait kabyle, semblant se parler à elle-même. Est-ce que ça ne semble pas délicieux ou quoi ? Tout à fait dé-li-cieux ! J'ai bien hâte de mordre là-dedans. Mais c'est beaucoup trop pour moi…

L'obscurité dans l'ouverture s'altéra quelque peu.

— J'aimerais bien la partager avec quelqu'un.

Elle ouvrit la grenade juste au moment où deux jambes brun foncé apparurent.

— Bien sûr, continua-t-elle, si vous n'aimez pas les grenades, il y a toujours des abricots et des dattes. Et il traîne peut-être une figue quelque part.

À sa grande surprise, ce fut d'abord le plus jeune garçon, Amri, qui s'approcha, s'avançant prudemment de côté vers la pile de guenilles, ne quittant jamais Pandie des yeux. Il prit un abricot, et après l'avoir reniflé profondément, il dévora en une bouchée le fruit doré. Ismailil émergea de l'ouverture et courut pour saisir sa part de la pile.

— Ouais ! ce truc est bien, dit Pandie, essayant d'être aussi normale que possible, mais si vous voulez vraiment goûter quelque chose de bon… Voici, attrapez !

Elle lança une moitié de grenade à chaque garçon. Amri bondit dans les airs pour attraper la sienne, alors qu'Ismailil tendait simplement la main. Pendant que les frères mastiquaient bruyamment les graines juteuses, Pandie examina leur accoutrement. Ils étaient tous les deux vêtus de vêtements qui ressemblaient aux toges des jeunes garçons grecs, mais le tissu était plus épais… De la laine, songea Pandie. Le vêtement blanc pur d'Ismailil était strié de bandes de couleur, et celui d'Amri était rouge foncé ; les deux étaient dénués de manches, en loques et extrêmement sales. Pas de cape, et puis il manquait une sandale à Amri. Ces garçons devaient être ici depuis un bon moment.

— Puis-je vous parler ? demanda Pandie.

Ismailil et Amri se regardèrent l'un l'autre, mais demeurèrent silencieux. Pandie se leva lentement et s'avança vers les garçons, parlant doucement à chaque pas.

— Vous savez, j'ai aussi un petit frère. Il se nomme Xander et il a trois ans. Quel âge avez-vous, les garçons? Hein? C'est correct, vous n'êtes pas obligés de me le dire. Donc, genre, est-ce ici que vous habitez? C'est cool. On peut voir les étoiles la nuit et on peut apercevoir Artémis lorsqu'elle libère la lune dans le firmament...

Maintenant très près des deux frères, Pandie se baissa doucement sur le sol.

— C'est bien, n'est-ce pas?

— J'ai huit ans, dit Ismailil, et Amri a cinq ans.

— C'est fantastique! Ce sont des âges amusants, dit Pandie.

Amri s'avança vers Pandie en fixant son visage.

Puis il pointa juste sous son œil gauche la larme dorée — la marque qu'elle portait depuis son aventure dans la chambre du désespoir lorsqu'elle était en route pour capturer la Vanité.

— Ceci? dit Pandie, levant la main. C'est... un... cadeau... d'un ami. Hum! d'où

je viens, tout le monde en porte. Oh, dieux !
Euh ! tu veux y toucher ?

Amri recula rapidement et pointa son sac
de transport en cuir.

— Quoi ? Oh ! tu veux autre chose ?

Amri pointa la peau de grenade.

Pandora fouilla à l'intérieur, et à son grand
étonnement, en sortit une grosse grenade,
plus large et plus rouge que la première.

— Athéna, vous êtes tellement cool,
pensa-t-elle.

— Voilà, dit-elle, et Amri s'assit sur le sol
près d'elle.

— Où est ta famille ? lui demanda-t-elle.

— Amri ne répondra pas, dit Ismailil.

— Pourquoi ? demanda Pandie.

— Parce que c'était sa voix qui a tué notre
mère.

Pour la énième fois en bien des semaines,
Pandie fut frappée de stupeur. Elle savait
qu'elle entendrait des choses encore plus
horribles et bouleversantes, à vous briser le
cœur, mais d'une certaine façon, celle-ci resterait dans son esprit comme l'une des plus
terribles.

— D'accord, dit-elle calmement après un
moment, pourquoi ne vous raconterais-je pas
tout sur moi et la raison de ma présence ici ?

Ensuite vous pourrez me dire tout ce que vous voulez. Et peut-être que nous pourrions nous aider les uns les autres, d'accord ?

Elle se sentit soudainement plus âgée qu'elle ne l'était vraiment. Comme si un sens des responsabilités se déposait sur ses épaules. Et elle n'avait aucune idée pourquoi.

Elle commença lentement, leur expliquant qu'elle cherchait quelque chose de très important ; sa famille à la maison était occupée, de sorte qu'ils l'avaient envoyée, elle. Elle leur parla de ses amis et des endroits magiques où ils étaient allés. Elle leur parla de Delphes et de l'Égypte. Et elle dit qu'elle avait d'autres amis qui l'aidaient dans sa quête, des amis qui pouvaient faire des « trucs spéciaux », ce qui expliquait comment elle était descendue du sommet de la crête. Maintenant, elle avait un long voyage à réaliser et peut-être que les garçons pourraient lui indiquer quelle était la bonne direction. Elle devait se rendre à un certain endroit appelé Jbel Toubkal…

En entendant les mots « Jbel Toubkal », Amri courut précipitamment à travers le terrain et se cacha derrière son frère. Pandie fit une pause, regardant les garçons.

— D'accord. Hum ! C'est tout pour moi. Donc. Pourquoi n'aimez-vous pas Jbel...

Le corps d'Amri se tendit.

— ... cet endroit ?

Amri riva ses yeux sur son frère comme Ismailil commençait à parler.

— Nous demeurons à huit jours de marche d'ici. Dans les montagnes. Des hommes avec des épées sont arrivés dans notre village. Ils ont pris mon père. Ils l'ont enchaîné avec tous les autres. Amri et moi, nous aidions notre mère à rassembler nos chèvres dans les montagnes. Nous avons entendu le bruit et nous avons couru vers notre maison. Lorsque ma mère a vu les hommes, elle nous a tous cachés sous notre maison. Elle nous a dit de rester tranquilles. Nous avons fait le guet pendant des heures pendant que les hommes emmenaient tout le monde. Certains ont essayé de lutter et ils ont été tués. Amri avait faim, alors ma mère a essayé de sortir furtivement pour trouver de la nourriture. Elle lui a dit encore une fois de rester tranquille, mais il a cru que c'était un jeu. Il a pensé que c'était amusant. Et il voulait de la nourriture. Il a donc crié après ma mère alors qu'elle essayait de subtiliser de la viande, et les hommes l'ont attrapée. Je l'ai frappé, mais il était trop tard. C'est pourquoi il ne parlera pas. Ils l'ont prise. Quand ils sont partis, nous avons suivi, mais nous nous sommes endormis une nuit, et quand nous nous sommes réveillés, tout le monde était parti. Nous avons essayé de les trouver, mais Amri est tombé et il s'est blessé.

C'est alors que Pandie remarqua la large entaille qui courait sur presque toute la longueur de la jambe du petit garçon. Personne ne l'avait soignée et elle commençait à s'infecter ; plusieurs régions étaient enflées et il y avait des poches de pus.

— Il ne pouvait marcher et je ne pouvais le laisser. Alors nous sommes restés ici.

Pandie demeura silencieuse. Elle fit un très petit mouvement vers son sac de transport pour récupérer l'œil d'Horus, puis elle se souvint qu'elle avait donné l'amulette magique guérisseuse à Iole pour son bras cassé.

— Depuis quand êtes-vous ici ? finit-elle par demander.

— Cinq jours.

— De quel côté vous dirigiez-vous ?

Ismailil conduisit Pandie et Amri à travers les rochers, là où la coupe se trouvait toujours sous forme d'une pile de pommes de pin, et il pointa vers un passage dans les montagnes à l'ouest. Tout au loin, le mur noir s'élevait dans les cieux, s'y mêlant de manière homogène.

— Jbel Toubkal, dit Ismailil.

— La montagne est… est… de ce côté, là où se trouve l'obscurité ?

Amri hocha la tête.

— Comment sais-tu que c'est là qu'ils s'en vont ?

— Nous nous approchions des feux la nuit. Nous écoutions les hommes, dit Ismailil. Nos parents avaient froid alors qu'eux avaient chaud. Ils parlaient de quelqu'un, dans les montagnes sur le sommet le plus élevé, qui voulait nos parents. Mais pourquoi, nous l'ignorons.

Amri hocha la tête.

Par pur instinct, l'estomac de Pandie se noua.

Elle se rappela l'endroit où elle avait entendu l'étrange nom de la montagne.

La carte lui avait déjà indiqué qu'elle devrait se diriger directement vers la terre inhospitalière de son oncle Atlas, d'après qui on avait nommé la montagne. Parce qu'il avait combattu du côté perdant pendant la bataille entre les Titans et les Olympiens, Zeus avait condamné Atlas à porter le fardeau des cieux sur ses épaules pour l'éternité. Il l'avait condamné à demeurer pour toujours sur le plus haut sommet de cette chaîne, Jbel Toubkal. Froid, inhospitalier et sinistre.

Soudain, de très loin, ils entendirent les bruits de tirs et ensuite les sons plus légers de métal qui s'entrechoque.

À nouveau, les garçons battirent en retraite dans la sécurité des rochers, mais cette fois-ci, ils attirèrent Pandie avec eux. Comme les bruits augmentaient, les frères traversèrent en courant la clairière et pénétrèrent dans le second passage plus étroit, jusqu'à un cul-de-sac. Puis ils commencèrent à gravir le mur devant eux, utilisant les petits crevasses et les protubérances vers une ouverture au sommet, faisant signe à Pandie de les suivre. Pandie ne comprenait pas comment Amri pouvait grimper avec sa jambe dans une si horrible condition.

Arrivée au sommet, elle découvrit les garçons étendus à plat, avançant lentement vers le bord faisant face à la route. Alors qu'elle se joignait à eux, Pandie put apprécier leur extraordinaire point de vue. Ils pouvaient apercevoir à une distance d'au moins 300 mètres le chemin qui s'approchait et, sur un autre 200 mètres, la route qui s'éloignait.

Ils virent un important groupe d'hommes en armure légère, entourant un autre groupe encore plus important, qui avançait rapidement vers les rochers. Les accompagnaient aussi une dizaine de très petites créatures déformées d'une couleur presque rougeâtre, portant de petites épées ou des lances. Alors que les hommes armés se déplaçaient et changeaient de position, Pandie pouvait apercevoir l'autre groupe… en fait réunis en une file, les mains et les pieds enchaînés, et progressant assez lentement. Pendant qu'ils regardaient, quelqu'un trébucha et tomba. La file s'immobilisa et l'infortuné prisonnier fut flagellé à deux reprises et se releva à grand-peine.

— Est-ce la première fois que vous voyez ça ? murmura Pandie. Pas seulement le groupe avec vos parents ?

— Depuis que nous sommes ici, au moins trois fois par jour, répondit doucement Ismailil.

Le regard de Pandie suivit la route ascendante qui menait vers l'ouest. Ils devraient sortir rapidement des rochers après le passage des prisonniers ; la route montait avec régularité et tout le monde sur la pente pouvait facilement regarder en arrière et les voir étendus sur le sommet.

Puis, elle aperçut les vestiges de la coupe de pommes de pin, reposant toujours en une énorme et évidente pile juste à l'entrée du camp secret. Comme un mât géant de bienvenue.

— Dieux! haleta-t-elle.

Pouvait-elle descendre assez rapidement pour les éparpiller et revenir au sommet avant d'être découverte?

Elle allait avancer lorsqu'elle entendit un léger bavardage derrière elle. Se contorsionnant le corps, elle vit l'écureuil d'attaque de Dionysos assis sur le dessus d'un rocher à environ trois mètres de là, ses yeux noirs traînant sur elle, ses moustaches frétillantes. Il avait ses deux petites pattes dissimulées derrière le dos, tenant quelque chose, et avant que Pandie ne puisse prononcer une parole, il sortit une petite patte et lança un cône de pin qui rebondit sur son front. Puis il posa ses griffes sur sa bouche et émit un très court sifflement aigu, qu'on aurait pu prendre pour un cri d'oiseau.

Instantanément, le flanc de coteau derrière le groupe de rochers fut couvert de centaines d'écureuils gris et brun courant pêle-mêle vers les pommes de pin. Pandie et les garçons regardèrent les écureuils se remplir les joues de pignes jusqu'à ce qu'ils ne puissent en contenir davantage, puis, aussi rapidement qu'ils étaient apparus, ils gravirent la colline en courant et disparurent dans les buissons, ne laissant aucune pomme de pin à la vue — nulle part.

Ébahis, Ismailil et Amri se contentèrent de regarder Pandie.

— Vos amis? demanda Ismailil.

— Euh! oui, évidemment, dit Pandie, remerciant Dionysos en son for intérieur.

Tout était arrivé si vite et, pensa-t-elle avec soulagement, pas un moment trop tôt. Les ravisseurs et les captifs venaient tout juste de commencer à marcher devant l'ouverture secrète. Les frères étaient en train de scruter les gens enchaînés.

— Est-ce que vous reconnaissez quelqu'un? demanda-t-elle.

Il y eut un silence avant qu'Amri ne commence à trembler, cognant le rocher sous lui. Ismailil suivit son regard vers les quelques derniers prisonniers : une femme plus âgée et très faible se faisant pousser à se hâter.

— La mère de mon père, dit-il, ébahi. Elle habitait dans un village bien plus loin à l'est que le nôtre.

Pendant que les captifs progressaient vers l'ouest en montant la pente, Pandie et les garçons se hâtèrent de revenir dans l'ouverture. Une fois rendus dans la clairière, les garçons regardèrent Pandie, qui considérait avec attention la signification potentielle de tout ce dont elle venait d'être témoin.

Elle demeura immobile et silencieuse pendant le reste de l'après-midi, ne se déplaçant qu'à une occasion pour s'aventurer à l'extérieur des rochers et examiner le firmament à l'ouest. Le nuage foncé et vaporeux semblait maintenant plus proche, donnant l'impression que la nuit tombait beaucoup plus tôt que la normale. De quoi s'agissait-il ? Ce devait être lié à tout le reste — les esclaves, les instructions de Dionysos — elle en était certaine.

Finalement, lorsque la nuit tomba pour vrai, Ismailil commença à frotter ensemble de petits bâtons pour faire un feu. Après avoir observé ses efforts pendant de longues minutes, Pandie demanda à Ismailil et à Amri de s'aventurer dehors, pas trop loin, et de trouver quelques autres branches. En leur absence, Pandie s'agenouilla près de la triste petite pile de guenilles et souffla doucement, se servant de son pouvoir spécial jusqu'à ce qu'une mince volute de fumée commence à s'élever dans les airs et que les brindilles éclatent en flammes. Les garçons s'enfuiraient, terrifiés, s'ils connaissaient son secret; ils avaient vraisemblablement déjà traversé suffisamment d'épreuves. Lorsque les frères revinrent, les bras chargés de bois, Pandie était assise près d'un joli feu chaleureux, parlant à quelque chose de petit qu'elle tenait contre son oreille.

— Non… beaucoup de gens, Papa… genre, des milliers… oui, enchaînés… Bon, je dois y aller, Papa.

Elle aperçut les garçons et commença à murmurer.

— Non, c'est ça… ouais! Papa. Je vais bien… non, ils ne peuvent me comprendre, mais je peux toujours utiliser ma voix intérieure. Plein de phileo. Oh! et Papa, veux-tu embrasser Xander pour moi? Oui, je suis sérieuse. Bye.

Insérant le bras dans son sac de transport pour récupérer un peu de pain plat, elle découvrit aussi une belle tranche fraîche d'agneau, et sans hésitation, une larme coula sur sa joue.

— Merci encore une fois, Athéna, se dit-elle dans son cœur.

Maintenant davantage rassasiés et réchauffés qu'ils ne l'avaient été en plusieurs jours, les frères tombèrent immédiatement dans un profond sommeil, entendant à peine Pandie qui annonça leur départ pour le lendemain matin, tôt.

— Elle nous aidera à trouver nos parents, Amri, j'en suis certain, dit Ismailil avant de tomber endormi.

Amri ne dit rien et ses petites paupières se fermèrent.

Pandie se leva sans bruit et s'avança à pas de loup vers le côté opposé du camp, s'installant contre la paroi d'un mur de pierres. Elle avait besoin de faire sa prière du soir, mais elle ne voulait pas simplement la faire dans sa tête, elle voulait la dire, la murmurer si nécessaire, du moins sentir ses lèvres former les mots et l'air se déplacer entre ses dents. Elle n'avait pensé à rien d'autre toute la journée qu'à son nouvel environnement austère, aux gardiens d'esclaves et à leurs prisonniers enchaînés, et aux deux petits étrangers soudainement surgis dans sa vie. Elle n'avait pensé que deux fois à ses amis, tôt ce matin-là et quand elle les avait décrits à Ismailil et Amri. Mais ces moments avaient été fugaces, teintés du stress ou des efforts déployés pour convaincre les frères de lui faire confiance. Maintenant, seule dans la lueur du feu, elle avait douloureusement peur et commença à implorer les dieux en leur faveur.

— Très grand Zeus, dieu suprême au-dessus de tous... Sage Athéna, charmante Aphrodite, Hermès aux pieds légers...

Elle s'arrêta.

— ... Héra, la plus merveilleuse reine du Ciel.

Les uns après les autres, elle les appela, y compris les dieux et les déesses moins importants, les suppliant de garder ses amis en vie et en sécurité. Ses paroles volaient de sa bouche, demandant aux dieux de bien vouloir ignorer le caractère et le culot d'Alcie, de préserver la force d'Homère, et s'il vous plaît, s'il vous plaît, de ne pas oublier qu'Iole n'était pas aussi solide que les deux autres... qu'elle avait besoin d'une protection physique spéciale.

Puis Pandie fit une pause pendant un moment et, se servant de l'habileté et de l'intelligence qu'elle avait développées depuis les dernières semaines, créa une prière toute spéciale, prononçant les mots lentement et doucement, mais pourtant très clairement :

— Arès, farouche et sans pitié... Vous qui comprenez et appréciez la loyauté... sur le champ de bataille et à vos côtés... Vous dont la créature préférée est le chien... protégez mon précieux Dido. Je ne peux dire où il est, mais je vous supplie... je vous supplie... de le protéger du mal.

(Arès, à ce même moment, était debout avec Hadès près d'un mur particulier dans les appartements d'Hadès, un mur qui gémissait quand on le touchait, les deux le pressant à différents endroits, écoutant le son des âmes tourmentées qui jaillissait — passe-temps préféré des deux dieux. Par-dessus le vacarme de l'agonie et de la terreur, leur parvint la voix de Pandie, douce et claire, en prière. Arès fit une pause pendant une seconde, son regard croisant celui d'Hadès, avant de se tourner en direction des appartements de Héra. Il soupira bruyamment, puis continua à toucher le mur.)

Ayant terminé, Pandie revint vers le feu et s'étendit, se pelotonnant tout près des garçons endormis.

Pandie dormit très, très peu.

CHAPITRE 6

Sur la Syracuse

Grimpant sur le pont de l'imposante *Syracuse*, Iole et Alcie furent immédiatement abasourdies par toute l'activité bruyante. Alors qu'on rassemblait les captifs en rang et qu'on leur ordonnait de baisser les yeux, les filles réussirent à jeter un coup d'œil sur des dizaines de groupes de pirates se comportant presque… joyeusement. Certains buvaient dans de larges gobelets de métal, répandant du vin rouge sur le devant de leur toge. Iole vit deux pirates commencer à se battre à cause d'une dernière goutte de vin dans une bouteille. La bagarre, qui avait commencé allègrement, prit fin lorsqu'un pirate lança violemment l'autre pardessus bord, après quoi tous les pirates du groupe se précipitèrent à la rambarde, gardèrent les yeux baissés un moment, puis rejetèrent leur tête en arrière, hurlant comme des hystériques. Une musique festive mais discordante était omniprésente, de même qu'il y avait plusieurs groupes de pirates qui jouaient de vieux instruments abîmés pendant que d'autres dansaient jusqu'à ce qu'ils tombent les uns sur les autres. Un groupe était en train de jouer, jetant de bizarres pièces de monnaie, des bijoux et des babioles dans un cercle confectionné de bâtons blancs. Un pirate lançait une très étrange paire de dés, puis, selon le résultat, donnait un coup de poing à un autre et ramassait les trésors. Iole haleta bruyamment quand elle se rendit compte que les bâtons formant le cercle de jeu étaient en fait des os de doigts humains. En l'entendant, l'un des pirates se mit à murmurer aux autres qui éclatèrent de rire et hochèrent follement la tête. Ensuite, le pirate ramassa les dés et les lança à faible hauteur dans la direction des filles. Iole regarda pendant que les dés prenaient de la vitesse, rebondissant sur le pont jusqu'à ce qu'ils atterrissent à ses pieds. Elle se mit à hurler en constatant qu'il s'agissait de globes oculaires séchés.

— Garde les yeux baissés !

Pendant une simple fraction de seconde, Iole avait levé les yeux, horrifiée, mais ce fut suffisant. Rapidement, un homme presque complètement vêtu d'un habit de combat était debout devant elle, portant un fouet d'apparence sinistre.

— Lève les yeux une fois de plus et l'extrémité de mon fouet sera la dernière chose que tu verras, dit l'homme, parlant maintenant tout près de son oreille.

Puis il se tourna vers la foule.

— Je suis Gaius, dit-il, s'adressant à tous les autres, maître des esclaves à bord de ce bateau ; et moi seul déterminerai votre sort — du moins dans un avenir prévisible.

— Figues-abricots ! marmonna involontairement Alcie.

— J'ai une égale habileté à couper les langues, jeune fille, dit Gaius, poussant son fouet sous le menton d'Alcie et l'obligeant à lever la tête, son regard attaché à celui de la jeune fille, qui n'y voyait rien d'autre que la haine.

Il hurla par-dessus son épaule.

— N'est-ce pas exact, Primus ?

— Meuh, hum ! marmonna un pirate à l'air lugubre, debout tout près.

— Primus m'a interrompu une fois, dit Gaius, les yeux toujours rivés sur Alcie, de petites particules de salive dans les coins de sa bouche, pendant que j'étais en train de raconter une histoire à propos de ma mère. Ça ne lui arrivera plus. Alors si j'étais à ta place, j'écouterais. Parce que tu n'as pas besoin de langue là où tu vas.

Avec la tête ainsi dressée, Alcie put constater qu'au moins une centaine de pirates et un nombre encore plus grand de minuscules créatures, suspendues aux cordages du mât, s'étaient rassemblés au sommet des tours de garde, les entourant. Puis elle remarqua que tous les hommes étaient complètement chauves... sans poils en fait; pas un sourcil, ni de moustache. Iole l'avait aussi remarqué, mais elle avait aussi noté quelque chose de plus important : ces pirates s'appelaient les uns les autres par des noms romains, et l'un d'eux avait employé le nom « Jupiter », qui était le nom romain de Zeus. Elle savait que l'Empire romain s'était répandu aussi loin au sud que la partie nord du continent africain, donc cela signifiait qu'il s'agissait de toute une bande de soldats romains transformés en pirates.

— Mais pourquoi ? se demanda-t-elle.

— À l'endroit où vous allez, dit Gaius en s'adressant maintenant aux captifs, vous aurez besoin des piètres muscles de vos bras et de votre dos. On nous a donné le champ libre pour faire de vous ce que nous voulons, en autant que votre dos arrive en bonne condition. Voyons combien d'entre vous peuvent demeurer intacts avant que nous n'atteignions notre destination. Maintenant, que ferons-nous de chacun de vous ?…

Gaius s'avança vers le début des rangs et commença à marcher lentement devant chaque file.

— Cuisine. Salle des rames. Salle des rames. Tenez. Oh ! celui-ci nous a causé des problèmes, n'est-ce pas ? Enchaînez-le à la rambarde. Salle des rames. Étable.

Soudain, il s'arrêta devant Homère.

— Junon vénérée ! dit Gaius, levant les yeux, le Très grand mettra toute une valeur sur ta tête. Regarde-moi, le jeune !

Mais Homère regardait fixement devant lui.

— Trop fier pour regarder ceux qui sont mieux que toi, hein ? railla Gaius. Enchaînez-le à la proue ! Tu ne veux pas me regarder, voyons comment tu aimeras regarder la mer pendant un jour ou deux.

Trois larges hommes s'emparèrent d'Homère, tandis qu'un autre s'approchait avec une lourde chaîne.

— Attendez !

Une voix qu'Alcie crut reconnaître interrompit le vacarme sur le pont.

— Je le prendrai.

Une silhouette solitaire se déplaça à travers la bande de créatures. Un homme aux cheveux et aux sourcils noirs qui, avait cru Alcie à peine quelques jours plus tôt, ne reconnaîtrait pas un sourire s'il en surgissait un de l'océan et qu'il atterrissait à ses pieds.

C'était le capitaine du *Paon*, le bateau sur lequel ils avaient quitté la Grèce en direction de l'Égypte… le bateau qui avait été complètement détruit !

— Tu ne prendras rien, misérable ! crachota Gaius. Maintenant, retourne à la barre de ce bateau avant que je ne te jette dans les bras de Neptune. Et cette fois-ci, personne ne te repêchera !

(Iole savait qu'elle avait raison : Neptune était le nom romain de Poséidon.)

— Alors tu n'auras personne pour guider la *Syracuse*. Étant donné que vous, les pirates, avez tué son équipage en entier et que personne ne peut la contrôler, tu me laisseras prendre le jeune ou, par Zeus ! au plus profond de la nuit, je lui ouvrirai le flanc contre les rochers et ensuite nous verrons comment tu t'arrangeras avec… le Très grand.

Gaius paraissait sur le point d'exploser — littéralement.

— J'ai besoin d'aide avec les cartes. Personne parmi vous ne peut lire. La plupart peuvent à peine parler. Il semble qu'il puisse lire. Peux-tu lire, le jeune ?

— Oui, Monsieur, répondit Homère.

— Alors suis-moi. De même que ces deux jeunes filles. J'ai besoin d'esclaves de cabine.

Sans même regarder derrière lui, le capitaine traversa le pont à grandes enjambées, retournant d'où il était venu. Encore enchaînés, Iole et Homère commencèrent immédiatement à le suivre ; Alcie regarda autour d'elle, pas vraiment certaine de ce qui venait tout juste de se produire.

— Alcie, viens-t-en ! lui cria Iole, jetant un coup d'œil sur le visage de Gaius, qui avait l'air d'avoir reçu une gifle.

Alcie les rattrapa aussi vite qu'elle le put et les trois amis suivirent le capitaine vers une courte volée d'escaliers menant sous le pont, dans un étroit corridor vers deux portes directement l'une en face de l'autre.

— Vous, les jeunes filles, entrez ici, dit-il, leur montrant une petite cabine.

Alcie et Iole se dépêchèrent d'entrer alors que la porte se refermait derrière elles, et le bruit des pas d'Homère s'affaiblit comme il suivait le capitaine.

— Esclave de cabine ! hurla Alcie. Poires noires pourries ! Qu'est-ce que je connais de la tâche d'une esclave de cabine ? Je n'ai jamais fait de lavage ! Je pense que j'ai fait ma paillasse une fois quand notre esclave de maison était malade. Je préférerais mourir que de toucher aux choses souillées… innommables… de quelqu'un.

— Alcie…

— Et je ne peux vraiment pas cuisiner, Iole. Je sais qu'un jour, la fois où j'ai apporté des morceaux de poulet frit à l'école pour le repas du midi, et que Pandie et toi en vouliez, je me suis vantée en disant à quel point j'étais bonne, et j'ai dit que c'était moi qui les avais préparés, mais c'était notre esclave de cuisine, et elle me permettait seulement de regarder pendant qu'elle…

— Alcie ! dit Iole, s'assoyant sur l'une des deux paillasses de la chambre. Calme-toi. D'après moi, nous ne serons pas du tout des esclaves. Il a dit cela pour nous libérer des pirates. Seul Hermès sait ce qu'ils nous auraient fait faire. Il l'a dit pour nous protéger.

— Nous protéger ? cria Alcie. Tu lui fais confiance ? Comment se fait-il qu'il soit capitaine de ce bateau ?

— Il sauve sa vie, je suis certaine, dit Iole. Alcie, as-tu regardé autour de nous ? Il y avait des tas d'autres personnes plus fortes et plus adéquates pour le servir, si c'est ce qu'il voulait. Et il sait qu'Homère ne lit pas les cartes. Mais il se souvient de nous, et grâce à Athéna, il a eu pitié de nous. Il nous a séparés pour que nous restions en vie.

— Tu crois ?

— Je le crois.

Une heure plus tard, le capitaine revint et enleva les menottes et les chaînes des mains et chevilles des filles, marmonnant quelque chose à voix basse, qu'Alcie et Iole comprirent comme « insensé et cruel d'employer de l'adamant sur des enfants. »

— Vous allez rester ici ! ordonna-t-il, au moment où il quittait la cabine. Je verrai à ce qu'Homère vous apporte de la nourriture et des draps propres. Ne vous aventurez pas sur le pont sauf si je vous y accompagne, et n'allez pas explorer n'importe où comme vous l'avez fait sur le Paon. Surtout à cette extrémité du bateau. C'est trop dangereux et je ne serai pas responsable.

Il s'arrêta en sortant.

— Iole, dit-il, tournant très légèrement la tête. Je me souviens de toi sur le *Paon* et des histoires que tu as faites à mon cuisinier. J'essaierai de voir si tu ne peux obtenir quelque chose sans viande.

— Merci…

Mais il était parti.

Pendant les trois jours suivants, Alcie et Iole furent confinées à leur minuscule chambre, demeurant aussi tranquilles que possible, ce qui était difficile à certains moments, car l'une ou l'autre pouvait se mettre à penser à Pandie et à sangloter furieusement. Iole fut presque paralysée par un excès de larmes qui avait tellement épuisé son petit corps, qu'Alcie, terrifiée, ne put que la serrer contre elle jusqu'à ce qu'Iole tombe endormie. Ensuite, Iole se leva et trouva Alcie qui reniflait et qui pleurait, des pleurs qui devinrent de lamentables sanglots, à un point tel qu'Iole lança ses bras autour d'Alcie jusqu'à ce qu'elle s'arrête. Et alors, elles recommencèrent à pleurer.

Elles prièrent Athéna tous les jours, parfois toutes les heures, car elles savaient combien Pandie cherchait à faire preuve de sagesse. Elles prièrent aussi Artémis, parce que c'était la protectrice des jeunes choses, et

Apollon, pour qu'il guérisse Pandie si elle était blessée ou malade. Elles prièrent même Héphaïstos, parce qu'elles se souvenaient toutes les deux comme il avait rougi quand Pandie l'avait impulsivement embrassée sur la joue après avoir reçu le filet magique. Enfin, elles prièrent Hadès de ne pas lui permettre d'entrer dans les Enfers. Elles lui demandèrent de voir à ce que Cerbère, son terrible chien de garde à trois têtes, chasse Pandie si son âme s'approchait de la barrière des Enfers.

Pour ce qu'elles en savaient, leurs prières restèrent lettre morte. Il n'y avait aucun signe, aucune indication que quiconque était en train d'écouter.

— Peut-être qu'ils n'écoutent que Pandie, dit Alcie, fixant droit devant elle, ayant terminé sa prière de l'après-midi depuis longtemps.

— Je ne crois pas qu'ils souhaitent se manifester ouvertement, dit Iole en se levant, puis aidant Alcie à se mettre debout.

— Comme nous laisser conduire le char du soleil n'était pas une manifest... Prunes ! Iole, qu'est-ce qui se passe ?

— Quoi ?

— Tu me lèves du sol ? Et, je… je peux te regarder !

— Tu me regardes depuis presque 13 ans.

— Ouais ! mais maintenant je n'ai pas à baisser autant les yeux pour te voir. Je crois que tu as grandi d'un bon deux centimètres. Et tu es devenue plus forte.

— Oh, ça ! dit nonchalamment Iole. Bien, on devait s'y attendre, évidemment. Je veux dire, tu sais, les changements. Je ne suis pas surprise du tout.

Mais elle se détourna d'Alcie et, aussi secrètement qu'elle le pouvait, fouetta joyeusement l'air avec son poing, en marmonnant.

— Merci, Aphrodite !

Les pirates étaient occupés à mener d'autres raids le long de la côte est de l'Espagne et à emmener d'autres prisonniers sur le bateau. Personne ne porta trop attention quand Alcie et Iole se rendaient sur le pont chaque nuit en compagnie du capitaine, comme devaient le faire les esclaves de cabine pour prendre une dose quotidienne d'air frais. À une seule occasion, un pirate s'approcha d'Alcie pour lui offrir une gorgée d'un pichet de vin.

— Pouah ! non, merci, dit Alcie.

— Aisselles de Jupiter ! dit le pirate balbutiant en s'éloignant. J'essayais juste d'être amical.

Sur le pont, Alcie et Iole eurent l'occasion de regarder autour d'elles et pensèrent que toute la scène, chaque soir, tenait presque du rêve. Le bateau était enveloppé d'un brouillard blanc à travers lequel on pouvait voir de vaporeuses sphères de lumière orange, alors que les pirates avaient allumé de petits feux sur le pont.

— N'est-ce pas tout simplement un peu dangereux ? demanda Iole au capitaine.

— Juste un peu, répondit-il.

La lueur orange illuminait les prisonniers terrifiés enchaînés à la rambarde, leur nombre augmentant chaque soir, mais le brouillard était descendu si bas que les filles ne pouvaient que distinguer les jambes des captifs.

Elles entendirent des notes jouées sur les vieux instruments, puis un chant entonné par quelqu'un. Si le chanteur chantait faux, c'était habituellement suivi d'un cri perçant, d'un court hurlement, et d'un plouf! Puis, le silence.

— Ils aiment les chants, mais ils exigent l'oreille absolue, dit le capitaine d'un ton songeur.

Mais les minuscules créatures rougeâtres étaient les plus stupéfiantes. Elles tombaient endormies tout en hauteur, des centaines accrochées par une main ou un genou aux cordes du bateau. D'autres étaient rassemblées en groupes serrés au-dessus des tours de garde.

— Je n'ai jamais rien vu de tel, dit le capitaine, voyant Alcie et Iole qui levaient des yeux fixes; elles veulent être en hauteur. Aussi haut que possible. C'est comme si elles avaient été entraînées. J'ignore ce qui leur est arrivé.

Trois fois par jour, on envoyait Homère à la cuisine pour les repas du capitaine et des filles. Ce n'est que lorsqu'Homère livrait la nourriture que lui et Alcie pouvaient échanger quelques mots.

— Salut.
— Salut.
— Ici.
— Merci.

— Je dois partir.

— Bye.

Ces mots étaient souvent suivis d'un geste d'Alcie qui sortait sa tête dans le corridor pour murmurer : « Homie ».

Alcie et Iole étaient cloîtrées dans leur cabine durant le jour. Lorsqu'elles ne dormaient pas, ne pleuraient pas, ne priaient pas, n'essayaient pas d'imaginer comment se sortir de leur situation fâcheuse, ne cherchaient pas à déterminer la pire façon d'être tuées par les pirates, ou ne parlaient pas de Pandie et de tout ce qui avait pu lui arriver, Alcie et Iole avaient une longue conversation d'une nature différente.

— Qui, puis-je demander, est Homie ?

— Hum ! quelle interrogation !

— C'est une simple question.

— Ne peux-tu pas dire : « J'ai une question » ?

— Ne change pas de sujet.

— D'accord. Prunes ! Quelle était donc la question ?

— Tu joues l'obstinée et l'obscure !

— Non ! Je ne pense pas.

— Tu me caches quelque chose.

— Dattes séchées ! Maintenant je suis fâchée !

Puis les deux cessaient tout simplement de parler — jusqu'à ce que l'autre commence à prier ou à pleurer à propos de Pandie.

Mais l'après-midi de leur quatrième journée à bord, Iole avait insisté plus qu'à l'ordinaire.

— Je suis l'une de tes meilleures amies, au cas où tu ne t'en serais pas rendu compte ! Ne pense même pas à le nier. Et des meilleures amies sont censées se confier l'une à l'autre.

— Tu n'as pas à tout savoir. Ne puis-je simplement garder un petit secret pour moi ?

— Parfait, dit Iole, puis elle s'arrêta. Je sais ce que c'est, de toute façon.

— Qu'est-ce que c'est ?

— Oublie ça, je sais, c'est tout.

Cette réponse avait tellement déconcerté Alcie qu'elle avait pourchassé Iole partout dans la chambre, jusqu'à ce que les deux filles commencent à rire furieusement. C'était presque grisant d'être finalement capables de libérer un peu de la colère et de la tension accumulées au cours des derniers jours. Tellement qu'Iole ne fit aucun cas du fait qu'Alcie finisse par la faire trébucher, l'envoyant s'étaler sur l'une des paillasses, où Alcie s'assit sur son dos jusqu'à ce qu'elle tourne au rose.

— Tes cheveux commencent à être vraiment longs, dit Alcie.

— Les tiens aussi. Et tu commences à être lourde. Vraiment lourde.

Les paroles d'Iole furent étouffées parce qu'elle avait le visage plaqué contre les draps de la paillasse.

D'un air distrait, Alcie commença à tresser les cheveux bruns d'Iole pendant qu'elle était assise sur elle, lorsque soudainement le bateau fit une énorme embardée, suivie d'une longue vibration et de ce qu'elles crurent être un grognement. Puis, le silence. Ensuite, le vieux bois, toutes les poutres, les murs et les planches du plancher commencèrent simultanément à craquer de manière incessante. Puis, le silence.

Alcie descendit du dos d'Iole. Les deux amies restèrent clouées sur place pendant une minute. Puis elles entendirent des pas lourds dans le corridor, qui arrêtèrent juste à l'extérieur de la porte qui menait à la cabine d'Homère, directement en face de la leur. Homère était sorti toute la journée, Alcie en était certaine, et il revenait maintenant à sa cabine. Attendant un bon 10 secondes, Alcie ouvrit la porte et entra en collision avec Homère, debout dans l'entrée. Elle sentit le choc électrique le plus stupéfiant et le plus inhabituel à travers son corps.

— Euh !

— Euh !

— D'accord, dit Iole derrière la porte, dans notre cabine. Dépêche-toi avant que quelqu'un nous voie !

Alcie et Iole ramassèrent les coussins du plancher et s'assirent sur l'une des deux petites paillasses dans la cabine pendant qu'Homère s'assoyait sur l'autre, après l'avoir retournée à l'endroit.

— Sais-tu ce qui vient de se passer ? demanda Alcie.

— Oui, sais-tu pourquoi le bateau vient de faire une embardée si violente ? continua Iole.

— Pourquoi tout est-il renversé ? demanda Homère, ignorant leurs questions. Qu'est-ce que vous faisiez, vous autres, les filles ?

— Oh, ça ! Euh ! de l'exercice, dit Alcie.

Iole se frotta les côtés.

— Bien, murmura Homère, vous savez qu'au fond, je n'ai été qu'à deux endroits depuis notre enlèvement : ma cabine et les quartiers du capitaine.

Pendant qu'Homère parlait, Alcie remarqua qu'il ne les regardait pas vraiment… son regard était dirigé juste au-delà, et sa voix, même en un murmure, semblait être prise dans sa gorge.

— Maintenant, je sais que la Jalousie et la Vanité sont déjà dans la boîte, c'est-à-dire si Pandie est toujours vivante, et que la boîte n'a pas été écrasée ou quelque chose de semblable.

— Puis-je tout simplement te dire que tu as la façon la plus délicate, la plus sophistiquée et la plus courtoise de dire les choses ? dit Iole.

— Mais vous avez aussi dit quelque chose d'autre, continua Homère, complètement inconscient du sens de l'interruption sur la nécessité de trouver des mots moins cruels. Vous ne saviez pas non plus où les chercher ?

— Exact, répondit Iole.

— Bien, je viens tout juste de regarder des parchemins dans la cabine du capitaine, et il y a… euh ! quelque chose que vous aimeriez voir.

CHAPITRE 7

Sur le mont Olympe

— Ouche !

Il y eut un fracas de verre, suivi d'un aboiement, puis d'un glapissement... puis d'un doux gémissement. Un parfum âcre remplissait la grande pièce.

Déméter, qui de toute façon se dépêchait normalement quand elle était convoquée dans les appartements de Héra, se mit à courir, secouant les herbes et les fleurs printanières de ses cheveux.

— Je te montrerai ! ricocha la voix de Héra sur les murs de marbre. Je te montrerai tout simplement ce qui arrive à de miteux sacs à puces...

— Héra ! Qu'est-ce... ? ! cria Déméter, arrivant juste à temps dans la large entrée pour voir Héra en train de lancer dans les airs les tessons de verre de la bouteille de parfum fracassée, les cimentant dans le plafond.

La reine du Ciel était debout au milieu de son salon, une petite déchirure dans sa robe bleue, environ à mi-chemin sur sa jambe d'une longueur plutôt considérable. Elle leva le bras gauche, son index tourbillonnant dans l'air. Dans un coin de la pièce, Dido était épinglé sur le ventre au mur, tournant au rythme du doigt de Héra. Pendant que Déméter regardait, Héra obligea Dido à monter le long du mur, puis à traverser le plafond, vers les tessons de verre.

— Arrête !

Héra fut abasourdie. Déméter n'avait jamais élevé la voix à moins qu'il ne soit temps pour sa fille, Perséphone, de descendre dans les Enfers pour rejoindre son époux, Hadès. Alors Déméter donnait son avis, se rappelait Héra. Mais maintenant…

— Héra, dépose le chien par terre ! cria Déméter.

— Il m'a mordu la jambe ! répondit Héra, mais elle cessa de déplacer Dido en travers du plafond.

— Héra, s'il te plaît, dépose le chien par terre. Tu sais ce qui arrivera si on lui fait du mal.

Héra sortit sa lèvre inférieure et fit la moue pendant environ 10 secondes.

— Oh... d'accord !

Avec un hurlement, Dido tomba vers le sol. Dans un éclair, Déméter fit en sorte qu'une large étendue d'herbe douce pousse d'un bon mètre juste dessous, de telle sorte que Dido atterrit sur un oreiller vert bien doux. Il resta là, stupéfait pendant un moment.

Héra fit un mouvement vers lui.

— Héra... ma chérie... éloigne-toi du chien, dit Déméter doucement mais avec fermeté.

— Oh, peuh !

Déméter alla examiner Dido, pendant que Héra, d'un petit mouvement rapide de son poignet, arrachait les tessons de verre du plafond et réassemblait la bouteille de parfum sur sa coiffeuse.

À l'approche de Déméter, Dido se mit à grogner ; puis, voyant qu'il ne s'agissait pas de son bourreau, il lui lécha la main de gratitude. Il se leva d'un bond rapide et marcha furtivement vers un coin éloigné.

— Je suis certaine qu'il ne faisait que jouer.

Déméter se retourna pour regarder Héra, maintenant debout dans le corridor, les bras largement étendus, soufflant très fort dans la pièce. Au-dessus de la tête de Déméter, le parfum dissipé se rassemblait en une brume ambre, qui se condensa en un nuage dense et flotta au-dessus de la bouteille de parfum. Après un moment, le nuage se mit à pleuvoir, goutte après goutte, dans la bouteille, jusqu'à ce que toute la bouteille soit à nouveau remplie.

— Non, il n'était pas en train de jouer, dit Héra, s'approchant de Déméter. Il joue avec toi, tu te souviens? Il ne joue pas avec moi.

— Bien, tu l'as arraché à sa maîtresse. Tu ne dois pas te surprendre qu'il ne soit pas trop entiché de toi.

— Je crois que je peux, oui, dit Héra en faisant la tête. Je prends très bien soin de lui.

— Tu lui donnes des restes à manger, tu ne lui fais pas faire de l'exercice, et il s'ennuie. C'est ça, prendre très bien soin?

— Je ne l'ai pas tué, d'accord?

— Pardonne-moi, ta générosité est infinie.

— Je voulais juste vaporiser un peu de parfum sur lui. Il a commencé à répandre son odeur dans mes pièces parfumées et je deviendrai une esclave mortelle avant de lui donner un bain. Donc, j'ai juste essayé de faire quelque chose de bien… et il m'a mordue.

— Oui.

Déméter laissa échapper un soupir.

— Tu l'as dit. Mais c'est terminé maintenant.

— Il continue à puer.

— Lorsque tout le monde sera endormi, je lui donnerai un bain dans mes appartements. D'accord ? Est-ce que tu te sentiras mieux ainsi ?

— Hummm ! je crois que oui.

— Maintenant, ma très chère Héra, pourquoi m'as-tu convoquée ?

— Quelles sont les nouvelles ?

— Tout le monde se tient plutôt tranquille, tu sais ?

— Es-tu en train de me dire que tu n'as rien trouvé depuis les quelques derniers jours ? cracha Héra.

— Bien, comme je te l'ai dit, quand Pandie est tombée du char, Dionysos s'est dessoûlé et s'est retiré au loin pendant un moment ; pas de bacchanales, pas de festivités, et il a annulé sa livraison de vin. La seule chose que je peux te dire, c'est que je l'ai vu parler à un gros écureuil l'autre jour.

— Un écureuil… hummm ! je vois.

— Et, continua Déméter, je sais qu'Héphaïstos a parlé avec l'esprit de Cassandre…

— Cassandre ?

— C'était la jeune fille à qui Apollon a accordé le don de prophétie, mais quand elle a refusé son amour, il lui a jeté un sort voulant que personne ne croie ses prédictions. Ce qui a un peu gâché la guerre de Troie…

Héra lança un regard noir à Déméter.

— Je sais qui elle est ! Je me demande seulement pourquoi il parlerait à son esprit.

— Apparemment, elle a pris contact avec lui. Il s'est passé quelque chose avec les trois autres sur la *Syracuse* et elle lui a dit de se préparer. Il n'est tout simplement pas capable de décider s'il doit la croire ou non. Regarde, ma chérie… lumière de toutes nos vies… de toute façon, il n'y a rien que tu puisses faire. Pas sans qu'ils apprennent tous que tu sais quelque chose, et alors, ils informeront ton époux et il fera une visite rare dans tes appartements, il verra le chien et il aura un tout petit accès de rage. Laisse faire pour le moment. Tu sais ce qui attend Pandora. Cinq jours de cela. Si cela ne la tue pas, alors rien ne le fera. Maintenant, je dois prendre un moment de repos avant de donner son bain à Dido. Je te vois tout à l'heure.

Après un baiser soufflé vers Héra, elle était partie.

— Laisse faire... songea Héra. Hummm! je suppose qu'elle a raison. Hein?

Héra se retourna vivement, soudainement habitée par la sensation qu'elle n'était pas seule.

Il n'y avait personne. Rien ne clochait. Tout était à sa place : le sofa incliné, la coiffeuse, le candélabre d'argent, les brosses à cheveux, les menus articles, Dido sur le plancher dans le coin.

Tout était à sa place.

Elle ne remarqua pas que les yeux du petit buste de son mari, Zeus, sur la table près de sa magnifique paillasse, cessèrent de suivre ses mouvements et se figèrent dans le marbre noir original.

Elle réfléchit un instant, puis secoua ses magnifiques cheveux roux.

— Oh! c'est idiot.

Se sentant un peu mieux, légèrement plus certaine de sa position et, par conséquent, un peu plus bienveillante, elle tourna de nouveau son attention vers la bouteille de parfum reconstituée et ensuite vers le chien recroquevillé.

— On fait un nouvel essai, n'est-ce pas ? Ici, toutou !

CHAPITRE 8

L'opération mineure

Deux journées de marche, et Pandie et les garçons avaient parcouru un peu moins de 20 kilomètres vers l'ouest.

— Pas loin du tout… songea Pandie.

Conscients qu'à chaque pas le mur noir vaporeux s'approchait lentement, ils longèrent le côté de la route principale à travers le col, vers Jbel Toubkal et la maison de son oncle Atlas. Un moment, ils se cachaient de ravisseurs menant un important effectif de prisonniers dans les montagnes ; l'instant suivant, ils s'enfuyaient d'un groupe d'attaquants en route vers un pillage. Ils voyagèrent la nuit, au crépuscule ou à l'aube, demeurant à l'écart des feux de camp, ou encore s'approchant juste assez près pour entendre les conversations des ravisseurs.

La première nuit, sur la route, Pandie décida de tout raconter aux garçons à propos des conques.

— Bon, dit-elle, faisant courir son doigt sur le bord de sa coquille, écoutez donc maintenant.

À l'autre bout, elle entendit clairement la voix de son père et Pandie tint la conque près d'Ismailil.

— Dis « Allo, Prométhée », murmura-t-elle.

Lorsque Prométhée répondit, les yeux d'Ismailil s'agrandirent.

— Magique ! Magique ! dit-il, avec un large sourire.

— Ouais ! genre, mais de la bonne magie, dit-elle, reprenant la conque.

Pandie parla à son père du mur noir, des prisonniers et de Jbel Toubkal.

— Je crois que nous pouvons nous cacher des ravisseurs, mais je n'ai aucune idée de ce que je ferai quand j'arriverai, genre, là où cela puisse être. Mais, papa, je suis certaine que c'est là qu'habite oncle Atlas. Je ne l'ai jamais rencontré, donc il ne me reconnaîtra proba-blement pas...

La ligne commença à crépiter, puis se coupa.

— Papa…

Pandie secoua la coquille.

— Papa ?

Elle tenta à nouveau de se servir de la coquille. Rien.

— C'est probablement à cause des montagnes, dit-elle aux garçons. J'essaierai demain.

Ils passèrent beaucoup de temps à se cacher, ce qui était le seul moment où Pandie pouvait examiner la blessure d'Amri. Sa jambe était maintenant en si mauvais état que Pandie se demandait comment le petit garçon faisait pour se tenir debout, sans parler de la marche pénible sur les pentes inclinées. Ismailil avait essayé de transporter son frère, mais cela ne faisait que ralentir leur rythme. Pandie avançait un peu plus rapidement, mais elle devait se reposer souvent avec ce poids supplémentaire sur son dos. Pour sa part, Amri n'émettait aucun son, essayant d'être très courageux ; ce n'est que lorsque Pandie vit une larme couler sur sa joue qu'elle prit conscience à quel point ce devait être douloureux pour lui. La blessure était plus profonde qu'elle ne l'avait d'abord cru, et maintenant sa jambe était en train de prendre une légère teinte verdâtre. Peut-être que ce n'était dû qu'à des jours et des jours de saleté, tenta de se rassurer Pandie, espérant que, sous la peau, la jambe d'Amri n'était pas aussi mal en point, mais ce n'était pas la première fois qu'elle voyait cette couleur. Un jour, elle était en train de jouer derrière la clinique populaire d'Athènes, quand elle avait vu un mastodonte assistant-guérisseur transporter la jambe verdâtre d'un homme qu'on venait tout juste d'amputer, et la lancer dans la pile d'ordures. Pandie savait qu'elle serait incapable de couper la jambe d'un petit garçon. Ce serait trop lui demander.

Grimpant avec difficulté le flanc de la colline à la fin de l'après-midi, cachés derrière un large cèdre, les garçons observèrent un autre groupe de prisonniers qui passaient pour tenter de découvrir quelqu'un qu'ils reconnaîtraient, pendant que Pandie ne pensait qu'à l'œil d'Horus, souhaitant désespérément l'avoir avec elle. Cela raviva des pensées au sujet d'Alcie, d'Iole et d'Homère : que leur était-il arrivé ? Étaient-ils vivants ? Où était Dido ? Héra le nourrissait-elle ? Et ensuite, ces pensées aboutissaient invariablement à une prise de conscience : tout cela était arrivé à cause d'elle.

Tout était sa faute.

Soudain, Amri laissa échapper un cri. Pas très fort, mais suffisamment pour qu'Ismailil pose sa main sur la bouche de son frère et que tout le monde se fige sur place — presque. Plusieurs grosses fourmis rouges avaient grimpé sur la jambe d'Amri et atteint sa blessure. Le petit garçon essaya de se tortiller, mais Ismailil l'empêchait de bouger.

La file des prisonniers était presque hors de vue, mais un marchand d'esclaves, qui fermait la marche, s'arrêta net et se retourna, la tête penchée d'un côté.

Amri s'immobilisa alors, expirant à travers les doigts d'Ismailil en brèves bouffées, des larmes coulant sur son petit visage.

Le marchand se tint là pendant un bon moment à fixer le flanc de la colline, scrutant les buissons et les rochers pour repérer tout mouvement, écoutant pour percevoir le moindre son — se concentrant particulièrement sur les gros cèdres en haut à droite. Un cri éloigné à la tête de la file le fit toutefois se retourner et avancer en courant pour rattraper les autres.

Lorsque le groupe fut disparu dans une courbe de la route, Pandie se glissa jusqu'à Amri, qui frappait maintenant furieusement sa blessure, et elle versa un peu d'eau de sa gourde sur sa jambe pour balayer les fourmis. Elle tendit le bras pour prendre sa cape pour le sécher, sa main frôla son sac de transport et elle sentit quelque chose d'une forme bizarre et dure.

Le buste d'Athéna. La minuscule réplique de la déesse, un présent de la Très sage elle-même. Lorsque Pandie avait des ennuis, ou qu'elle était complètement ahurie, comme à ce moment, elle pouvait demander de l'aide en posant des questions au buste et Athéna répondait à travers lui.

— Maintenant, n'ayez pas peur, d'accord ? dit-elle aux garçons pendant qu'elle sortait le buste. Je crois que ce sera utile.

Se souvenant de l'avertissement d'Athéna qui lui avait dit qu'elle ne pouvait poser qu'une question et que la minuscule langue de la statue se fourcherait un peu, elle réfléchit avec soin avant de se mettre à parler dans sa langue grecque natale.

— Très grande Athéna…

Les paupières du buste s'ouvrirent, révélant encore une fois les magnifiques yeux verts d'Athéna.

— Comment puis-je guérir la jambe de ce petit garçon ?

Immédiatement, la bouche commença à remuer, la petite langue se mit à cliquer et à claquer comme si elle était engluée de miel. Mais Pandie capta chaque mot, chaque nom d'herbe : « fenu-clic-grec, ortie ». À sa grande surprise, elle les connaissait tous. Puis arrivèrent les instructions : « cueillir » — clic — « préparer un cata-clic-plasme sec ». Cependant, le dernier mot n'avait pas de sens : « coudre ».

Coudre quoi ?

Probablement la blessure.

Avec quoi ?

Lorsque le buste cessa de parler, elle le rangea, dit aux garçons de rester là et commença à explorer le flanc de la colline. Elle trouva immédiatement les grandes orties et la grande consoude, mais pas le fenugrec, le charbon ni l'orme rouge.

— Allez, allez.

Pandie commença à marmonner. Le buste ne lui aurait pas donné ces renseignements si elle n'était pas capable de trouver ces ingrédients. Les dieux ne pouvaient pas être aussi cruels. Pas avec un petit garçon qui risquait de perdre sa jambe.

Soudain, 10 mètres plus haut sur le flanc de coteau, un buisson commença à luire d'un halo rouge clair. Pandie grimpa jusque-là et cueillit quelques-unes des feuilles de fenugrec vert clair. Puis, beaucoup plus haut, une pile de pierres noires se mirent à briller, et Pandie, haletante, progressa très difficilement sur le flanc de coteau et finit par ramasser une poignée de charbon noir. Elle avait besoin d'un dernier ingrédient : l'orme rouge. Elle examina les lieux pour trouver quelque chose qui brillait. Rien. Mais elle comprenait les manières des dieux : ils lui venaient en aide, c'était certain, mais la plupart du temps, elle devait travailler pour chaque forme d'aide qu'ils lui procuraient, surtout celle de la part d'Athéna, dont, Pandie l'avait senti, les attentes étaient juste un peu plus élevées à son égard qu'envers tous les autres.

Parfait.

Pandie chercha plus haut et plus loin. Finalement, elle remarqua une petite lueur rouge au-dessus d'elle, là-haut au sommet de la montagne, entourant un petit arbre qui n'était pas là une seconde plus tôt, elle en était sûre.

— Parfait, regarde-moi faire ! râla-t-elle.

Grimpant laborieusement et avec précaution à travers les broussailles, elle se retrouva sur une pente escarpée couverte de fragments de roches, de saillies rocheuses et — elle se mordit la langue, ne prononçant pas un mot et ne pensant même pas à ce mot — de neige. Des plaques glacées couvraient le sol précisément à l'endroit où elle avait besoin de grimper. Elle enfonça ses mains et ses pieds dans la neige, avançant encore plus haut, comme un animal. Deux fois elle glissa vers l'arrière, passant si près à un moment du bord d'un à-pic qu'elle se mordit la langue pour vrai. Elle s'égratigna les genoux et se meurtrit les tibias. Elle se cogna trois orteils, se frappa la tête sur un surplomb, s'écorcha les mains et se brisa deux ongles jusqu'à la chair. Enfin, à bout de souffle, elle atteignit le sommet de la montagne, et l'arbre, un magnifique vert tendre sous la lueur rouge. Après avoir cueilli plusieurs des larges feuilles, elle se retourna et se rendit compte qu'elle avait une vue de presque toute la chaîne de montagnes de l'Atlas.

Cependant, le mur noir vaporeux l'enveloppait maintenant.

Et on ne voyait Jbel Toubkai nulle part.

Elle avait remarqué qu'à nouveau le mur ne semblait pas toucher la terre, et le sol au-dessous (ce qu'elle pouvait voir dans la lumière qui faiblissait) était pâle, paraissant plus blanc à mesure qu'il s'étendait au loin.

— Davantage de neige, soupira-t-elle, regardant les kilomètres de terrain devant elle, sachant que sa destination était au moins à une semaine de marche, sinon plus.

Mais, surtout, elle vit les feux de camp qui brûlaient faiblement au loin en contrebas et prit conscience que les marchands d'esclaves étaient plus proches qu'elle le croyait — et leur nombre était imposant. Elle se retourna pour faire face à la descente mortelle et découvrit les rochers maintenant sillonnés d'un chemin qui serpentait en travers de la montagne.

— Merci, merci, murmura-t-elle, alors qu'elle se hâtait de retourner vers les garçons.

Puis, comme elle était presque rendue près d'eux, elle eut une inspiration. Elle savait ce qu'elle pourrait utiliser pour suturer la blessure.

— Je l'ai dit avant et je le redirai. Merci, répondit-elle presque en chantant.

Elle sortit la carte de marbre bleu que Héra lui avait remise au début de sa quête. S'en servant comme d'un bol ordinaire (sachant qu'il ne commencerait pas à tourner à moins qu'elle n'y dépose ses larmes), Pandie mélangea toutes les herbes en un cataplasme sec, suivant exactement les instructions d'Athéna. Avec ferveur, elle pria Apollon en grec. Puis elle nettoya le sang séché et le pus de la blessure d'Amri, lui disant en kabyle qu'il était un très bon patient et demandant à son frère de lui raconter une blague. Ismailil ne fit que regarder Pandie comme si elle était folle.

— Pas de plaisanteries ? demanda-t-elle, forçant un sourire. D'accord ; alors voici une blague que mon père avait l'habitude de me raconter tout le temps avant que ma mère l'oblige à arrêter : Platon et Socrate entrent dans une taverne...

Alors qu'elle ajoutait avec soin des gouttes d'eau pour constituer une pâte avec les herbes, surgit dans sa tête une image d'elle-même, pas plus que deux mois auparavant, traînant de l'école à la maison, paressant, roupillant, flânant, s'affalant partout, pensant à combien elle se mourait d'ennui. N'aurait-elle jamais pu s'imaginer en train de travailler maintenant à une telle vitesse et avec une telle concentration, essayant de sauver la jambe d'un petit garçon dans une autre partie du monde ? Pas en un million d'années.

Puis, Pandie se servit de son pouvoir sur le feu et souffla sur la longueur de la blessure, la stérilisant complètement.

— Corde, dit-elle, viens vers moi.

Le rabat de son sac de transport s'ouvrit et le rouleau de corde enchantée, un autre présent d'Athéna, vola dans ses mains. Ismailil et Amri étaient trop étonnés pour avoir peur.

Troublée pendant une fraction de seconde, elle commença à parler en kabyle pour la suite, mais se rendit compte juste à temps que ce ne serait pas possible sans effrayer encore plus les garçons.

— Assez petit pour coudre la peau, dit-elle en grec.

Instantanément, la corde se rétrécit et devint si fine qu'elle était presque invisible.

— Couds la jambe d'Amri !

Avec la vitesse d'un chirurgien, la corde, maintenant à peine de l'épaisseur d'un cheveu, piqua à travers la peau de la jambe du petit garçon et scella complètement la blessure. Des années plus tard, Amri raconterait à ses enfants qu'on aurait dit un crabe en train de le chatouiller.

Pandie appliqua sur la blessure magnifiquement cousue le cataplasme qu'elle avait fabriqué. Puis elle prit sa toge de réserve et en déchira le bord, sachant qu'il s'agissait de toute façon d'un bien meilleur usage, et elle enveloppa la jambe d'Amri.

— Et voilà, c'est terminé ! dit-elle.

Trente secondes plus tard, après être demeurés silencieux pendant toute la procédure, Ismailil et Amri fondirent en larmes.

— Hé ! pourquoi ? cria Pandie. Non, tout va bien maintenant.

Mais les garçons, même s'ils étaient calmes, n'arrêtaient pas de pleurer.

— Chhhut ! Les garçons.

CHAPITRE 9

Un livre de lettres

Homère les conduisit toutes deux dans le long passage qui menait aux quartiers du capitaine. Alcie et Iole comprirent tout de suite que quelque chose clochait. Au lieu de les mener en ligne droite à l'intérieur du bateau, la coursive se tordait de façon très subtile. Les murs de bois étaient devenus plus foncés, et de petites fractures couraient le long de tous les madriers. Comme ils s'approchaient de la cabine du capitaine, les fractures dans le bois devenaient assez larges pour exposer la lumière des lampes provenant des cabines de l'autre côté du corridor. Des éclats de la taille de lances saillaient de certaines des solives, et les bougeoirs du mur étaient penchés. De temps en temps, une intense vibration se produisait, comme si la *Syracuse* elle-même soupirait.

— Que se passe-t-il ? demanda Alcie.

— Je l'ignore, mais quoi que ce soit, tout a commencé dans la cabine du capitaine.

— Homère, crois-tu qu'on peut faire confiance au capitaine ? demanda Alcie.

— Absolument, répondit Homère, mais sa voix semblait lointaine. Il déteste tout ceci. Il m'a dit qu'il aurait souhaité être envoyé directement aux Enfers quand le *Paon* a été détruit. Mais il a plutôt tout simplement flotté sur une planche de bois pendant des jours jusqu'à ce que la *Syracuse* le recueille. Plus d'une fois, il a pensé écraser le bateau — le détruire en quelque sorte —, mais il ne voulait pas risquer la vie de tous les prisonniers. Et c'est, genre, un bateau incroyable.

— Aides-tu vraiment le capitaine à lire les cartes ? demanda Alcie, tentant de l'obliger à la regarder.

— Je suppose que oui, répondit Homère. Il y avait deux ou trois cartes dont il m'a dit de ne pas m'approcher, alors j'ai tout simplement regardé les courants et les littoraux et les trucs du genre.

Au même moment, le bateau gronda et roula durement sur un flanc, et tous allèrent s'écraser lourdement contre le mur de la coursive. Homère, qui avait instinctivement dressé la main pour se stabiliser, lança un cri très fort.

— Qu'est-ce qui ne va pas, Homie…ère? demanda Alcie.

— Rien — c'est simplement ma main. Là où je me suis fait mordre, dit-il.

— Là où quoi t'a mordu? demanda Iole.

— Cette chose, tu sais? La chose que je voulais que vous voyiez.

— Laisse-moi voir ta main! dit brusquement Alcie, avant de poursuivre rapidement sur un ton plus doux. S'il te plaît.

Il lui tendit la main droite : un morceau de peau manquait sur le côté charnu de son pouce, presque jusqu'à son poignet. Les extrémités de la blessure étaient déchiquetées, comme s'il avait été mordu par quelque bestiole munie de dizaines de minuscules dents acérées. Il avait essayé d'étancher le sang de la blessure en l'enveloppant bien dans les plis de sa robe, mais lorsqu'il s'était servi de sa main pour se stabiliser après le balancement de côté du bateau, le flot de sang avait recommencé à couler.

— Dieux! dit Iole, sincèrement alarmée, nous devons faire cesser le saignement. L'œil d'Horus… c'est dans mon sac dans la cabine.

— Ça va, ça arrêtera dans un moment — ce n'est que du muscle, protesta-t-il. J'ai été coupé bien plus sévèrement à l'école de gladiateurs. J'ai vraiment besoin de vous montrer quelque chose.

Brusquement, Iole tourna la tête dans la direction des quartiers du capitaine.

— Écoute…

De temps en temps, un léger son de bourdonnement ou de sifflement retentissait, suivi d'un bruit mat, sec et aigu de bois fendu en éclats. À l'occasion, le bourdonnement était suivi d'un bruit sourd. Après plusieurs bruits sourds, le bout du nez d'Iole picotait très légèrement.

— Est-ce que tu sens cela ?

— Quelque chose de pourri… comme un mauvais fruit ou jus, dit Alcie.

— C'est plus comme… genre… des cheveux brûlés ! dit Iole, se souvenant de leur première aventure lorsqu'elles avaient dû capturer la Jalousie. C'est ce que je sentais après avoir été presque rôtie sur l'autel de l'oracle de Delphes.

Homère frottait maintenant vigoureusement sa main dans les plis de sa robe.

Puis il éclata en larmes.

— Wow ! dit Alcie à voix basse.

— Euh! Homère, que se passe-t-il?
demanda Iole.

— Je ne sais pas, gémit-il, ses yeux fermés
très serrés, enveloppant sa main blessée et
balançant tout son corps de telle façon qu'il
frappait le mur. Je me sens juste vraiment…
vraiment… hum! triste.

— Homère… regarde-moi, dit Iole.
Raconte-moi tout ce qui s'est passé avant
ton arrivée à notre cabine. D'accord? C'est —
oh! comment tu dis ça? — totalement
important.

Il ouvrit les yeux, des larmes coulant sur
ses joues.

— Bien, quand je suis arrivé dans ses
quartiers ce matin, le capitaine était parti.
Mais il voulait que je regarde la carte marine
des îles Baléares, alors je suis allé la prendre
et, hum! une des cartes que le capitaine ne
voulait pas que je vois pendait un peu hors de
sa tige. J'ai juste essayé de l'ignorer, tu comprends? Puis le bateau a roulé de côté… mais
doucement, comme normalement… rien de
semblable à ce qui se passe maintenant… et la
carte est tombée un peu plus bas. Je ne voulais pas que le capitaine croie que je l'avais
regardée; j'ai donc donné quelques petits
coups et j'ai essayé de l'enrouler. Mais alors,

elle s'est déroulée au complet et la chose en est tombée.

— La chose? dit Alcie.

La *Syracuse* frissonna si violemment à ce moment qu'ils crurent avoir entendu quelque chose craquer sur le pont au-dessus.

— C'était un livre… juste un petit livre, dit Homère, sa lèvre inférieure tremblant tellement que ses mots étaient presque perdus. Alors je suis allé le ramasser — pour le remettre en place, vous comprenez? Puis il a sauté sur ma main et m'a mordu. Ensuite, des… trucs ont volé hors du livre. C'est alors que je suis parti vous chercher.

Alcie et Iole fixèrent pendant un moment Homère, qui avait maintenant le visage tourné vers le mur dans un désespoir lamentable. Alcie avança son bras pour toucher légèrement la main intacte d'Homère.

— Venez.

Les trois amis se dirigèrent vers les quartiers du capitaine. Ne voulant pas être entravés à n'importe quel moment par une porte verrouillée, les pirates l'avaient intentionnellement enlevée.

— Je pense, peut-être, que vous préféreriez vous pencher, dit Homère se baissant lui-même sur le plancher alors qu'ils contournaient un coin.

— Pourquoi ? demanda Iole.

— Parce qu'il y a des choses qui volent partout dans la pièce et qui se plantent dans les murs.

Effectivement, plusieurs flèches étaient enfoncées dans le mur du corridor juste en face de la porte. C'était comme si quelqu'un tirait sur eux depuis la pièce opposée.

Alcie et Iole se baissèrent vivement et rampèrent pendant le reste du trajet vers la porte. Alcie avança la tête dans l'embrasure.

Les murs de la petite pièce étaient couverts de flèches : plantées dans les chaises de bois et les cartes marines ouvertes, et piquées dans le plancher. Il y avait des flèches sur la paillasse du capitaine et d'autres enfoncées dans la large commode de bois où il rangeait ses affaires personnelles. Mais plusieurs petites feuilles de parchemin étaient aussi étendues sur le plancher, un trou au bord foncé brûlé au centre et une fine volute de fumée s'élevant de chacun.

Soudainement, une flèche siffla près de l'oreille d'Alcie et se planta dans le mur derrière elle. Le bruit qu'elle fit ressemblait à un gémissement sourd.

Après que son léger balancement de haut en bas se soit arrêté, Alcie l'arracha brusquement du mur et découvrit qu'il ne s'agissait nullement d'une flèche, dans le sens habituel du terme.

C'était un morceau de parchemin étroitement enroulé. Alcie le porta à son nez, toussant un peu à cause de l'odeur de cheveux brûlés. Elle commença à dérouler le papier, malgré les protestations d'Iole.

Elle avait déroulé environ six ou sept centimètres, révélant une lettre superbement écrite, lorsqu'une motte de quelque chose de filandreux tomba, explosant avec un pop incandescent dans les airs, et atterrit sur le sol. L'odeur âcre de cheveux brûlés remplit à nouveau l'étroit passage, de sorte que tout le monde se mit à haleter.

Deux autres lettres-flèches furent tirées à travers l'entrée de porte et se logèrent dans le mur arrière ; le vol des deux projectiles fut accompagné d'un concert de gémissements féminins aigus dans des notes différentes — presque comme s'ils gémissaient en harmonie.

Quand la lettre toujours dans la main d'Alcie fut complètement déroulée, elles remarquèrent qu'elle était soit délavée ou décolorée, comme noircie par le feu. Elles ne pouvaient lire que quelques mots au hasard tels « désespoir », « incroyable » « cauchemars » et « solitude ».

— Melons verts moisis ! dit Alcie, lisant le plus qu'elle le pouvait. Cette personne n'avait pas beaucoup de plaisir.

À la toute fin, il y avait les mots « Mon cœur brisé s'accroche encore… bien-aimée, Latona. »

Une autre lettre-flèche fut tirée de la pièce, accompagnée d'un hurlement profond et guttural, mais celle-ci frappa un bouclier de bronze suspendu dans le passage. Elle tomba au sol avec un léger bruit sourd et se déroula rapidement à plat. Cette fois-ci, lorsque la substance filandreuse entra en contact avec l'air, elle s'embrasa et alluma un feu qui brûla rapidement au centre de la lettre. L'odeur de cheveux brûlés remplit à nouveau le passage pendant que la lettre s'enflammait.

Iole tendit le bras et tira du mur une autre lettre, qui fut presque effleurée par une autre qui arrivait.

— Elle a probablement inclus une mèche de ses cheveux dans chaque lettre, dit Iole, déroulant complètement la lettre. Mais pourquoi ? Et qui est-elle ?

La lettre était dans la même condition que la première. Mais quand Iole l'eut déroulée, certains mots semblèrent se décolorer ou s'obscurcir, et d'autres mots et d'autres phrases devinrent plus lisibles : « situation difficile » « ça fait tellement longtemps » et « maladie du cœur », apparut, à l'encre très noire.

Elles entendirent soudainement un jacassement dans la chambre du capitaine et Alcie passa à nouveau la tête dans le cadre de porte.

Sur le plancher, sous la table au centre de la pièce, gisait un petit livre relié en cuir. Il s'ouvrait et se fermait lentement, révélant des centaines de petites dents ivoire disposées en deux rangées le long des bordures inférieure et supérieure. Mais il ne s'ouvrait pas et ne se fermait pas de lui-même. Les filles virent deux minuscules silhouettes à l'intérieur du livre : une femme avec de très, très longs cheveux et un petit garçon. Les deux étaient constitués d'une substance transparente bleu argent et se déplaçaient comme un fluide vaporeux, laissant des traces de bleu argenté dans l'air derrière eux. Ils se parlaient l'un à l'autre avec des voix aiguës et grinçantes.

— Comquats !… dit doucement Alcie.

La femme et le petit garçon poussaient sur la couverture intérieure du livre, essayant de le maintenir ouvert. Enfin, ils firent basculer la lourde couverture de cuir vers l'arrière, et le petit garçon, pas plus grand que le poing d'Alcie, sauta sur le dessus. C'est alors qu'Alcie vit la plus minuscule paire d'ailes, sur le dos du garçon.

Le garçon glapit quelque chose à la femme, qui ramassa à l'intérieur du livre un petit arc, qu'elle lui tendit. Marchant vers le dessus du livre, elle déchira une page intérieure. Elle la roula en un petit cylindre et la remit au garçon. Il la plaça rapidement sur son arc et tira la « flèche » à travers la porte dans le mur du passage. Les deux petits êtres reculèrent ensuite dans un éclat de rire, trébuchant à l'intérieur du livre maintenant encavé, ce qui résulta en la fermeture du couvert de cuir. Puis tout le processus recommença.

— C'est Éros ! dit Iole, alors que la flèche volait en gémissant au-dessus de leurs têtes, s'écrasant sur le bouclier de bronze.

— Le dieu de l'amour ? murmura Alcie, se pinçant le nez comme les cheveux à l'intérieur de la flèche se mettaient à brûler.

— J'en suis certaine, répondit Iole, mais Pandie nous a dit que les dieux allaient l'aider le plus qu'ils le pouvaient. Si elle — ou nous — était censée trouver quoi que cette chose pût être, alors ce tir de lettres meurtrières n'est pas très utile !

— Iole, Éros est immortel, mais il n'a que deux ans. Ce n'est qu'un tout petit bébé dieu, répliqua Alcie. Il ne sait pas ce qu'il fait.

Les deux silhouettes chatoyantes poussaient maintenant le livre de lettres plus loin en bordure de la pièce afin de pouvoir lancer les « flèches » directement vers Alcie, Iole et Homère. Mais ils le projetèrent accidentellement contre l'un des poteaux de soutien, au centre de la cabine. Immédiatement, le livre prit une bouchée du vieux bois, et le bateau s'ébranla violemment à nouveau comme s'il roulait sur son flanc, toutes les poutres craquant et gémissant, envoyant un plateau d'argent et une urne s'écraser sur le sol. C'est alors qu'Alcie remarqua d'autres marques de morsures dans la cabine : dans les murs, sur une table, dans le plancher lui-même.

— Ce truc est en train de manger le bateau, marmonna Alcie.

— Quoi ? demanda Iole.

— Ou bien il est en train de le contaminer d'une manière ou d'une autre, dit Alcie, regardant fixement Iole. La *Syracuse*... le sent. C'est pourquoi elle se tord et gémit !

— Elle sent quoi ?

— Nous devons faire quelque chose !

Le visage d'Alcie devint brusquement sombre.

— Nous trois...

— Homère est parti, dit Iole. Il s'est traîné à l'écart il y a un petit moment.

Parfait, pensa Alcie ; elle savait que, s'il demeurait là dans sa condition, ça risquait d'empirer les choses.

— Nous deux, alors. Parfait. Allons-y, dit-elle, espérant qu'elle s'exprimerait comme l'aurait fait Pandie. J'entrerai de manière à les surprendre. Et alors... et alors....

Subitement, Alcie tendit rapidement le bras et arracha le bouclier de bronze du mur du passage. Une autre des flèches d'Éros arriva périlleusement proche et faillit se planter dans son postérieur. Alors elle se retourna, puis entra en courant et en hurlant dans la pièce.

— Ahhh !

Les deux silhouettes furent tellement stupéfaites qu'Éros laissa tomber son arc.

— Ahhh ! hurlèrent-elles ensemble.

Puis Iole se précipita à l'intérieur.

— Ahhh !

— Ahhh !

— Attrape-les ! hurla Alcie.

Instantanément, Éros se mit à voler autour de la pièce. Comme il n'avait plus de flèches à lancer, il commença à bombarder les filles en piqué, riant à gorge déployée.

Alcie se laissa tomber sur le plancher et chercha à s'emparer de la petite femme, mais elle était si rapide qu'Alcie ne put qu'attraper quelques poignées de vapeur bleue.

— N'y touche pas avec tes mains nues ! cria Iole.

— Donne-moi quelque chose !

Iole courut à l'extrémité de la cabine et retira vivement un mince tissu recouvrant une pile de caisses.

— Voici !

Alcie attrapa le tissu dans les airs et bougea pour saisir la femme, mais cette dernière était trop rapide et se précipita directement entre les jambes d'Iole : Alcie tenta de la suivre, manœuvre qui résulta en la chute des deux filles. Alcie pourchassa la femme derrière la pile de caisses, pour finir par la voir filer de l'autre côté.

— Et voilà ; elle est partie ! hurla Iole.

— Je la vois !

La silhouette prit un moment pour regarder derrière elle pendant qu'elle courait. Elle avait presque traversé la pièce lorsqu'elle se retourna pour leur faire face à nouveau et faillit rentrer tête première dans le plateau argenté qui était tombé et qui reposait maintenant contre le mur de la cabine.

Arrêtée net dans son élan, elle aperçut son propre reflet. Elle posa les mains sur son visage, prit une profonde respiration et laissa échapper un gémissement qui remplit toute la cabine. C'était le son d'un désespoir total et absolu. Alcie et Iole se couvrirent les oreilles : Éros sortit de la cabine dans un sifflement. Puis la minuscule femme s'évanouit doucement et tomba en laissant une trace bleue sur le plancher pendant qu'Alcie lançait le tissu, recouvrant complètement la silhouette.

— Maintenant, on fait quoi ? demanda Alcie, respirant bruyamment et regardant désespérément Iole. Dieux !

— C'est Pandie qui a le filet et la boîte, Alcie. Nous n'avons rien qui puisse la retenir.

— Regarde !

Alcie s'avança vers les caisses et ramassa une petite boîte de bois. Elle l'ouvrit et une minuscule cuillère dorée tomba sur la table.

— Ici !

Elle revint vivement sur ses pas, souleva lentement le tissu et avança la main vers la silhouette.

— Pas avec tes mains nues ! dit Iole.

— D'accord, genre… mince ! dit Alcie, stupéfaite, mais elle enveloppa sa main dans le tissu et ramassa très délicatement la femme minuscule avec son pouce et son index et la déposa dans la boîte.

— Ta-da !

— Il n'y a pas de fermoir d'adamant, Alcie, fit remarquer Iole. Cette chose est un mal moins cruel, mais il faut quand même qu'il soit emprisonné dans la boîte.

— Iole, dit Alcie, nous ne pouvons la laisser partir. Quoi qu'elle soit, elle n'est pas censée être ici. Tu le sais et je le sais. Nous sommes venues pour aider Pandie, même si elle n'est pas aux alentours, alors sers-toi de ce truc entre tes oreilles et…

Alcie prit soudainement une vive respiration et devint silencieuse, presque comme si elle avait été pétrifiée.

— Alcie ?

— Les chaînes.

Elle regarda fixement Iole, puis se mit à parler en mesurant ses propos de façon inhabituelle, comme si chaque mot se présentait dans son cerveau un seul à la fois.

— Le capitaine — quand il nous a enlevé nos chaînes —a marmonné en quelque sorte que c'était cruel de les employer parce qu'elles étaient en…

— Adamant, dirent en même temps Iole et Alcie.

— Mais ce n'est pas un filet ! fit Iole.

— Nous trouverons une solution ! fit Alcie, la dépassant pour s'engager dans le couloir.

Serrant très fort la boîte, elle courut vers leur cabine, ouvrit la porte et était en train de fouiller entre les paillasses quand Iole arriva en haletant dans la pièce.

— Dieux ! tu cours tellement vite depuis que tes pieds sont redevenus normaux !

— Bon, bon, se pressa de poursuivre Alcie, nous savons que le filet est en adamant et nous pensons que c'est la seule chose qui puisse capturer un mal jusqu'à ce qu'il soit réintégré dans la boîte. N'est-ce pas ?

— Exact…

— Cependant, nous n'avons pas le filet et nous n'avons pas la boîte. Tout ce que nous avons, c'est un mal dans une boîte. Mais nous savons qu'il y a des chaînes d'adamant sur ce bateau. Alors, que dirais-tu si nous les trouvions et que d'une certaine manière… nous entourions la boîte ? Ce n'est qu'une femme minuscule ; à quel point peut-elle être forte ?

— En effet…

— Où devrait-on trouver des chaînes — dans l'armurerie, n'est-ce pas ? Quand mon papa se battait à la guerre près de chez nous et que c'était le jour « Emmène ta fille au travail », je voyais toujours des chaînes et des fers dans l'armurerie. Donc, où se trouve-t-elle sur ce bateau ?

— Je ne crois pas que ce soit de ce côté ; on entendrait des cliquetis, dit Iole.

— Bonne réflexion.

— Si je devais concevoir un bateau, je l'installerais dans le milieu ; ce serait plus facile de s'y rendre et le poids serait mieux distribué.

— D'accord, allons les chercher…

— Alcie, interrompit Iole, nous ne pouvons tout simplement nous diriger vers l'armurerie. Nous nous ferons tuer ou enchaîner ou Hadès sait quoi !

— Exact. Nous ne pouvons y aller toutes les deux.

Alcie fit une pause.

— Mais si l'une de nous créait une diversion, alors l'autre pourrait se faufiler derrière et récupérer les chaînes. Maintenant je peux transporter des trucs plus lourds et tu n'es pas vraiment une menace — pour personne. Et probablement qu'ils ne te feront pas grand-chose si tu agis comme une innocente fillette. Donc…

— Alors tu veux m'utiliser comme appât ? hurla Iole. Pourquoi suis-je toujours un appât ?

— T'est-il déjà arrivé d'être un appât ?

— Allo ! Cléopâtre ?

— Bon, mais ne vois pas ça comme un appât !

— C'est la vérité !

— Je sais, mais ce n'est pas ainsi que je le pense. Trouve un autre grand mot pour le remplacer, un joli mot.

D'on ne sait où, elles entendirent toutes deux des cris « repas du soir » et des bruits de pas lourds qui couraient sur le pont principal au-dessus de leurs têtes. Instinctivement, elles ouvrirent la porte de la cabine et s'immobilisèrent un moment pour écouter le son de quelque chose qui ressemblait à un grattement frénétique provenant de la cabine d'Homère. S'appuyant au mur intérieur de la coursive, elles montèrent furtivement sur le pont.

Presque tous, à l'exception des prisonniers, se dirigeaient vers l'arrière du bateau, s'ils n'y étaient pas déjà rassemblés, pendant que le cuisinier servait à la louche des bols de soupe à l'odeur bizarre. Quelques pirates étaient déjà assis en petits groupes, en train de manger et de boire.

— C'est parfait, murmura Alcie, entendant quelqu'un qui faussait, puis un « sploush ».

Se précipitant d'une tour de garde à une autre, les deux filles se faufilèrent dans une ouverture au milieu du pont et descendirent dans les entrailles de la *Syracuse*. Ne voyant personne, elles jetèrent un coup d'œil furtif dans plusieurs grandes salles vides : un bain thermal abandonné et maintenant jonché de paillasses de fortune et de détritus, une bibliothèque avec la plupart des livres lancés sur le plancher pour faire de la place aux affaires personnelles des ravisseurs. Regardant discrètement dans une autre pièce, Iole aperçut la sorcière, juste avant qu'elle oblige Alcie à s'écraser contre le mur, mettant ses doigts sur leurs lèvres tour à tour. La sorcière, qui chantonnait doucement, avait le dos tourné, son nez dans un pot dont le contenu puait, et ne remarqua pas les deux filles qui passaient furtivement devant ses quartiers. Détalant le long des passages vides, elles finirent par trouver l'armurerie, remplie d'immenses armes — celles des ravisseurs et celles pillées à leurs malheureux captifs. Iole et Alcie se rendirent directement vers le mur où des centaines d'ensembles de fers et de chaînes étaient suspendus sur des crochets, une clé dans chaque verrou. Elles s'activèrent avec rapidité tout en procédant à un examen minutieux, et Alcie posa ses mains sur deux ensembles robustes.

— Ils sont assez solides, je suppose, s'éleva une voix derrière eux.

Les deux filles se figèrent sur place.

Soudain, il y eut un bruit fracassant de métal qui s'entrechoque.

Alcie et Iole échangèrent un regard, puis se retournèrent, attendant d'être réduites en lambeaux.

Dans le centre de l'armurerie, se trouvait maintenant une énorme enclume, et derrière elle, un géant. Ses bras massifs étaient couverts de suie, ses cheveux brun foncé étaient dressés sur sa tête à des angles bizarres, et une barbe épaisse noir d'encre recouvrait son visage. Il portait une large boucle d'oreille dorée à une oreille et un minuscule casque romain sur sa tête, et le tatouage noir d'une femme sur un bras. Décrivant un immense arc, il balança un énorme marteau contre une pièce de métal, faisant retentir un autre bruit métallique qui projeta presque les deux filles sur leurs genoux.

— Mais cette paire devrait mieux vous convenir, grogna-t-il, élevant une fois de plus son marteau dans les airs.

— S'il vous plaît, ne nous tuez pas.

Mais Iole avait déjà commencé à comprendre. Des cheveux bruns ? Une barbe noire ? Et, bien sûr, elle l'avait déjà vu auparavant.

— Héph… Héphaïstos ? bégaya-t-elle.

Le marteau s'arrêta à mi-course.

Il laissa tomber sa tête, ses épaules s'affaissèrent. Lentement, il déposa le marteau sur l'enclume et regarda les filles d'un air penaud.

— Qui m'a vendu ?

— Des cheveux bruns, une barbe noire ; Ô merveilleux forgeron ! dit Iole. Et, peut-être, l'enclume géante. De plus, tous les autres pirates sont complètement chauves.

— Oh! chauve. Exact, soupira-t-il, puis il fit un petit bond et disparut.

L'instant d'après, il surgit de derrière l'enclume, surprenant les filles pour une seconde avec le bas de son corps sérieusement difforme et pas plus gros que celui d'un minuscule bébé. Et maintenant, évidemment, il n'était pas plus grand que les filles. Iole se rendit compte qu'il avait été debout sur une chaise.

— Aphrodite a juré que vous ne me reconnaîtriez pas avec cela, dit-il enlevant la fausse barbe de son visage.

— Je ne vous ai pas reconnu, dit Alcie avec sincérité, ce qui le fit se sentir un peu mieux.

— Pourquoi êtes-vous incognito? demanda Iole.

Alcie et Héphaïstos ne firent que la regarder fixement.

— Déguisé? corrigea-t-elle.

— C'est un bateau de pirate, dit-il jovialement, et combien ça peut être amusant, je vous le demande? J'ai rarement l'occasion de quitter la forge, alors j'ai pensé que c'était le moment opportun de voir comment vit l'autre moitié. Et tout ce que je peux faire pour recouvrir cet affreux visage...

— Oh ! je ne dirais pas… dit franchement Alcie.

— Ça suffit, pas de flatterie. Ni de mensonge. Ça ne vous convient pas ni à l'une, ni à l'autre. Maintenant, écoutez : nous n'avons pas de temps à perdre. Prenez ceci.

Il prit une paire de fers sur le dessus de l'enclume.

— Elles sont en adamant, ça va de soi. Et je les ai confectionnés pour qu'ils s'adaptent à cette boîte.

— Comment l'avez-vous appris ? demanda Alcie.

— Je vous ai observées dans le feu de ma forge. Je vérifie de temps en temps. Et j'ai entendu vos prières. Tout le monde sur l'Olympe les a entendues, de fait, mais de tous les dieux, c'est à moi que Zeus fait le moins attention, et je savais que je pouvais me glisser en douce et vous aider cette fois-ci. Voici, donnez-la-moi.

Sans dire un mot, Alcie tendit la boîte à Héphaïstos. Il la tint élevée contre sa large oreille. De l'intérieur, on pouvait entendre le son d'une femme qui sanglotait.

— La Souffrance. C'est ce que vous avez attrapé, vous savez, le truc pur. L'angoisse, la solitude, le désespoir ? Ils viennent tous de cette source.

Il soupira, tapotant la boîte.

— Le désespoir. Berk ! est-ce que je le connais celui-là, hein ? Mon épouse partie avec un autre... un autre... Ah ! bien, peu importe. Et ce n'est pas comme si tout le monde ne le savait pas déjà. Ce ne devrait pas être pénible… vous…

Il fit un triste petit rire qui brisa le cœur d'Alcie en deux. Il plaça rapidement les fers de forme carrée autour de la petite boîte de bois et ferma le fermoir.

— Merci, ô magnifique forgeron ! — forgeron ! dit Alcie avec un minuscule sourire.

— Arrête, Alcestis, dit-il humblement. Je suis tout simplement un dieu au travail.

Comme Pandie l'avait fait auparavant, Alcie se précipita impulsivement vers l'avant pour l'embrasser sur la joue. Pour ne pas être en reste, Iole l'imita.

Héphaïstos ne fit que hocher la tête.

— Vous, les jeunes filles, êtes autre chose.

Il sourit.

Sur ces mots, il grimpa à nouveau difficilement sur sa chaise et éleva dans les airs son terrible marteau.

— Soyez bonnes !

Avec un balancement et dans un bruit métallique, lui et l'enclume disparurent.

CHAPITRE 10

L'inévitable

Quel était le mot ?

« In… quelque chose » ; et cela signifiait que quelque chose, qu'un certain événement, allait forcément se produire. On ne pouvait l'éviter. Comme si les Parques l'avaient décrété ou que Zeus l'avait ordonné.

Pandie s'assit sur le sol dur et laissa son cerveau s'activer un peu, essayant de se rappeler le mot. Pour l'avenir prévisible, elle n'avait rien d'autre que du temps, donc elle pensait beaucoup.

Elle avança la main vers son visage, essayant de déloger une poussière de son œil, mais elle s'arrêta net. La femme près d'elle, dans la file de prisonniers, était endormie, étendue sur la courte chaîne liant leurs menottes, et Pandie n'avait pas le cœur de la réveiller.

De fait, tout le monde était endormi sauf elle, deux gardes surveillant le groupe pelotonné de prisonniers, et trois gardes assis autour d'un feu, à quelque distance de là.

Inévitable !

— C'est ça, songea Pandie.

Il était inévitable qu'elle et les garçons se fassent prendre. Elle ne pensait tout simplement pas que cela se serait produit si tôt.

Donc, si c'était absolument inévitable, pourquoi passait-elle son temps à se blâmer ? Les dieux eux-mêmes étaient au courant qu'elle avait fait tout son possible pour assurer sa propre sécurité et celle des garçons, et au cours des trois derniers jours, elle avait réussi. Depuis qu'Athéna avait guéri la jambe d'Amri la nuit précédente, et que le matin, il n'y avait pas plus qu'une petite cicatrice sur la peau lisse, Pandie s'était réjouie dans la lumière matinale, certaine qu'ils progresseraient beaucoup plus vite. Mais cette certitude s'était évanouie à peine quelques heures plus tard.

À l'aurore, ils avaient poursuivi leur avancée habituelle d'un pas rapide le long de la route, longeant les broussailles. Mais une vaste étendue dénudée les avait exposés. Amri avait d'abord entendu un son métallique et de lourds bruits de pas, et Pandie avait entraîné les garçons vers le massif de rochers le plus près, qu'elle avait aperçu sur la colline. C'était trop petit, et trop tard. L'un après l'autre, des groupes d'attaque avaient commencé à passer sur la piste plus basse, ne leur permettant même pas de bouger un seul muscle.

Pandie et les garçons avaient été coincés derrière des rochers pendant des heures, forcés à demeurer accroupis dans des positions douloureuses et anormales, leurs corps à peine cachés. Dans la chaleur du milieu de la journée, même incapable d'atteindre son sac pour en extraire de la nourriture ou de l'eau, Pandie, elle-même somnolente, avait remarqué que les garçons étaient tombés endormis, et elle fut reconnaissante à l'idée, qu'au moins pendant leur sommeil, ils ne sentiraient pas les terribles crampes dans leurs jambes et leurs bras. Mais même s'il était inconscient, Ismailil en avait apparemment assez et il avait lentement étendu sa jambe derrière les rochers, de sorte que tout le monde pouvait la voir sur la route.

Pandie s'était réveillée avec des lances sous sa gorge et les capitaines de deux différents groupes d'attaque se battant pour déterminer qui allait emmener le trio à Jbel Toubkal, le sommet des montagnes de l'Atlas.

Ils finirent par convenir que le groupe qui se dirigeait vers le sommet les emmènerait, pourvu que la capture soit attribuée à l'autre groupe. On les menotta et les enchaîna, et les trois nouveaux prisonniers rejoignirent l'arrière de la file.

Les ravisseurs se hâtèrent de s'emparer des possessions des membres du trio, s'appropriant tout ce qui les intéressait. Ils prirent le petit anneau à l'oreille d'Ismailil et le bracelet au poignet d'Amri, dont un soldat se servit pour s'attacher les cheveux. Mais quand ils examinèrent le sac de transport en cuir de Pandie, ils constatèrent qu'il était complètement vide. Rien. Et il était maintenant très abîmé et taché. Ne voulant pas se charger d'un objet aussi misérable, ils l'accrochèrent durement autour de son cou.

Le visage de Pandie ne trahissait rien ; alors qu'auparavant, elle aurait roulé des yeux ou souri d'un air narquois, maintenant elle regardait fixement devant elle et sa bouche formait une mince ligne de neutralité. Mais son cerveau filait à la vitesse d'un kilomètre à la seconde, et elle remercia de nouveau immédiatement les dieux d'avoir mis à l'abri la boîte, les conques et la carte, et elle grava dans sa mémoire le visage du soldat qui commençait à malmener durement Ismailil, jurant par le Grand arc d'Artémis que, s'il faisait le moindre mal au petit garçon, elle le réduirait en cendres juste à cet endroit. Et il lui importait peu qu'on la vit à l'œuvre.

— Avance, quand je dis avance ! Tu comprends ? Ne dis rien, toi petit vaurien.

— Il ne parle pas, dit Pandie, s'approchant aussi prêt d'Ismailil qu'elle en était capable. Aucun d'eux ne parle. Je crois que c'est le choc.

Le soldat cracha sur le sol devant Ismailil et, après avoir donné une poussée au petit garçon, il partit vers l'avant de la file. Au signal, la file entière commença à avancer lentement sur la route et encore plus profondément dans les montagnes. Heureusement, les gardes avaient placé Pandie entre les frères, Amri demeurant le dernier en ligne ; ainsi, lorsqu'il trébucha pour la troisième fois, Pandie put le transporter sans tendre les chaînes de personne. Ils marchèrent jusqu'à ce qu'ils ne puissent plus avancer, puis ils marchèrent encore plus loin.

Le reste du jour semblait trois fois plus long que tous ceux que Pandie n'avait jamais connus.

Il n'y avait pas de périodes de repos. Finalement, les prisonniers furent conduits en troupeau sur un flanc de coteau et forcés de s'asseoir. Des gourdes et du pain plat furent lancés au hasard dans la foule, et les prisonniers tâtonnaient pour saisir une bouchée ou une gourde, pendant que les ravisseurs, plus bas, faisaient rôtir de la viande sur un feu aveuglant. Finalement, épuisés (et parce qu'ils avaient été avertis qu'au moindre mot, ils auraient la langue coupée), ils tombèrent l'un après l'autre dans le sommeil.

Tous sauf Pandie.

CHAPITRE 11

La Souffrance

À leur retour sur le pont, Alcie et Iole découvrirent le brouillard suspendu juste au-dessus de leur tête, avec quelques volutes qui commençaient à s'enrouler autour des poteaux du mât et des tours de garde. Cachées derrière la tour la plus proche et se préparant à traverser discrètement le pont, Alcie et Iole entendirent soudainement du tapage à l'endroit où le cuisinier était en train de servir le repas du soir.

Alcie sortit la tête de sa cachette derrière la tour. Les épées et les couteaux fin prêts, au moins 50 pirates entouraient le cuisinier.

— Nous voulions de la viande dans la soupe ! hurla Gaïus, son épée tout près de la gorge du cuisinier.

— De la viande ! cria un chœur de voix.

— Je te gage cinq pièces d'or qu'il sautera avant que nous puissions le lancer ! marmonna un pirate.

— Je relève ton pari ! dit un autre.

— J'ai mis de la viande dans la soupe ! plaida le cuisinier terrifié.

— Alors, ceci, c'est quoi ? gronda férocement un autre pirate qui s'avançait, obligeant le cuisinier à avaler une énorme bouchée d'un bol.

— Lance-le dedans !

— Oh ! Miséricordieuse Vénus ! dit le cuisinier, c'est pour la petite fille ! La jeune fille qui ne mange pas de viande. J'ai dû vous servir la mauvaise soupe ! Mais il y en a d'autre, en bas… laissez-moi…

Le cuisinier commença à reculer vers la rambarde.

— Oh ! nous te laisserons, Lucius, dit doucement Gaïus, baissant son épée et jetant son bras joyeusement autour du cuisinier. Certainement que nous te laisserons.

À la vitesse de l'éclair, Gaïus souleva le cuisinier au-dessus de ses épaules et le lança dans la mer.

— Nous te laisserons nager jusqu'en Afrique ! cria Gaïus pendant que Lucius atterrissait avec un bruit d'éclaboussement.

— Maintenant, les gars, à la vraie soupe !

Dans un rugissement, les pirates se dirigèrent vers le centre du bateau.

— Allons-y ! dit Alcie à Iole.

Les deux filles filèrent précipitamment comme des souris, priant pour que le brouillard les cache. Longeant la rambarde, elles firent la course contre les voix qui s'approchaient, se glissèrent dans l'escalier, dans la coursive, puis dans leur cabine, évitant par seulement quelques pas d'être découvertes.

Alcie lança la boîte enchaînée d'adamant dans son sac de transport et se jeta sur sa paillasse.

— Zeste de citrons ! Je suis contente que ce soit terminé.

— Euh… allo ! dit Iole.

— Quoi ?

— Nous n'avons pas terminé !

— Voyons donc !

— Le livre ! dit Iole presque en criant.

— Oh ! dit Alcie en bondissant de sa paillasse. C'est vrai ! Le livre ! Que fais-tu à simplement rester là ? Allons-y. Hé ! apporte l'épée de ton père, elle pourrait nous être utile.

— Je sais comment j'aimerais m'en servir, marmonna Iole, attrapant l'épée et suivant Alcie.

En sortant de la cabine, Iole constata que l'excitation temporaire d'Alcie s'était soudainement calmée. Elle cognait doucement à la porte d'Homère.

— Homère ? C'est Alcie. S'il te plaît…

— Va-t-en.

— Hom…

— Je vais bien, simplement… laisse-moi seul.

— Allez, Alcie, dit Iole près d'elle. Je crois qu'il n'ira nulle part. Allons chercher cette chose pendant que le capitaine est absent. D'accord ?

Comme Alcie hochait la tête et commençait à descendre la coursive, Iole vit sur le visage de son amie tout ce qu'Alcie avait essayé si fort de lui dissimuler : elle était vraiment éprise du jeune géant, et si Iole avait bien interprété tous les signes, c'était aussi le cas d'Homère. Pour des raisons qu'elle ne pouvait expliquer (même avec son puissant cerveau), cette pensée fit sourire Iole et elle résolut de ne plus harceler Alcie sur ses sentiments pour Homère.

S'approchant à nouveau de la cabine du capitaine, elles s'attendaient à entendre une cacophonie de hurlements et de gémissements avec des flèches fusant de la pièce. Mais lorsqu'elles passèrent leur tête dans l'embrasure de porte, elles virent plutôt Éros, tout simplement assis sur la couverture ouverte du livre, riant et poussant des cris perçants, son arc à ses côtés.

En les voyant, Éros s'envola et bourdonna très près de l'oreille d'Alcie, puis il se mit à courir, riant, directement en travers de son front. Sans réfléchir, Iole leva son épée pour le frapper et faillit presque couper le nez d'Alcie.

— Iole… arrête! dit Alcie. Laisse-le partir! Alpha, c'est un dieu, et bêta, je parierais ma broche à cheveux de rubis et de perles qu'il ne fait pas partie de ce qui va dans la boîte.

— Dieux! dit Iole, j'aurais dû y penser.

Éros vola tout près et chatouilla l'oreille d'Iole tandis qu'il se précipitait vers la porte pour disparaître dans le passage.

— Maintenant… le livre. Comment le capturons-nous…? dit Alcie, pendant que toutes deux tournaient leur attention vers les rangées de dents.

Mais les dents étaient disparues.

Du moins, c'était ce qui leur semblait de l'autre côté de la pièce. Iole scruta le bord intérieur du livre. Il était lisse et plat.

— C'est bizarre, dit-elle.

— Oui, et nos vies sont tellement normales, dit sèchement Alcie.

Puis elles fixèrent ce qui paraissait être un livre de cuir uni avec quelques feuilles de papyrus encore lâchement reliées à l'intérieur. Enfin, Alcie tendit la main et prit la peau de veau brun pâle entre ses doigts.

— Je crois que, quel que soit l'enchantement jeté sur le livre, il a été rompu quand nous avons capturé la Souffrance, dit-elle, attirant le livre vers elle.

— Et la *Syracuse* ne tangue plus et n'est plus agitée de secousses, affirma Iole.

— Excellent ! dit Alcie.

Lentement, elle desserra les cordes rouges qui retenaient les lettres sur la couverture. Alcie et Iole éparpillèrent plusieurs des lettres — il y en avait environ 30 qui n'avaient pas été transformées en flèches destinées à Éros — juste devant elles. Après en avoir pris chacune une, elles déroulèrent le parchemin jauni.

— Oh ! haleta légèrement Iole, alors qu'une longue mèche de magnifiques cheveux couleur noisette tomba de la lettre dans sa main.

— Tout à fait sordide, ou genre superbe… je ne peux décider, dit Alcie, soulevant les cheveux. Appartiennent-ils à la même femme ?

— Probablement, dit Iole, allumant une lampe à l'huile tout près.

— Ceux-ci contiennent toutefois beaucoup de cheveux gris, dit Alcie, examinant d'autres lettres. Regarde, ce cheveu n'est pas filandreux et terreux et les mots sur cette lettre ne disparaissent pas comme avant.

— Probablement à cause du sortilège jeté par le mal moins cruel de la Souffrance… comme les dents du livre, dit Iole.

— Regarde la signature, dit Alcie, son regard passant d'une lettre à l'autre. Elle diffère de l'une à l'autre.

Elles regardèrent toutes deux au bas de leur page.

— À toi pour l'éternité, Latona.

— Ta bien-aimée, Latona.

— À toi, dans la solitude, Latona.

— Ta malheureuse Latona.

— Figues ! écoute ceci, dit Alcie, et elle se mit à lire à voix haute la lettre dans ses mains.

Honoré époux,
Ces dernières semaines m'ont semblé durer toute une vie, et je prie chaque jour pour ton retour sain et sauf. La nouvelle lune qui te ramènera à la maison ne peut luire assez tôt. Pourquoi n'écris-tu pas ? Tu devrais savoir à quel point je me sens seule pendant ton absence. Tu dois passer près d'autres bateaux qui peuvent livrer une lettre, une note pour moi, n'est-ce pas ? Épargne ma solitude.

En Éros, Latona

— Et qu'en penses-tu ? demanda Iole. Hum ! « Mon amour »… « tu me manques »… bon, écoute ceci.

… ce malaise qui a étreint mon cœur ne cessera pas. Aujourd'hui je suis passée devant le port et j'ai cru apercevoir tes voiles. Mon cœur a fait un grand bond, mais j'ai été déçue. Poséidon se joue de moi. Le chagrin que me cause ton absence est certainement en train de me tuer. Comme j'aimerais que tu m'écrives.

Je t'attends, Latona

À chaque lettre qu'elles dépliaient, les filles lisaient la lutte de la femme contre sa solitude écrasante et son désespoir. Elle avait été l'épouse du capitaine du bateau, laissée seule pendant des mois (parfois des années, lurent-elles). Elle avait eu un enfant, un garçon, qui avait grandi jusqu'à l'âge adulte sans connaître l'amour d'un père.

… comme il te ressemble, chéri… si seulement tu étais ici pour le voir…

Elle s'était occupée d'une maison et de servantes, elle avait élevé son enfant et vécu toute sa vie absolument seule, attendant à jamais le retour de son époux. Les lettres commencèrent à devenir plus désespérées et plus suppliantes, jusqu'à ce que, finalement, elles se dissolvent en propos incohérents.

— Oh… non! dit Alcie, lisant l'une des quelques lettres qui restaient, des mèches de gris clair entre ses mains.

— Quoi? Qu'est-ce que c'est?

Alcie leva la tête et regarda son amie. Les yeux d'Iole s'agrandirent légèrement et son cœur fit un bruit sourd dans sa poitrine. Sur la joue d'Alcie, une larme coulait.

— Écoute, dit-elle, les mots pris dans sa gorge.

Monsieur,
Nous avons le regret de vous apprendre que votre épouse a traversé le fleuve Styx. Nous croyons que sa mort, par aucune autre main que la sienne, a été rapide et sans douleur. Votre fils, maintenant âgée de 14 ans, va bien; et par gracieuseté, la ville veille à ses soins. Tous les rites et les cérémonies pour votre épouse ont été préparés et son passage aux Champs-Élysées a été assuré.

Le grand conseil de ville

— Meutes d'Hadès! dit Iole, elle s'est suicidée.

— Parce qu'elle était tellement seule. À cause de la Souffrance. J'en suis certaine.

Soudain, quelque chose directement au-dessus de l'épaule d'Iole attira l'attention d'Alcie : un petit ourson rembourré fabriqué de tissu vert et bleu clair était étendu à l'extrémité de la couche du capitaine. À côté de lui, il y avait une peau de lapin rembourrée avec des yeux de verre et un nez rose. Sur le plancher, se trouvait un morceau de bois rond et lisse avec des cloches et des étranges symboles noirs gravés. Elle jeta un coup d'œil à sa droite et remarqua un minuscule tambour d'une sorte exotique et un petit cheval de bois blanc avec des ailes sur le dos, à peine visibles derrière un rideau de tissu décoratif. Et les caisses qui avaient été recouvertes du tissu dont s'était servi Alcie pour capturer la Souffrance étaient toutes remplies jusqu'au bord d'autres jouets.

— Hé! pourquoi y a-t-il des jouets? commença-t-elle, mais elle n'eut pas le temps de terminer sa phrase.

Un bruit soudain retentit dans le passage extérieur. Quelqu'un arrivait d'un pas lourd.

Désespérément, Alcie tenta de rassembler les lettres et de les remettre entre les couvertures du livre, pendant qu'Iole courait pour retirer les lettres-flèches des murs. Mais dans leur course, elle et Iole se heurtèrent en contournant le coin de la table, ne réussissant qu'à tout éparpiller davantage dans la pièce. Elles entendirent des pas s'arrêter et surent que quelqu'un, quelqu'un de grand, était debout à l'entrée. Alcie et Iole se retournèrent d'un air penaud et, levant la tête, attachèrent leur regard à celui du capitaine.

Pendant un moment, il fixa durement les filles, puis il examina le désordre répandu partout sur le plancher de sa cabine. De chaque côté de son corps, ses mains s'étaient refermées en un poing.

Le capitaine s'éclaircit la gorge, et les yeux d'Alcie croisèrent instantanément les siens. Elle sut soudainement ce à quoi cela ressemblait de regarder un volcan en train d'exploser. Le capitaine faisait tout son possible pour se retenir, mais elle était certaine qu'il aurait voulu qu'elles meurent sur-le-champ.

— Si je pouvais, commença-t-il lentement, je vous attacherais toutes les deux au sommet du mât principal et je laisserais les oiseaux de mer se régaler de vos yeux.

— Mais… commença Alcie, mais Iole la pinça très fort sur le bras.

— Et le pinçage recommence, marmonna Alcie.

— Comment osez-vous! dit le capitaine d'une voix devenant plus intense. Je vous avais averties — je vous l'avais ordonné. Mettre votre nez dans mes affaires personnelles, profaner mes possessions, voilà quelque chose que je ne tolérerai pas!

— Monsieur… Capitaine… Monsieur, dit Alcie. Nous n'avions pas le choix. Vraiment, nous n'avions pas le choix. Je ne plaisante vraiment pas. Ce livre était déjà sur le plancher sous la table. Les lettres de votre femme avaient été transformées en flèches par Éros et il nous les tirait ! Regardez !

Et elle pointa les murs de la cabine, puis ceux de la coursive.

— Les lettres de ma femme… ?

Sa voix faiblit alors qu'il regardait autour de lui dans la pièce.

— Nous devions nous défendre, Monsieur ! dit Iole.

— Non, vous ne deviez pas ! cria le capitaine. Par Zeus ! Vous auriez dû partir. Vous auriez dû venir me chercher ! Ceci ne vous regarde pas !

— Peaux de raisin ! c'est faux, dit Alcie, puis elle continua rapidement. Je peux expliquer, je veux dire, puis-je expliquer ? Parce que je peux tout expliquer !

— Expliquer ? Expliquer que vous avez fouillé dans mes quartiers ? Bien ; allez-y. Je dois entendre ça.

— D'accord, dit Alcie, se penchant pour ramasser les lettres.

— Ne touchez à rien d'autre ! cria le capitaine. Ne bougez surtout pas ou je serai trop heureux de vous transpercer toutes les deux d'une épée.

— Hum ! d'accord, dit Alcie.

— Parlez, jeune fille.

Rapidement et de manière concise, Alcie parla de la boîte, du projet scolaire, du voyage de Pandie sur l'Olympe et de la quête pour retrouver les maux plus importants et ceux moindres. Elle expliqua pourquoi, exactement, elle et ses amis s'étaient retrouvés sur le *Paon*, leurs aventures en Égypte, le voyage dans le char du Soleil d'Apollon, la chute de Pandie et l'atterrissage périlleux. Mais Alcie s'assura de mettre en valeur combien il avait été important de capturer la minuscule silhouette de la femme...

— Je crois que c'était probablement l'esprit de votre épouse, s'interrompit-elle.

... et de la déposer dans la boîte. Elle et Iole étaient certaines que c'était dans l'esprit de la femme que se cachait un mal moins cruel.

— C'est la Souffrance, dit-elle, s'écartant un peu de son sujet.

Elle expliqua qu'elles avaient cru pouvoir trouver la réponse dans les lettres, et c'était la seule raison pour laquelle elles les avaient lues.

— ... et c'est alors que nous avons lu que votre épouse s'était suicidée. Puis vous êtes

arrivé… et ensuite nous… nous sommes arrêtées, termina-t-elle.

Le capitaine fixa les deux filles l'une après
l'autre d'un air absent.

— J'ai dit à Homère de ne pas toucher à
cette carte. On dirait qu'il y a plusieurs personnes indiscrètes à bord de mon bateau.

— Il n'a pas voulu le faire, Monsieur, dit
Iole. Il ne s'est pas montré indiscret. La carte
s'était détachée et le livre contenant les lettres
de votre femme est tombé. Il essayait de le
remettre en place et c'est alors que le livre l'a
mordu.

Le capitaine la dévisagea, les sourcils
froncés.

— Avant que nous récupérions l'esprit de
votre femme pour le mettre dans la boîte,
continua Iole, il y avait des rangées de dents
pointues sur le livre. Mais, s'il vous plaît, ne
blâmez pas Homère.

— Et j'ai cru l'avoir caché avec tellement
de soin, dit-il, promenant ses yeux dans sa
cabine sans vraiment regarder. Une véritable
honte.

Il se retourna vers les filles.

— Vous vous êtes trompées sur un point,
Alcie.

— Mais encore ? dit-elle.

Le capitaine se pencha pour ramasser plusieurs des lettres dépliées ; il regarda gravement les mots devant lui, puis il pressa les lettres contre son cœur.

— Ce ne sont pas les lettres de mon épouse, dit le capitaine.

— Non ? demanda Iole.

— Non, répondit-il. Latona était ma mère.

Les filles demeurèrent immobiles.

— Alors, finit par dire Iole, c'était vous le garçon dans la lettre. Vous n'avez jamais connu votre père ?

— Je ne l'ai jamais connu ? dit le capitaine d'un ton sarcastique. Je ne l'ai jamais rencontré.

Il s'assit lourdement à la table, laissant Alcie et Iole debout, un peu désespérées.

— Ma mère m'avait montré un buste de marbre de mon père... l'extraordinaire homme de la mer ! commença-t-il. Ou alors elle m'indiquait une statue de lui dans notre jardin et me disait à quel point c'était un homme bien. Et chaque jour pendant que je grandissais, ma mère souffrait de plus en plus de solitude. Et moi je devenais de plus en plus en colère. Il nous envoyait de l'argent... mais il ne lui écrivait même pas. Un jour, je suis revenu de l'école et les servantes de la maison étaient rassemblées ; elles m'ont raconté ce qui s'était produit. On m'arracha immédiatement à ma maison pour m'emmener dans le seul endroit où j'avais juré que je n'irais jamais — à bord d'un bateau. Je ne voulais pas exercer le même métier que mon père. Mais le grand conseil de la ville m'a dit qu'ils avaient reçu des ordres.

— Des ordres ? demanda Iole. Qui restait-il pour donner des ordres ?

— Qui, effectivement ? dit-il.

Le capitaine fit une pause pour un long moment.

— C'est comme si, songea Alcie, il essayait de décider jusqu'où il peut ou devrait aller dans ses révélations.

Le capitaine se leva et marcha vers son coffre de possessions personnelles. Il souleva le lourd couvercle et sortit une boîte rectangulaire fabriquée d'un métal qui luisait d'une faible lumière bleu pâle. Il déposa la boîte sur la table et posa sa main sur le fermoir, regardant une fois de plus les filles.

— La merveilleuse Aphrodite était, et est maintenant encore, responsable de ma vie. Une nuit, alors que j'étais en mer depuis seulement quelques semaines, j'ai éprouvé une envie étrange de me rendre sur le pont pendant que tout le monde dormait. Aphrodite la superbe a surgi de l'eau sur le dos d'un énorme poisson à deux queues, me disant qu'elle m'avait mis au travail sur le bateau, que je finirais par en devenir le capitaine, et que je vivrais le reste de mes jours seul sur la mer. Aucun homme de ma lignée n'aurait plus jamais l'occasion de plonger quelqu'un dans une solitude telle que mon père avait fait subir à ma mère. C'était le décret de la déesse de l'amour. Je ne me marierais jamais, je ne connaîtrais jamais la compagnie d'une femme attentionnée, je n'aurais jamais de famille, et je ne vivrais jamais en dehors d'un bateau.

Il fit une pause et prit une profonde respiration.

— Et le même sort... mon châtiment immuable pour les péchés d'un père égoïste et incapable d'aimer... échoirait à mes fils.

— Oranges ! dit Alcie. C'est tellement horrible. Je veux dire — attendez ! Quoi !

— Excusez-moi ? dit Iole. Comment pouvez-vous avoir des fils si vous ne pouvez avoir une famille ? demanda Alcie.

Le capitaine fit un faible sourire, comme si lui seul connaissait la réponse à la question la plus triste jamais posée, et il souleva le couvercle de la boîte, révélant une douce lumière blanche et un léger bruit, comme le roucoulement de colombes. À l'intérieur, entouré par nombreux plis de soie violet foncé, reposait un œuf blanc brillant, de la taille d'un gros melon.

— Graines de raisins ! tout un petit déjeuner, dit Alcie, puis elle plaqua sa main contre sa bouche.

Le capitaine regarda fixement Alcie d'un air absent pendant un moment, puis il commença à rire follement et sans bruit, se pliant presque en deux.

— Jamais auparavant, je n'avais ri à propos de mon dilemme, finit-il par dire, s'essuyant les yeux, avant de balayer la main au-dessus de la boîte. Jeunes filles, ceci est… ou ce sera un jour… mon fils.

Le capitaine souleva l'œuf de la boîte et le tint à la lumière d'une lampe à l'huile. À l'intérieur, les filles pouvaient apercevoir le plus léger contour d'une minuscule forme humaine toute recroquevillée.

Alcie regarda à nouveau autour d'elle ; maintenant la présence des jouets s'expliquait. Il y avait des trucs de bébé partout ! Mais les filles avaient été si occupées à se concentrer sur la Souffrance qu'elles ne les avaient pas remarqués. L'étagère du haut d'une bibliothèque était remplie de minuscules vêtements fabriqués du coton le plus fin et de douces petites bottes de cuir pour enfant, doublées de fourrure. Un petit panier en roseau égyptien doublé d'un mince matelas de soie chinoise et couvert d'une fine couverture de lin perse reposait au pied de la paillasse du capitaine. Au-dessus, un mobile rudimentaire était cloué au plafond. Les pièces suspendues comprenaient des chevaux, des dryades, des éclairs, des instruments de musique et des poissons peints sur du papyrus. Il y avait des jouets bizarres et des vêtements colorés de bébé de partout dans le monde connu, émergeant en partie d'étranges cachettes dans la pièce.

— Attendez un tic d'horloge solaire, s'il vous plaît ! cria Alcie. C'est la *Syracuse* ! Le *Paon* a été détruit ! Comment tous les effets sur ce bateau ont-ils pu arriver ici ?

— Rien ne peut changer ce que décrètent les dieux, dit le capitaine. Lorsque j'ai été épargné par les pirates et qu'on m'a confié la barre de ce bateau, ils m'ont emmené ici. Aphrodite, j'en suis certain, a tout remis en place. Cette cabine est l'exacte réplique de mon ancienne cabine sur le *Paon*.

Leur attention fut de nouveau attirée par le roucoulement qui venait des plis de la soie.

— Quel est ce son ? demanda Iole.

— La colombe est l'oiseau protégé d'Aphrodite. Je crois que ces sons gardent en quelque sorte mon fils en sécurité... peut-être même qu'ils lui transmettent des connaissances. Qu'ils le nourrissent.

Il déposa délicatement l'œuf dans la boîte.

— Aphrodite m'a dit que je pouvais avoir un héritier, dit le capitaine, qui pourra aussi avoir un héritier, et ainsi de suite, et ainsi la lignée se perpétuera. Je n'avais aucune idée de ce dont elle parlait, jusqu'à la nuit, il y a plusieurs mois, où Aphrodite m'a donné dans un rêve instructions de visiter un étal de marché en particulier, la prochaine fois que j'arriverais au port d'Athènes. Le vendeur m'a tendu cette boîte et a même refusé d'accepter une seule drachme. Il a simplement continué à répéter inlassablement « neuf lunes ». Lorsque je suis revenu à bord du *Paon* et que j'ai ouvert la boîte, j'ai découvert cet œuf et le livre des lettres que ma mère avait écrites à mon père.

Il soupira profondément.

— Auparavant, je priais chaque jour Aphrodite de me libérer de ce sort, continua-t-il.

Maintenant, je ne fais que prier tous les dieux pour être capable de bien élever mon fils. Je conserve l'œuf tout près pour que je puisse m'en occuper, mais je ne voulais pas lire les lettres de ma mère, alors, bien longtemps avant que Pandora ouvre la boîte, j'ai caché le livre là où je croyais qu'il serait en sûreté et qu'on l'oublierait. Je n'avais aucun moyen de savoir qu'il était devenu une chose dangereuse et enchantée. Mais il est parfaitement logique que la pure source de la Souffrance trouve une maison à l'intérieur. Je sais que ma mère en était habitée pendant qu'elle était encore vivante.

— Croyez-vous que c'est l'esprit de votre mère que nous avons déposé dans la boîte ? demanda Iole.

— Non, répondit-il. Aphrodite m'a assuré que l'âme de ma mère est heureuse dans les Champs-Élysées. Je crois que c'était la Souffrance sous la forme de ma mère.

Il y eut un silence pendant que tous réfléchissaient aux effets que pouvait engendrer la Souffrance.

— Cela ne me semble pas un mal « moins cruel », dit Iole.

— Donc votre fils aura lui aussi un œuf ? dit Alcie.

— Hum ! pouvons-vous vous aider à nettoyer tout cela ? demanda rapidement Iole.

— Non, mais merci… Je m'en occuperai moi-même, répondit le capitaine, regardant les lettres dispersées un peu partout. Je crois que je ferai un peu de lecture.

CHAPITRE 12

Le chantage

Après avoir fouillé dans les armoires de nourriture, Héra retourna à ses appartements, tenant entre ses mains deux énormes bols d'ambroisie. Elle n'avait rien apporté pour Dido ; elle ne jeta même pas un coup d'œil dans sa direction.

Déméter n'était qu'à quelques secondes derrière, apportant des gobelets de nectar et deux larges cuillères.

— Oh ! se mit-elle à rire, j'ai l'impression d'être une mortelle à l'une de ces chics fêtes romaines du dieu Somnus, où toutes les filles se rassemblent et peignent leurs ongles, se font des changements de look et potinent toute la nuit…. Où est le chien ?

— Hein ? dit Héra, tourbillonnant sur place.

— Où est le chien ?

— Probablement qu'il se cache, dit Héra.

— Non, dit Déméter, s'avançant vers le coin, jetant un coup d'œil sous le divan. Il n'est pas ici.

— Que veux-tu dire, il n'est pas ici ? hurla Héra.

— Le coin est encore chaud, dit Déméter, touchant les pierres, et il y a une trace de quelque chose de collant en direction de ton balcon.

— On dirait des traces de sandales... ensanglantées, dit Héra, suivant les traces à l'extérieur.

La trace rouge foncé traversait le balcon de Héra, avec une empreinte sur la rampe la plus éloignée, mais elle ne continuait pas sur les balcons des appartements contigus appartenant à Hermès, à Artémis et à Apollon. Ce n'est qu'en regardant à l'extrémité de l'aile que Héra aperçut une minuscule tache de rouge sur la rampe de l'appartement du coin.

— Arès, marmonna Héra.

— Oh non ! murmura Déméter. Comment crois-tu qu'il l'a trouvé ?

— La sale gosse ! cracha Héra, revenant à l'intérieur. Elle l'a prié, je l'ai entendue. Fille intelligente. Je pensais juste qu'il ne serait pas si effronté... mais il a laissé sa trace comme signature.

— Que vas-tu faire?

— Garde le nectar au frais, dit Héra, marchant lourdement vers l'entrée. Ça ne sera pas long.

Héra courut à grandes enjambées à travers le long couloir, passant devant des fontaines et des jardins. À mi-chemin des appartements d'Arès, elle rentra presque dans Artémis, qui venait tout juste d'arriver d'une chasse.

— Hé! hurla Artémis. Regarde où tu vas!

— Désolée, ma chère, dit Héra, feignant la nonchalance, mais continuant son chemin. Oh! ma chère! tu as l'air épuisée. Tu devrais faire une sieste… et très certainement prendre un bain. Si tu veux m'excuser…

Héra fit semblant d'examiner un arrangement de fleurs exotiques au bout du corridor jusqu'à ce qu'Artémis entre dans ses propres appartements. Puis elle se fraya un chemin autour de quelques buissons et se plaça carrément dans l'entrée d'Arès. Lorsqu'il la vit, Dido, étendu sur une paillasse basse de fourrure, un énorme bol de viandes de choix à moitié vide devant lui, commença immédiatement à grogner.

— Chut maintenant ! vint une voix graveleuse d'une chaise dans un coin de la pièce. Tranquille.

Immédiatement, Dido tomba endormi.

— Tu as quelque chose qui m'appartient, dit Héra, retrouvant son calme.

— Tu avais quelque chose qui lui appartenait à elle, répliqua Arès.

— J'aimerais le ravoir.

— Je suis heureux de te voir, du moins tu sembles bien nourrie, dit Arès, ignorant son commentaire.

Héra dévisagea Arès. Elle remarqua son casque sur une table à ses côtés, sachant très bien que, lorsqu'Arès l'enlevait, c'est qu'il voulait être particulièrement imposant.

— Je dois manger, répondit-elle, ignorant calmement les cicatrices de combat qui couvrait son visage (certaines d'entre elles recommençant à saigner pour l'éternité) et ses yeux jaunes plissés.

— C'est la même chose pour le chien, dit Arès. Tu as maltraité mon animal protégé et je ne vais pas rester là à…

— Bla bla bla. Je l'ai nourri…

— Je n'argumenterai pas, interrompit Arès. Maintenant va-t-en, sinon je veillerai à ce que Zeus apprenne qu'il est ici et qui l'a apporté. Ce que je devrais faire de toute façon.

Héra s'avança vers Arès, sa voix devenant un ronronnement.

— Et que lui diras-tu exactement ?

— Que j'étais en train de rendre visite à Aphrodite ; ses appartements se sont pas loin des tiens. J'ai entendu un jappement et je suis entré pour vérifier. J'ai trouvé le chien sale, paniqué et affamé, ce qui est vrai. Ça ne prendra pas beaucoup de temps à Zeus pour mettre alpha et bêta ensemble.

— Parfait, dit Héra, fixant les yeux d'Arès. Raconte-lui tes théories, maintenant que tu me les as révélées, merveilleux stratège que tu es. Et quand il me posera des questions à ce sujet, je lui dirai que je sais à quel point l'animal est précieux pour Pandora et que je l'ai pris simplement par amour pour l'enfant. Que cette quête est trop dangereuse pour un animal si impuissant… que je l'ai tout simplement pris pour le garder en sécurité jusqu'à ce qu'elle revienne, si jamais elle revient. Que c'était moi qui le protégeais. Maintenant, qui penses-tu que Zeus croira ?

Arès regarda fixement Héra un moment.

— Moi, dit-il calmement. Et le chien.

À un claquement de ses doigts, Dido se réveilla et, regardant Héra, il commença à parler.

— Tu es une méchante dame.

Héra eut le souffle coupé et Arès se mit à rire.

— Tu m'as enlevé dans le palais de Cléopâtre, commença Dido, pendant que ma maîtresse était distraite. Tu m'as emprisonné, tu as lancé une chaîne autour de mon cou, et tu m'as traîné à travers le ciel. Tout simplement pour rendre ma Pandie malheureuse et la déconcentrer. Ne crois pas qu'elle ne le sait pas. Et maintenant tu tabasses un chien ? Tu es une méchante...

Arès fit à nouveau claquer ses doigts et Dido devint silencieux.

— Même si c'est le cas, dit Héra après un moment, avec la plus légère nuance de doute dans sa voix, Zeus ne me touchera pas.

— Va-t-en et laisse-moi penser à ce que tu peux faire pour m'empêcher de le lui dire.

D'un air de défi, Héra marcha à grandes enjambées vers l'entrée et était presque sortie lorsqu'elle pivota sur ses talons.

— Tu n'es pas mon patron !

Arès la regarda fixement.

— Parfait, garde le chien !

Arès continua à la fixer.

— Zeus te déteste, tu sais. Il déteste que tu sois en fait un lâche au combat, il déteste que tu coures en hurlant à la moindre douleur. Il adorerait te déposséder et te chasser à coups de pied de la montagne.

Arès continua à fixer, puis soupira.

— Oui, mais il sait que je dis la vérité.

Il fit une pause.

— N'est-ce pas intéressant ? Il me déteste, mais il éprouve du plaisir à te blesser. J'accepterai l'offre soumise, parce qu'au moins c'est honnête. Le chien reste ici, Mère.

CHAPITRE 13

La plume empoisonnée

— Nous le voyions chaque jour sur le *Paon*... il passait son temps à parler tout seul, dit Iole, esquivant quelques lettres-flèches plantées dans les murs plus loin dans le passage. Maintenant, quand nous montons sur le pont, il ne fait que se promener sans but jusqu'à la rambarde et... du moins, je croyais qu'il parlait tout seul. Peux-tu croire qu'il prie tous les dieux — chaque jour! C'est beaucoup de prières.

— Nous avons beaucoup prié nous aussi, tu sais, répliqua Alcie.

— Oui, mais pas tous les dieux, dit Iole.

— Il doit demander la sagesse à Athéna et l'habileté de guérison à Apollon... tu sais, si son petit garçon tombe malade ou quelque chose de semblable, dit Alcie.

— Je te parie qu'il demandera à Hermès de rendre son petit garçon plus intelligent et à Artémis de le protéger, dit Iole.

— Je me demande seulement l'objet de sa prière à Héra, dit Alcie.

À la mention du nom de Héra, les filles devinrent silencieuses. Elles tournèrent à l'angle du passage et elles étaient presque rendues à leur cabine quand Iole s'arrêta.

— Regarde, dit-elle, pointant l'autre bout du corridor.

La porte qui menait à la cabine d'Homère était légèrement entrebâillée et on apercevait dessous un petit morceau de papyrus.

Alcie cogna doucement sur la vieille porte de bois usée. Comme personne ne répondait à l'intérieur, elle ouvrit doucement la porte.

Homère était assis à l'extrémité de sa paillasse, les yeux fermés, un sourire paisible sur le visage. Il frottait sa main blessée avec un bout de tissu décoloré, chantonnant pour lui-même. À côté de lui, sur le petit lit, il y avait deux piles bien rangées de feuilles de papyrus, chacune d'environ un centimètre de haut, et une plume d'oie, les barbes pliées et écrasées à des angles bizarres.

— Homère ? dit Alcie. Ça va ?

Homère ouvrit les yeux alors que les deux filles entraient prudemment dans sa cabine.

— Salut, dit-il, sa voix semblant âgée et fatiguée.

Il retira le tissu rose de sa morsure.

— Homère ! Ta main ! dit Iole, le souffle coupé.

— Quoi ? demanda Alcie.

Homère leva sa main, la blessure de la morsure étant complètement guérie.

— Bien… c'était l'autre main alors, dit Alcie.

Homère la regarda et lui tendit son autre paume. Parfaite. Un peu rude, quelques durillons, mais sinon, les deux mains étaient juste parfaites.

— Je suis désolé de vous avoir laissées, commença Homère, mais je savais que je ne ferais que tout gâcher. Après la morsure de cette chose, j'ai commencé à me sentir terriblement mal. Tellement triste. Genre, je me sentais triste pour tous les autres. J'avais pris sur moi toute la tristesse qui n'ait jamais existé ou qui ne m'ait jamais habité.

— La Souffrance ? demanda Iole.

— Ouais ! C'est ça, répondit-il. Et alors je suis revenu ici. Je pensais monter sur le pont, mais la seule chose à laquelle je pouvais penser, c'était de sauter par-dessus bord. Puis j'ai vu ma plume d'oie et mon papier et, genre, j'ai tout simplement commencé à écrire.

Il jeta un coup d'œil à la pile de papiers à côté de lui sur la paillasse et pointa vers un pot d'encre vide qui avait roulé dans un coin de la cabine.

— Ce truc a commencé à sortir de moi… continua-t-il.

Posé sur la rive du fleuve tourbillonnant, d'une voix claire, le cygne chante Apollon aux battements de ses propres ailes…

Alcie avait ramassé le morceau de papyrus égaré sous la porte. Elle lisait les lignes de poésie avec la plus grande sincérité, presque de la révérence, mais Homère bondit du petit lit pour le lui arracher des mains.

— Quoi? C'est bon! C'est vraiment bon! dit-elle alors qu'il lui tournait le dos.

— C'est personnel, dit-il.

Pendant un moment, il demeura le dos tourné aux filles. Puis il se retourna.

— J'écrivais sur des trucs que je n'avais jamais ressentis avant, dit-il. Puis, genre, tout à coup, cela a commencé à s'estomper. Je veux dire, ce sentiment… il n'est pas disparu subitement, mais il me quittait. Et ma main était en train de guérir. C'était vraiment chouette — mais j'avais toujours besoin d'écrire.

— Tu étais empoisonné, dit Iole d'un ton impassible.

— Hein ? dit Homère.

— Le moindre mal que tu as trouvé dans le livre était la Souffrance, dit Alcie. Nous l'avons déposé dans une boîte en l'entourant avec des fers d'adamant — oh ! et tu as manqué Héphaïstos — et quand nous avons capturé la Souffrance, les dents du livre sont disparues ; c'est probablement à ce moment-là que ta main a guéri et que tu as commencé à te sentir mieux.

— Tu as écrit tellement de choses ! dit Iole, maintenant debout près de la paillasse, jetant un coup d'œil aux deux piles.

— C'est la seule chose à laquelle je pouvais penser. J'ai reçu mon nom d'après mon arrière-arrière-arrière-arrière — il y en a beaucoup — arrière-grand-père. J'ai toujours voulu être un poète comme lui, répondit-il.

— Dieux ! dit Iole avec respect, es-tu parent avec ce Homère ?

— Du côté maternel.

— Stupéfiant !

— Cantaloups !

— Pourquoi y a-t-il deux piles ? demanda Iole.

— Ce sont des trucs que j'ai écrits quand je me sentais déprimé, dit-il pointant vers une pile. Et ici, c'est ce que j'ai écrit quand le sentiment s'est estompé.

Il prit l'autre pile dans sa main.

— Mais si tu dis que j'étais empoisonné, alors peut-être que je ne les ai pas vraiment écrits du tout… peut-être que ce n'était que le poison à l'œuvre à l'intérieur de moi.

Soudain, Iole eut l'impression qu'il y avait beaucoup plus dans Homère que de larges épaules, un vocabulaire un peu limité, et une profonde affection pour Alcie.

— Vas-tu nous lire quelque chose… s'il te plaît ? demanda-t-elle.

— Me promettez-vous que vous, genre, ne rirez pas ? demanda-t-il.

— Nous le promettons, dit Alcie.

— Hum ! d'accord, dit-il, feuilletant la pile de poèmes qu'il avait écrits sous l'influence de la Souffrance. Bon ; en voici un à propos d'un ami qui en trahit un autre…

— Ouche ! dit Alcie.

Dans des strophes bien formulées et étonnantes, et des mots magnifiquement pénétrants, il révéla la Souffrance amère ressentie lorsque l'on perd une amitié précieuse.

— Et c'est comme, genre… ça continue comme ça, dit-il après avoir lu un peu.

Il y eut une pause complète de 30 secondes. Homère baissa les yeux.

— N'est-ce pas horri…? commença-t-il.

— Oui, oui! dit Iole. Je crois que c'est maintenant légitime. Après mon père, Pandie, le père de Pandie, Alcie, Dido, Athéna, Hermès, Héphaïstos et la Grande prêtresse de Delphes, tu es officiellement et sans nécessiter d'approbation, la personne la plus cool que je connaisse.

Alcie demeura bouche bée devant le grand garçon dont la tête atteignait presque le plafond.

— Et je pensais que le poème que tu as écrit pour moi était bon!

Le sourire d'Homère illumina la cabine.

— La beauté inspirée du chagrin! marmonnait maintenant Iole pour elle-même. Qui aurait su? La beauté inspirée du chagrin!

— Homie…ère, dit Alcie. Lis-en juste un autre… s'il te plaît!

— D'accord, dit-il, ramassant un morceau de papyrus dans l'autre pile. Voici un hymne à Aphrodite.

Après qu'il eut terminé sa lecture, il y eut une autre pause complète de 30 secondes.

— C'est mieux que ceux de la première pile, dit Iole, comme si elle était en transe. Homère, je crois qu'il ne faut pas t'inquiéter de ce que ce soit l'œuvre du poison. Tout d'abord, tu avais écrit un merveilleux poème pour Alcie quand tu étais en Égypte, et certainement pas sous l'influence de la Souffrance. Et tu as écrit une pile de choses étonnantes après que la Souffrance ait été évacuée de ton système. Mon hypothèse, c'est que la Souffrance a ouvert un canal créatif en toi et que ton écriture ne fera qu'évoluer !

— Cool !

— Indubitable.

— Je veux apporter quelques-uns de tes poèmes et de tes hymnes à l'école pour le prochain gros projet des dieux, s'il y en a un, dit Alcie. Si Pandie les avait découverts, elle n'aurait jamais connu tous ces ennuis.

— Si elle n'avait pas eu tous ces ennuis, je suppose que je n'aurais jamais écrit ces trucs, répondit-il.

— Il a raison ! dit Iole. Et vous deux ne vous seriez jamais… renc… rien, peu importe. Ne lâche pas, Pandie ! Où que tu sois.

Un cri terrible provenant du pont les arracha brutalement à leur bonheur momentané.

— La terre ! La terre devant !

CHAPITRE 14

Oh, cieux !

À partir du moment où Pandie et les garçons avaient été capturés, ils avaient été obligés de marcher chaque jour, du lever au coucher du soleil, sur une pente douce mais constante, avec une courte pause pour le repas du midi. On exigeait un silence absolu de la part des captifs. Il était hors de question qu'elle consulte son journal ou qu'elle téléphone à son père la nuit : la chose aurait été carrément stupide. Mais Pandie savait que son père devait être fou d'inquiétude ; jamais elle n'était partie aussi longtemps sans lui laisser savoir qu'elle allait bien.

Durant les quelques premiers jours, Pandie avait employé ses forces de réserve (pour lesquelles elle remerciait constamment les dieux) pour transporter Amri durant les moments où le petit garçon devenait beaucoup trop fatigué. De courtes périodes de repos avaient lieu quand un groupe d'attaque en rencontrait un autre et que les capitaines s'entretenaient sur les conditions routières, la température sur la montagne, et qu'ils parlaient des villes qui allaient être pillées. Ou quand un prisonnier était détaché de la file et laissé sur la route.

Seize jours plus tard, Pandie prit conscience que la totalité du groupe ne pouvait avancer plus loin : le mur noir se trouvait droit devant eux, bloquant la route principale, s'étendant sans fin de chaque côté et s'élevant au-dessus d'eux aussi loin qu'ils pouvaient voir. Le bord inférieur de toute la masse flottait à moins d'un demi-mètre du sol. Et, de façon presque imperceptible, elle s'avançait vers eux.

Les minuscules rations avaient été à peine suffisantes pour leur permettre, elle et les garçons, de subsister : très peu d'eau et encore moins de nourriture. Donc, même si elle s'était arrangée de temps en temps pour enfoncer secrètement ses mains dans son sac et sortir quelques figues ou abricots séchés, elle ne fut pas surprise de découvrir qu'elle avait des hallucinations.

Elle pouvait voir… des formes. Des centaines.

Fixant l'obscurité, son cerveau trompait ses yeux et lui faisait croire qu'elle voyait de larges masses grises de l'autre côté, assez brillantes, qui ne faisaient que flotter. Suspendues. Des sphères, pour la plupart, de toutes les tailles inimaginables, suspendues dans un bouillon noir.

— Qu'est-ce que c'est ? demanda Ismailil.

— Oh, parfait ! songea Pandie, légèrement étourdie à cause de la faim, les garçons peuvent aussi les voir.

C'était réconfortant de savoir qu'elle n'était pas la seule à perdre l'esprit.

Elle n'eut pas le temps de trouver un bon mensonge à raconter aux frères.

— Sur le ventre ! arriva l'ordre transmis de l'avant dans un cri le long de la file.

Tout le groupe fut forcé de se mettre à terre. Ceux qui n'obéissaient pas assez rapidement ployaient les genoux à la suite de coups bien appliqués avec le plat de la lame des épées.

Les gardes vérifiaient la file pour s'assurer que tous étaient étendus sur le ventre, aussi plat que possible. Puis le capitaine se plaça au milieu pour que tous puissent entendre.

— Vous avez cinq jours à rester sur le ventre, plus ou moins. Gardez votre nez au sol. Je répète, ne levez pas la tête. Ne touchez à rien sauf à la route sur laquelle vous rampez. Seuls quelques-uns d'entre nous vous accompagneront, mais nous sommes habitués à ce qui vous attend plus loin, donc si quelqu'un a la brillante idée de tenter de s'évader, nous vous pourchasserons et nous vous forcerons à vous lever.

Un rire vraiment méchant courut parmi les ravisseurs.

— Ce fut… un plaisir. Avancez !

Lentement, la file se mit à avancer pendant que les prisonniers s'engageaient effectivement en rampant dans l'espace sous le mur noir. Une femme près de la tête de la file commença à hurler follement. Il y eut un bruit sourd et le hurlement cessa, mais la file continua sa progression. Pandie gardait la tête basse, ses yeux, ses mains, son ventre et ses jambes sur la terre, qui était encore froide de la nuit précédente. Un spasme soudain d'humiliation la secoua : c'était dégoûtant et dégradant d'être ainsi obligée de ramper comme une bête. D'on ne sait où, un éclair de colère explosa dans son cerveau, mais elle le réprima aussitôt qu'elle sentit une tension sur la chaîne derrière elle. Amri essayait désespérément de reculer du mur.

— J'ai peur.

Il était presque étouffé par les larmes.

Pandie se rendit compte que c'étaient les premiers mots qu'elle avait entendus de la bouche du petit garçon. Son esprit puisa dans cette zone étrange et responsable.

— Bien, moi je n'ai pas peur ! C'est, genre, tellement génial. Nous pouvons faire semblant que nous sommes des serpents ! Ou des alligators ! Et ça ne durera que cinq jours. Bon, je serai un serpent vert à deux têtes avec des taches noires et jaunes, se glissant sur le sol à chercher des souris. Amri, que seras-tu ?

Il y a trois mois à peine, elle aurait cru qu'elle parlait comme une perdante de première année la plus débile du monde connu. Maintenant, il était simplement question de survivre.

L'arrière de la file avançait maintenant dans le très petit espace entre le sol et le bas du mur noir. L'air était pesant et brun, et avec tellement de poussière ; Pandie ne pouvait voir qu'à un mètre de distance dans chaque direction. Fuir ? Vers où ? De plus, elle avait aperçu à travers la brume les minuscules hommes rougeâtres avec de courtes épées qui cernaient les prisonniers.

— C'est débile. Un serpent ne peut avoir deux têtes, dit Ismailil devant elle.

— Bien, moi j'en ai deux, répondit Pandie. Amri, quelle sorte d'animal es-tu?

— Euh! dit-il d'une petite voix tremblante, je ne vois rien!

— Tu n'as pas besoin de voir. Contente-toi de me suivre. Maintenant, allez… quelle sorte d'animal es-tu?

— Je suis un lézard brun avec des bandes dorées, dit Ismailil.

— Très, très cool! dit Pandie. Amri?

— Je suis un serpent moi aussi, mais je suis plus gros que toi et j'ai un nez bleu et je vais faire semblant que je te pourchasse sans arrêt et que je suis tout juste derrière toi à essayer de t'engloutir.

— Bien, voyons si tu en es capable!

Et ils furent en dessous du mur.

Pandie garda les yeux fermés pour se protéger de l'air pollué, essayant de respirer à travers ses dents.

— Tu sais ce que j'aime le mieux à propos de mon serpent? demanda-t-elle, avec un sifflement dans sa voix. Je peux ramper les yeux fermés parce que j'ai un odorat super puissant.

— Moi aussi, dit Amri.

— Je suis un lézard, répliqua Ismailil.

— Assez proche, dit Pandie.

Mais après une heure d'efforts à ramper sur le sol dur, n'ayant progressé que quelques centaines de mètres, Pandie et les garçons abandonnèrent le jeu en faveur du silence, se concentrant sur la meilleure façon de ne pas déchiqueter la peau de leurs bras et de leurs jambes. Cinq autres journées de ce régime, songea Pandie, et il ne leur resterait plus de peau à tous les trois.

Soudain, Pandie entendit un minuscule bruissement à sa droite, suivi d'un cri rauque frénétique. Puis son bras droit frotta contre quelque chose qui était étendu sur le sol. Ouvrant instinctivement les yeux, elle vit qu'il s'agissait d'un jeune oiseau. Elle tendit le bras pour l'enlever doucement du chemin d'Amri lorsque l'oiseau fit un faible gazouillis presque inaudible et battit des ailes contre la terre, s'écartant encore plus de la route.

— Qu'est-ce que c'est ? demanda Ismailil.

— Rien ! Juste un oiseau qui n'a... hum ! pas de succès, dit Pandie. Gardez vos yeux fermés, d'accord ?

Comme l'oiseau s'éloignait en clopinant, son œil capta quelque chose d'autre sur le côté : trois autres oisillons se déplaçaient dans la terre, leur capacité de voler entravée à cause de l'air dense environnant. Puis Pandie discerna la mère, beaucoup plus grosse et beaucoup plus loin, criant furieusement en direction de quelque chose de près au-dessus de sa tête dans l'obscurité. Pandie leva les yeux et avala une goulée d'air poussiéreux et dense.

— Que se passe-t-il ? demanda Ismailil.

— Euh ! Oh ! je sifflais, mentit Pandie, regardant fixement dans le vide.

— Hisss ! dit Amri.

— Oh ! siffler, dit Ismailil, continuant à avancer.

Dans l'obscurité suspendue au-dessus de la terre, un cinquième oisillon était emprisonné, ses ailes battant furieusement. Sa maman oiseau tendit le cou aussi loin qu'elle le pouvait, n'osant pas enfoncer la lisière du vide. Subitement, un autre oisillon se mit à voler, mais près... trop près. En une fraction de seconde, le petit oiseau perça la frontière du vide et fut aspiré à travers la mince membrane avec un léger whoosh. La mère oiseau commençait maintenant à s'affoler. Les yeux fermés, les ailes bougeant à peine, le premier bébé flottait sur son flanc, et le second se débattait sauvagement. La mère oiseau commença à donner des coups de bec vers le vide, essayant d'atteindre ses rejetons. Elle étendit son cou trop haut, et son bec traversa la membrane et atteignit presque un oisillon, mais la succion de l'autre côté était trop importante et son corps fut levé du sol. Avec un whoosh, elle fut aspirée. Pandie tendit le cou pour continuer à regarder alors que la file poursuivait son avancée et vit les deux oisillons, plutôt immobiles, et la mère qui bougeait légèrement, suspendue près de la lisière. Une large forme sphérique cogna doucement un oisillon comme Pandie regardait fixement, le faisant rebondir et flotter dans une autre direction.

Pandie eut l'impression qu'elle allait être malade.

— Il n'y a pas d'air là-bas, murmura-t-elle.

Soudain, Pandie se rendit compte distinctement de l'énormité de l'horreur.

Le vide noir au-dessus, c'étaient les cieux.

Et les cieux étaient en train de tomber.

Mais pourquoi? Comment? Son oncle était censé les supporter là-haut… pour l'éternité. Et s'il ne le faisait pas, s'il s'était produit quelque chose, alors les cieux… à l'endroit où ils n'étaient plus soutenus en haut, étaient… oh, Zeus! en train de s'affaisser. Elle se souvint des draps de sa paillasse à la maison quand elle était petite fille : elle s'en servait pour confectionner une tente, et lorsqu'elle rampait dessous, le cercle de draps le plus près d'elle se déposait toujours le premier, puis s'étendait comme une vague dans toutes les directions.

Pandie leva les yeux vers un énorme vide noir. Les cieux se trouvaient à un peu moins d'un mètre de la surface de la terre, s'étendant presque certainement dans une grande vague circulaire. La lourdeur de l'air dans la couche mince entre les cieux et la Terre, la poussière et… tout… c'était tout ce qui empêchait la Terre d'être complètement étouffée. Iole en connaîtrait la raison exacte, Pandie en était certaine, mais elle n'était pas là pour pouvoir le lui demander. Alors, cela signifiait que si les cieux continuaient à tomber, il ne resterait bientôt plus qu'un demi-mètre d'espace habitable pour toutes formes de vie. Elle se rendit alors compte que les objets sphériques, les larges masses grises maintenant très proches... étaient des étoiles. Si magnifiques dans leurs formes originales, les constellations étaient maintenant en train d'imploser dans leur chute. Certaines étaient brassées et mélangées ensemble, s'écrasant les unes contre les autres, complètement désordonnées. Elle crut pouvoir discerner la nébuleuse du Crabe... mais alors, c'aurait aussi pu être la Grande Ourse, ou l'Archer, ou un amas de gros rochers gris.

Et pourquoi ne faisait-il pas noir comme l'encre? Ils étaient si loin sous les cieux, elle aurait dû être incapable de distinguer quelque chose. Se contorsionnant, elle regarda derrière elle, très loin et très haut. Elle remarqua un minuscule globe luisant qui se déplaçait lentement, presque imperceptiblement, au-dessus. Le puissant Soleil transperçait l'obscurité et donnait aux étoiles une lueur qui éclairait faiblement le mince espace de rampement. Apollon conduisait son char dans des régions du ciel qui n'avaient pas encore été compressées. Avançait-il plus lentement, se demanda-t-elle, ou les journées ne deviendraient-elles pas incroyablement courtes? Qu'arrivera-t-il au Soleil si les cieux recouvraient la Terre entière?

Elle ferma les yeux et chassa ces pensées. S'ils devaient rester sur le ventre pendant seulement cinq jours, alors il y avait de l'air frais et de l'espace ouvert de l'autre côté. Tout ce qu'il lui restait à faire, c'était de voir à ce que les garçons demeurent calmes et se déplacent jusqu'à leur arrivée. Elle imaginerait le reste au fur et à mesure.

Plusieurs heures plus tard, on arrêta la file. Pandie le découvrit en percutant directement Ismailil. Amri s'arrêta quand Pandie le ralentit d'un signe de sa main.

— Pouvons-nous nous asseoir ? demanda-t-il.

— NON ! cria Pandie. Je veux dire, les serpents ne peuvent s'asseoir.

— Je suis fatigué de ce jeu, dit Ismailil.

— D'accord, nous ne jouerons pas pendant un moment. Restons simplement à terre et voyons ce qui se passe.

Deux des minuscules hommes rougeâtres, capables de se déplacer aisément dans l'espace de rampement, avançaient précipitamment le long de la file, lançant des croûtons de pain et faisant gicler un peu d'eau d'une gourde dans les bouches ouvertes des prisonniers avec une infaillible précision.

— S'il vous plaît, supplia Pandie, juste un peu plus pour les garçons?

L'homme rougeâtre avec le pain plat se contenta de rire et continua à ramper vers l'avant de la file, mais l'autre, celui avec la gourde, eut pitié d'eux et donna une autre giclée d'eau à chacun des garçons.

Les frères furent étrangement tranquilles durant le reste de la pause, les deux sur le dos fixant vers le haut, leurs yeux fusant d'un point à un autre. Beaucoup d'autres objets avaient été happés par le vide. Des buissons et de petits arbres voltigeaient, des cônes de pin flottaient, un lapin dérivait en suspension, un renard était immobilisé à mi-course, et il y avait beaucoup, beaucoup d'oiseaux. Quelqu'un avait perdu une sandale, un autre une cape, et il y avait des morceaux de pain plat répandus un peu partout. Elle savait que les garçons devaient être effrayés, certainement curieux, mais Pandie n'osait pas leur dire ce qu'elle soupçonnait, de sorte que les trois compagnons demeurèrent silencieux.

Pendant trois jours, ils avancèrent en se tortillant. Ils n'avaient aucun moyen d'estimer le temps sauf quand les étoiles commençaient à faiblir encore plus. Ils se reposèrent, mangèrent et dormirent quand on le leur ordonnait.

Pandie parlait peu, sauf pour réconforter les garçons, mais elle réfléchissait beaucoup. À quoi ressemblerait Atlas ? La considérerait-il comme sa nièce ? L'aiderait-il à trouver la Paresse ?

Puis, l'après-midi du troisième jour, en s'avançant sur une portion de route lisse et bien usée, Pandie était en train de rêver éveillée à sa nourriture préférée : des gâteaux à l'abricot, à l'orange sanguine et au miel avec de la crème douce, lorsqu'elle entendit un whoosh suivi d'un hurlement aigu. La femme devant Ismailil avait réussi à glisser son étroit poignet hors de sa menotte et, progressant toujours avec la file, elle avait essayé de sortir son pied du lien d'adamant sur sa cheville. Mais dans son effort pour s'enfuir, elle avait soulevé son corps du sol à un tel point que ses longs cheveux noirs avaient été aspirés dans le vide. Toute sa tête était maintenant avalée par l'obscurité pendant qu'elle hurlait et luttait furieusement. Des cris s'élevèrent le long de la file tandis que son torse commençait à être tiré vers le haut, sa bouche cherchant maintenant de l'air dans l'obscurité. Plusieurs hommes rougeâtres se précipitèrent pour la tirer vers la terre, mais il était trop tard : dans un dernier bruit sec, son pied toujours lié disparut, la chaîne disparaissant alors qu'elle s'élevait toujours plus haut... entraînant avec elle le bras d'Ismailil.

Ismailil était trop déconcerté au début pour émettre un son, puis lorsqu'il prit conscience qu'il allait lui-même être aspiré, il se mit à hurler et à reculer en se démenant, accroché à Pandie.

Les petits hommes rougeâtres étaient toujours en train de tirer la chaîne attachée à la femme, lorsque le bras droit de l'un d'eux pénétra dans le vide. Étant donné sa petitesse et l'absence d'objet auquel se raccrocher, la créature fut happée en un instant. Ismailil était maintenant soulevé du sol. Pandie l'attrapa par la taille, mais la force de la succion ne ressemblait à rien de ce qu'elle n'avait jamais connu. Il essaya de s'agripper à elle, les yeux vitreux de terreur. Puis, avec un horrible whoosh, sa tête disparut. Maintenant, Pandie se faisait soulever alors que, avec un autre whoosh, le second homme rougeâtre était aspiré dans l'obscurité. Ismailil était presque disparu. Pandie s'étira complètement le corps ; allongeant la main dans le vide, elle attrapa l'épaule du petit garçon. Sentant une force inconnue déferler dans son corps, elle était sur le point de le tirer d'une mort certaine quand elle entendit un fort WHOOSH, et puis le silence absolu.

Elle flottait. Complètement en état d'apesanteur. Ses membres se balançaient mollement.

Et… elle était incapable de respirer.

Ismailil continuait à lutter ; la femme qui avait tenté de s'échapper bougeait à peine ; et pendant quelque secondes, Pandie se contenta d'embrasser l'immensité des cieux autour d'elle. Dieux ! pensa-t-elle… c'était si incroyablement magnifique ! Il y avait une énorme et étrange sphère cerclé d'un anneau juste au-dessus de sa tête, et plusieurs autres constellations ne se trouvaient qu'à quelques centimètres de distance. Elle aurait pu tendre le bras et les toucher, mais la pression sur ses poumons distrayait maintenant son attention. Le peu d'air encore à l'intérieur de son corps luttait impitoyablement pour sortir. Bizarrement, même si son esprit était complètement surchargé, elle ne paniquait pas ; elle ne fit que fixer à nouveau le sol, si près et si loin. Elle aperçut les visages des prisonniers à l'avant de la file, qui étaient bouche bée. Elle vit la petite main d'Amri touchant la fine membrane alors que la chaîne qui les reliait

était soulevée plus haut, et fut saisie de désespoir, à l'idée que lui aussi, allait mourir.

Puis son postérieur frappa quelque chose
de dur. Regardant derrière elle, elle se rendit
compte qu'elle avait frappé une des étoiles de
la constellation des Gémeaux, ainsi nommée
après la fondation de la grande cité de Rome
par les triplés Romulus, Rémus et Ralph. La
force du coup avait fait rebondir Ralph dans
une tout autre direction.

— Oups! pensa-t-elle.

Elle avait une folle envie de rire, mais il
n'y avait pas d'air dans son cerveau, et elle
commença à s'évanouir.

Juste au moment où elle allait perdre
conscience, elle sentit un coup brusque sur sa
jambe droite, et son corps commença à bouger
comme si elle était tirée à travers l'eau. Elle
regarda en bas et vit trois des larges hommes,
étendus à différents angles sur le sol, tirant de
toutes leurs forces sur la chaîne qui reliait les
prisonniers. Amri était déjà de retour sur le
sol, les yeux fermés, haletant. Puis, avec une
explosion de son qui fit presque éclater ses
tympans, Pandie fut tirée hors du vide. Elle
était étendue les yeux fermés, ressentant une
douleur aiguë dans l'épaule sur laquelle elle
avait atterri, aspirant l'air bruyamment,

lorsque soudain, Ismailil atterrit directement sur elle, inconscient. Ceci obligea Pandie à ouvrir les yeux, et elle vit le corps de la femme qui était tiré de l'obscurité juste au-dessus d'elle. Rapidement, elle écarta Ismailil à sa gauche pendant qu'elle roulait à droite quelques secondes seulement avant que la femme frappe le sol avec une force extraordinaire, à l'endroit même où ils avaient été étendus.

Personne ne bougea.

Même avec cette énorme distraction, les autres prisonniers avaient été trop abasourdis pour tenter de se libérer. Étant demeuré moins longtemps que les autres dans le vide, Amri était étendu en silence, des larmes coulant sur son visage. Pandie se roula vers Ismailil et le poussa doucement. Il retomba, sans réagir, sur le côté.

— Ismailil? murmura Pandie. Oh! allez... non. Ismailil? Oh! s'il te plaît...

Elle pressa légèrement sur son estomac, elle ouvrit sa bouche... ne pouvant songer à faire autre chose.

— Oh, Ismailil! tu es venu si loin. Vous, les gars, êtes tellement sur la bonne voie. Ne fais pas cela... ne fais pas cela...

Elle commença à sangloter.

Finalement, les hommes, avec le plat de leurs épées, commencèrent à obliger tout le monde à revenir en file.

— Si nous n'étions pas payés par tête, je les aurais laissés, entendit Pandie quelqu'un dire à un autre.

— Quiconque essaie de nouveau quoi que ce soit de tel, et nous vous envoyons tous là-haut. Comprenez-vous ? Une personne a une idée brillante et vous mourrez tous ! hurla le troisième homme, se déplaçant sur le sol vers le début de la file.

Les prisonniers marmonnèrent leur accord.

Pandie fut pressée de réintégrer la formation.

La femme, sans vie, avait été désenchaînée et roulée hors de la route. Un homme se préparait à faire la même chose avec Ismailil.

— Non ! cria Pandie. Nous ne pouvons le laisser ici !

— La ferme !

Il donna un grand coup de son épée sur son épaule fraîchement meurtrie.

— S'il vous plaît ! persista Pandie.

— Veux-tu le traîner ? demanda l'homme avec un sourire narquois.

— Je le ferai, répondit-elle.

— Bien, pas moi.

Juste au moment où l'homme allait libérer Ismailil, le garçon haleta très fort, son petit corps s'arquant de plusieurs spasmes, ses bras et ses jambes tremblant.

— Merci, Athéna ; merci, Apollon ! Merci, Hadès, de ne pas le prendre ! cria Pandie. Il va bien ! Vous voyez ? Il va bien ! Vous pouvez le laisser enchaîné.

Ce qui, songea-t-elle, était probablement la chose la plus ridicule qu'elle n'avait jamais dite.

Ismailil fut ramené dans la file, mais Pandie s'avança pour ramper directement à côté de lui, ce qui força Amri à se placer de l'autre côté. Doucement, en disant tout ce à quoi elle pouvait penser pour garder les garçons en mouvement, elle les poussa, elle les remua, elle plaisanta, et elle les amadoua — les deux enfants étant complètement silencieux à cause du choc — pour qu'ils suivent le reste des prisonniers.

Elle plongea un dernier regard dans le vide, fixant la large sphère grise avec l'anneau, qui flottait déjà vers ailleurs, et les deux corps des hommes rougeâtres suspendus sans vie : leurs yeux globuleux, leurs bouches béantes, faisant maintenant et à jamais partie des cieux…

CHAPITRE 15

Pendant ce temps...

— Prométhée ?

Artémis s'était matérialisée dans le milieu de la chambre principale, son énorme arc à corde d'argent égratignant à la fois le plancher et le plafond. Jetant un coup d'œil autour d'elle, elle soupira profondément. Ce n'était pas la première fois qu'elle venait dans la maison de Prométhée, mais elle n'osait même pas essayer de comprendre comment quelqu'un pouvait vivre dans un environnement aussi exigu... par choix ! Elle se réjouit soudainement d'être une déesse avec de ravissants appartements spacieux sur le mont Olympe et ayant la liberté de parcourir le monde sur un coup de tête, à sa guise.

— Prométhée ?

— Prométhée n'est pas ici, chasseresse, vint une voix râpeuse de l'escalier. Permettez-vous de vous accueillir à sa place.

— Que se passe-t-il, par Hadès ?

— Je suis son invité, un simple vagabond, dit la silhouette qui émergeait des ombres.

C'était un vieil homme qui portait les vêtements en lambeaux d'un mendiant, s'appuyant lourdement sur une canne, les cheveux presque blancs, les yeux bandés, indiquant qu'il était aveugle.

— Que fais-tu ? demanda Artémis.

— J'essaie de trouver les armoires à nourriture pour vous verser un verre convenable de…

— Prométhée ? Que fais-tu ? répéta-t-elle, cette fois-ci avec un léger rire dans la voix.

Le vieil homme s'arrêta net avec un petit soupir, puis il se redressa et enleva le bandeau.

— Tu savais que c'était moi ?

— Hum ! comment pourrais-je le dire de façon délicate ? Oui !

Artémis se mit à rire très fort.

— Ai-je réussi à te tromper pendant une seconde ? demanda Prométhée.

— Peut-être une fraction de seconde.

— Alors peut-être que je peux tromper tout le monde aussi longtemps. Hé ! que fais-tu ici ? Où est Hermès ?

— Oh ! quand il a entendu ta prière, il s'apprêtait à s'asseoir pour sa conversation hebdomadaire père-fils avec Pan. Même chose chaque fois : « Pan, mon fils, ce n'est pas bien de chasser les jeunes filles et les nymphes pour ensuite les transformer en roseaux ou en échos ou en pins lorsqu'elles s'enfuient en courant. » Hermès est fatigué d'avoir à expliquer aux parents pourquoi ces filles ne reviendront pas à la maison pour le repas du soir. De toute façon, il m'a envoyée pour voir si je pouvais aider de quelque manière… mais il serait certainement curieux de voir cet accoutrement par lui-même. Reste juste ici, ne bouge pas un muscle !

En un éclair argenté, elle était partie. Dix secondes plus tard, en un autre éclair d'argent, Artémis et Hermès se tenaient tous les deux dans la salle principale.

— … non, Artie, le garçon ne comprend pas, était en train de dire Hermès. J'aimerais lui donner une fessée, mais il est à moitié chèvre, et il a la peau coriace à cet endroit.

Il s'arrêta et fixa Prométhée, puis lança sa tête en arrière avec un rire.

— Oh! Pro, mon ami, tu dois blaguer! Quoi, tu es devenu un acteur maintenant? Tu fais… laisse-moi deviner… Œdipe II : le Jugement?

— J'ai besoin de ton aide, dit Prométhée d'un ton calme.

— Par mon casque ailé, qu'as-tu mis dans tes cheveux?

Hermès était maintenant plié en deux, un bras accroché à Artémis.

— Du gras et de la cendre blanche. J'ai besoin de ton aide, répéta Prométhée.

— Ce doit être une nouvelle mode. D'abord Héphaïstos avec cette barbe de pirate, et maintenant toi!

— Hermès, j'ai besoin que tu m'aides.

Hermès se redressa, se rendant compte que son cher ami ne souriait même pas.

— Euh! d'accord. Peut-être que oui, peut-être que non. Mais avant que tu me le demandes, tu dois m'expliquer le numéro du vieil homme.

— Ça fait justement partie de l'affaire, dit Prométhée. Je n'ai pas entendu parler de Pandie depuis plus de deux semaines. La dernière chose qu'elle m'a dite, c'était qu'elle était en route vers Jbel Toubkal.

— Nous le savons, dit Artémis.

— D'accord, d'accord, vous le savez, dit Prométhée, s'efforçant de garder un ton calme. Je comprends. Vous autres, vous savez tout. Où elle va et ce qui lui arrive, et moi pas, et c'est bien. Mais moi, j'ignore comment elle va. Les conques ne fonctionnent pas.

— C'est à cause des montagnes, mon ami, dit Hermès. Prends ça cool !

— Je ne peux pas prendre ça cool ! cria Prométhée. Est-ce que tu prendrais ça cool si quelque chose arrivait à Pan ? D'accord, il cause des problèmes, mais c'est ton fils ! Artie, le prendrais-tu cool si quelque chose était arrivé à un bébé animal que tu adorais ? Hein ? Le pourriez-vous ?

— Non, répondit Artémis.

— Absolument pas ! dit Prométhée, sa poitrine commençant à se soulever. Alors, voici ce dont j'ai besoin. Vous n'aimez pas le déguisement ? Parfait ! Trouvez-m'en un autre. Tout ce que vous voulez. Conduisez-moi simplement au sommet de cette montagne à l'insu de Zeus. Car Pandora s'en va rencontrer Atlas, et il est plutôt probable que mon frère mettra en pièces sa seule nièce !

— Pro... mon ami... je veux aider, mais...

— Il la tuera, Hermès. Et alors, où serons-nous tous, hein? Où sera le monde? Il ne sait pas qui elle est et nous ne savons pas dans quelles conditions il se trouve. La dernière fois que je lui ai parlé, Pandora m'a parlé d'un gros mur noir ou quelque chose de semblable. Je ne peux même pas deviner ce qui se passe. Ce que je veux dire, c'est que, peu importe le pouvoir qu'elle détient, elle n'est pas de taille contre lui. Je suis le seul qu'il ait déjà écouté dans sa jeunesse. J'étais son frère préféré. Je suis le seul qui puisse la sauver!

— Prométhée, commença Artémis.

— Non! Écoute... un déguisement. Transformez-moi! Zeus ne le saura pas. Et ensuite tu pourras simplement m'expédier là-bas.

— Oh! oui, t'expédier, dit Hermès.

— Tu sais, Hermès, dit Artémis en se déplaça légèrement, s'éclaircissant la gorge, avec les bonnes manœuvres, nous pourrions...

— Oh! ne commence pas avec moi, toi! cria Hermès. Sais-tu ce que ferait papa?

— Mais Prométhée a fait une remarque pertinente: si Pandora était tuée, qu'arriverait-il alors du monde?

— Exact ! Exact ! dit Prométhée en s'avançant, agitant son index vers Artémis. Ce qu'elle vient de dire ! Écoute-la !

— Savez-vous ce que vous demandez ? Vous deux ? lança Hermès en baissant la voix. Mon ami, ta fille va bien. Pendant un bref instant, juste maintenant, nous avons cru la perdre ; mais rien n'est arrivé ; elle a simplement transformé la constellation des Gémeaux de triplés à jumeaux… Qui est-ce que cela dérangera ? N'est-ce pas ?

Il fit un petit rire nerveux, mais Prométhée le regarda fixement.

— Pro… je… je ne peux tout simplement pas, commença Hermès.

Puis Prométhée fit quelque chose qu'il n'avait jamais fait avant, ni devant un homme ni devant un dieu. Ni quand Zeus l'avait capturé et enchaîné au rocher, ni quand il avait été emmené devant Zeus pour recevoir la boîte, ni même quand il avait demandé à Sybilline de l'épouser.

Il tomba à genoux.

— Je te supplie.

— Oh ! chhhut ! Pro.

Hermès remua nerveusement les pieds.

— Je t'en supplie. Ma fille sera tuée et je suis le seul qui puisse l'empêcher. Personne n'a besoin de savoir. Je serai seulement un vieux mendiant qui a empêché un Titan de tuer sauvagement une petite fille. Pas même une tache sur les parchemins de l'Histoire.

Il y eut un long, long silence pendant qu'Hermès regardait au plafond.

— S'il te plaît ? murmura Prométhée.

Hermès regarda Artémis, qui arqua ses sourcils et sourit très légèrement.

Puis il baissa les yeux vers Prométhée et commença à parler.

CHAPITRE 16

L'émergence et l'ascension

La nuit suivante, sur le point de tomber endormie, Pandie avait remarqué que l'air autour d'elle, même s'il était toujours dégueulasse et épais, était un tout petit peu plus facile à respirer. Mais elle était trop épuisée pour se demander pourquoi. Depuis son expérience aux frontières de la mort le matin précédent, elle avait travaillé fiévreusement pour préserver le moral des garçons pendant qu'ils avançaient en rampant, en leur racontant toute l'histoire de la Grèce (tout ce qu'elle en savait), en leur parlant de chacun des dieux, de son magnifique chien berger blanc, et en leur divulguant finalement presque tout de son aventure, sauf les parts vraiment effrayantes. Après beaucoup d'humour et d'encouragement, elle avait réussi à leur faire accepter que ce qu'ils avaient fait tous les deux n'était pas terrifiant, mais plutôt merveilleux, quelque chose qu'aucun être humain ne ferait jamais, jamais. À vrai dire, ils avaient vu l'intérieur des cieux ! Ils avaient flotté avec les étoiles ! Cela n'était même jamais arrivé aux dieux ! Savaient-ils à quel point ils étaient des garçons spéciaux ?

Comme la perspective des garçons passait de l'horreur à l'enchantement, ils semblèrent trouver tous les deux une nouvelle force et rampèrent sans la moindre complainte.

Puis, à son réveil, deux jours après cette expérience, Pandie constata que le vide noir était suspendu plus loin du sol... au moins d'un bon mètre. Et plus la file rampait au loin, plus la frontière inférieure du vide s'élevait, et plus il était facile de respirer. Enfin, la file entière de captifs put se mettre debout. Mais on ne pouvait prendre le temps de s'étirer, chacun étant forcé d'avancer, de marcher sur des genoux et des pieds meurtris. Ils passèrent devant le capitaine des gardes, debout sur le côté de la route.

— Excellent travail ! hurla-t-il à ses hommes devant et derrière. Nous n'avons eu à tuer personne et nous n'avons perdu qu'un seul être. Et ce n'était qu'une femme. Pas important.

Pas important ? Ce n'était pas la première fois que Pandie entendait un homme dire qu'une femme n'était pas importante : elle se souvint des califes, les « canaux du déplaisir terrestre », juchés sur la tente limace dans la caravane des merveilles de Wang Chun Lo, qui lui disait qu'ils ne lui parleraient pas parce qu'elle était une femme. Quelle sorte de gens idiots pensaient de cette manière ?

— Dieux ! songea-t-elle, fixant les sandales du capitaine qu'elle dépassait en se traînant péniblement. Traiteraient-ils leur mère de cette façon ?

Elle se demanda ce qu'Athéna ou Artémis ou Aphrodite, ou même Héra, en diraient.

Un coup sec sur ses chaînes accrochées à celles d'Ismailil lui apprit qu'elle avançait trop lentement. Quand elle leva les yeux, s'imposa soudainement, directement devant elle, une vision des montagnes les plus hautes qu'elle n'ait jamais vues (sauf pour l'Olympe).

Jbel Toubkal.

Elle était incapable de déterminer leur véritable hauteur.

Même à travers l'air dense, elle pouvait voir la base de la montagne couverte de broussailles, s'élevant en des pentes arides tapissées de neige. Mais le sommet le plus élevé, presque couvert par le plancher des cieux, se distinguait par une légère brume orange.

Elle se rendit compte qu'ils étaient maintenant sous un énorme dôme en forme de cloche, entourés de tous côtés par un cercle des cieux noirs. Pandie capta une légère bouffée de fumée d'une source invisible. Le soleil du matin pouvait à peine pénétrer dans le dôme, et tout était terne, presque incolore. Seule une brume orange se reflétait sur la neige du sommet des montagnes.

Pandie, les yeux levés, trébucha sur un caillou, basculant presque. Jbel Toubkal surélevait le canevas des cieux au point le plus haut. Puis, le canevas s'élargissait, comme le plafond de la tente tangerine de Wang Chun Lo, au-dessus de la plus haute des montagnes environnantes qui soutenaient les cieux comme des poteaux de tente.

Une heure plus tard, alors que les esclaves arrivaient au pied de la montagne, la file fut arrêtée pendant moins de quelques minutes, pendant que l'on lançait aux captifs quelques morceaux de pain plat et qu'une gourde était passée dans la file. Pandie réussit à glisser un abricot à Amri et une figue à Ismailil, pendant qu'elle-même avalait deux tranches de pomme séchée.

Puis la file se remit à bouger. En moins de cinq minutes, la route commença à s'incliner plus abruptement et se rétrécit en une mince route rocailleuse. Regardant par-dessus son épaule pour vérifier ce que faisait Amri, Pandie aperçut un autre groupe de prisonniers, qui venaient tout juste d'émerger de l'espace sous le vide des cieux, à une distance de plusieurs kilomètres.

Pour le reste de la journée, ils grimpèrent. Et grimpèrent. Vers le soir, Pandie sentit une forte secousse derrière elle et fut convaincue qu'Amri était tombé d'une quelconque façon du sentier et qu'il était suspendu contre la paroi de la montagne.

Mais il s'était tout simplement assis, trop fatigué pour bouger d'un centimètre de plus. Immédiatement, Pandie le ramassa, déterminée à le transporter au sommet si nécessaire. Ce fut à ce moment qu'elle prit conscience qu'elle-même n'allait pas y arriver. À une reprise, elle trébucha et Amri s'accrocha à son cou. Puis elle trébucha de nouveau et se contenta de demeurer sur la route, tous ses muscles en feu, sachant qu'elle était sur le point d'être tuée et poussée sur le côté. Indifférente, elle tomba endormie à l'endroit de sa chute. Elle était exténuée.

Elle reprit conscience, non parce qu'Ismailil la secouait, criant très fort que le garde arrière gravissait la colline, son épée tirée, mais parce que quelque chose d'étrange se passait au niveau de ses sandales.

Soudainement, Pandie fut relevée à la verticale. En fait, il n'y avait que ses sandales qui étaient redressées, et ses jambes (et le reste de son corps) ne faisaient que suivre. Par elles-mêmes, ses sandales commencèrent à avancer sur la pente. Les muscles de ses jambes n'étaient pas du tout sollicités. Pourtant, elle était en train de « marcher ». Elle se retourna vers Amri pour voir, à l'expression de son visage, qu'il était en train de subir le même phénomène. Pandie jeta un coup d'œil à ses pieds ; ses sandales étaient légèrement soulevées du sol, comme les siennes et celles d'Ismailil. Puis elle remarqua une petite queue grise broussailleuse qui sortait de dessous le talon gauche d'Ismailil. Alors qu'elle réprimait un halètement, un petit cône de pin rebondit durement sur son front. Elle regarda autour d'elle et repéra l'écureuil d'attaque de Dionysos sur un rocher surplombant le chemin. Elle l'aurait probablement raté s'il ne lui avait pas fait signe avec sa patte.

Ils étaient transportés sur le dos d'écureuils. Des écureuils ayant la force d'Hercule.

Tout l'épisode était survenu si rapidement que tout le monde avait repris son avancée au moment où le garde rejoint Amri.

— Que s'est-il passé ? gronda-t-il.

— Je me suis juste évanouie… un moment, dit Pandie, essayant au moins d'avoir l'air de marcher. Je suis désolée.

— Nous aurions dû vous laisser tous les trois dans l'obscurité quand nous en avions la chance, marmonna le garde alors qu'il s'éloignait lourdement. Rien que des problèmes.

Comme la véritable obscurité tombait, les prisonniers furent conduits en troupeau hors du chemin, sur une étendue plate, à mi-chemin du faîte de la montagne.

Le sommet de Jbel Toubkal était bien plus près et la brume orange était maintenant devenue une lueur. À cette plus haute altitude, le froid descendait rapidement. Le capitaine et ses gardes se réunirent sous un petit surplomb rocailleux, démarrèrent un feu et rôtirent leur repas du soir, restant au chaud pendant qu'ils se passaient une outre de vin.

Exposés à l'air qui refroidissait, les prisonniers se pelotonnèrent les uns contre les autres pour trouver un peu de chaleur, après avoir mangé leurs maigres rations. Pandie réunit les garçons sous la cape de leur mère, la tirant par-dessus leur tête, mais c'était toujours insuffisant, et en quelques minutes, Amri et Ismailil se mirent à frissonner violemment. Elle pensa que la fourrure de son journal en peau de loup pourrait être utile et elle était en train de défaire la courroie du sac, quand elle sentit des dizaines de petites pattes douces rampant au-dessus de la cape.

— Euhhh ! commença Amri.

— Non ! murmura Pandie. Attendez.

L'instant d'après, ils sentirent un poids doux et chaud qui recouvrait chaque centimètre de la cape. Pandie sortit lentement sa tête d'en dessous. Dans la lumière lointaine, elle vit des centaines de petits écureuils, pelotonnés en petites boules, chacun agrippé à une queue voisine, créant une épaisse couverture de fourrure. Et, au-dessus, se trouvait l'écureuil d'attaque, plissant les yeux intentionnellement, comme pour lui dire de dormir.

Elle réussit à faire un sourire, discret et chaleureux, et se laissa elle-même dériver

dans le sommeil, comme les garçons qui ron-
flaient déjà doucement.

Le matin suivant, éveillée par le claquement d'une épée sur sa jambe, Pandie repoussa
sa cape, ce qui fit sursauter les garçons, qui se
mirent rapidement sur leurs pieds. Les autres
prisonniers avaient déjà terminé leurs rations
de la matinée et étaient prêts à marcher. Man-
geant rapidement et se mettant en file, Pandie
ignorait totalement si elle pouvait compter ou
non sur l'aide des écureuils. Mais comme la
file s'avançait à nouveau sur le chemin et que
ses pieds frappaient solidement le sol, elle
comprit que ce n'avait été qu'un épisode
unique. Elle regarda les garçons. Leurs enjambées semblaient fortes et confiantes.

— Merci, Dionysos, dit-elle doucement.

Lentement, sans interruption, la file gravissait la montagne. Au début de l'après-midi,
ils rencontrèrent les premières plaques de
neige éparpillées, et Pandie couvrit Amri de
sa cape, du mieux qu'elle le pouvait. L'air se
raréfiait ; tout le monde respirait avec difficulté. Bientôt, il n'y eut rien que la falaise d'un
côté, et un solide mur de glace et de neige de
l'autre.

Alors que la nuit tombait, le chemin commença à tourner autour du flanc éloigné et

sombre de la montagne, serpentant d'un côté à l'autre. La chaude lueur orange ne faisait pas seulement qu'éclairer le chemin, mais faisait fondre la neige, rendant les 50 derniers mètres couverts de neige fondue et désespérément froids. Avec la frontière des cieux encore une fois extrêmement proche au-dessus de leur tête, la file des prisonniers glacés gagna la crête et regarda en bas ce qui paraissait être un village ou une ville quelconque niché dans un cratère peu profond sur le dessus de la montagne. La lueur orange venait de nombreux feux flamboyants, illuminant diverses structures et des gens affairés.

Au premier coup d'œil, Pandie pensa que le village était plutôt ordinaire. Mais plus elle regardait, plus elle prenait conscience qu'il n'avait rien d'ordinaire.

CHAPITRE 17

Au sommet

L'étroit chemin qu'ils montaient depuis les deux derniers jours descendait maintenant, doucement mais rapidement, le long du bord intérieur du cratère au sommet de la montagne. La file se dirigeait vers le bas.

Tout le monde sauf une personne.

— Allez, Pandie! Allez! implora Amri.

Le garde à l'arrière était presque arrivé à leur hauteur et Amri poussait sur son bras pendant qu'Ismailil tirait d'un coup sec la chaîne qui les reliait. Mais Pandie était presque paralysée.

Il y avait tellement d'activité que Pandie ne savait plus sur quoi se concentrer en premier lieu. Elle vit des femmes et des enfants qui se hâtaient, traînant de lourds sacs contenant... quelque chose, ou entassant ce qui ressemblait à de la boue dans des formes circulaires, ou encore transportant d'énormes jarres d'eau. D'autres femmes étaient pelotonnées autour d'étranges dômes luisants, et des hommes âgés étaient en train d'alimenter des feux. Il y avait de la fumée partout. Elle remarqua des dizaines de gardes et des centaines de créatures rougeâtres postés sur toute la circonférence de la crête la plus élevée — de ce qu'elle pouvait en voir dans l'obscurité et dans la fumée. Puis, elle vit deux énormes huttes construites sur de basses plateformes. À l'extérieur de l'une d'elles, une longue file de prisonniers attendaient d'entrer dans une ouverture couverte de tissu.

Ces visions avaient un certain sens dans l'esprit de Pandie, qui était maintenant poussée le long du chemin.

Ce qu'elle ne pouvait appréhender, ce qu'elle voulait mentalement ignorer…

… étaient les colonnes.

Des centaines et des centaines érigées partout — épaisses et brunes, s'élevant à au moins 20 mètres dans les airs, bien au-dessus du point le plus élevé de la crête environnante.

Et sur le dessus de chaque colonne, il y avait un homme.

— Non, songea Pandie. Non, ce n'est pas exact.

C'était, pour être précis, la moitié d'un homme.

On ne voyait que le haut de leur torse, émergeant du sommet, les bras levés très haut, les muscles du dos tendus. Certains des hommes hurlaient en petits accès à pleins poumons, d'autres étaient silencieux et avaient le visage rouge. D'autres encore étaient courbés, leurs bras pendant mollement à leurs côtés, le dos écrasé et déformé. Mais tout le groupe ne faisait qu'une seule même chose.

Chacun d'entre eux soutenait les cieux.

Pandie se sentit soudain sur le point de vomir.

Elle tenta de détourner son regard, mais sa curiosité prit le dessus. Alors que les garçons et elle avaient été aspirés à travers la frontière des cieux dans le vide, pourquoi ces hommes ne subissaient-ils pas le même sort ? Il y avait une réponse et elle savait qu'elle finirait par la trouver.

Son groupe pénétra dans le village. Pandie constata que d'autres colonnes étaient en construction ; les sections de colonnes étaient éparpillées un peu partout alors que des groupes de garçons et de filles attachés à des cordes et à des poulies soulevaient des pièces de colonne ridiculement lourdes, les unes sur les autres. Serpentant à travers l'agitation, les captifs longèrent d'énormes fosses de malaxage, où des femmes brassaient de la boue avec de longues perches de bois, pendant que d'autres contournaient de larges puits, qui plongeaient droit au cœur de la montagne. Ils croisèrent des chemins sur lesquels des hommes enchaînés, pleurant, suppliant ou jurant, étaient conduits en troupeau. Ils passèrent devant les étranges dômes, qui étaient en fait, Pandie le voyait maintenant, des fours grossiers, qui cuisaient lentement des sections de colonnes sur de faibles feux. Et ils passèrent devant des colonnes répandues partout. Pandie s'efforça ne pas lever les yeux.

Comme leur groupe rejoignait l'extrémité de la longue file des autres prisonniers, ils s'arrêtèrent juste à côté de deux basses plateformes. Même si le bâtiment érigé dessus était de toute évidence très artisanal, les pierres et le mortier ayant été collés ensemble à la hâte, l'odeur révélait son usage. Il abritait les armoires de nourriture, des comptoirs de drainage et les aires de cuisine du village.

— Pelures de citron! cria en grec une jeune voix féminine, et le cœur de Pandie se mit à battre.

— Dieux! marmonna-t-elle doucement.

Alcie? Alcie était-elle vivante, ici, juste à une distance d'un mur de pierres?

Elle allait crier quand la personne qui avait parlé, une fille à la peau brune, d'à peu près 20 ans, quitta la hutte de préparation et se hâta en direction d'un puits tout près.

— Il veut des pelures de citron dans son eau! cria-t-elle par-dessus son épaule. Trouvez-en!

Elle vit Pandie, bouche bée devant elle.

— Qu'est-ce que tu regardes? demanda la fille.

Pandie baissa rapidement les yeux alors que la fille s'éloignait.

Non, ce n'était pas Alcie… bien sûr que non. Pandie jura contre sa propre stupidité : ils étaient morts, tous les quatre… ses deux meilleures amies, son chien bien-aimé, et le jouvenceau qui ne devait leur servir de garde que pour un court voyage. Le char d'Apollon s'était écrasé, elle en était certaine. Qu'il lui était pénible de penser qu'elle ne les reverrait jamais.

Comme elle commençait à sangloter, se mordant fort la lèvre pour que les garçons ne la voient pas, la file avança de quelques mètres et un autre groupe fut conduit en troupeau dans la hutte située sur la deuxième plate-forme, et dans l'espace inconnu au-delà de la porte recouverte de tissu.

La lumière du soleil s'était estompée des heures auparavant ; on devait facilement avoir dépassé la première moitié de la nuit. Mais autour d'eux, aucun répit dans le bruit et le rythme du travail. Alors que quelques travailleurs dormaient en groupes sur le terrain découvert, d'autres avaient pris leur place jusqu'au prochain changement de quart. Il n'y avait jamais de moment calme, constata Pandie.

Aucun des captifs ne fut autorisé à s'asseoir, chacun demeurant debout à sa place jusqu'à ce que la file recommence à bouger. L'odeur qui s'élevait de la hutte de préparation de la nourriture, outre qu'elle n'était pas la plus appétissante que Pandie avait sentie, lui rappelait pourtant à quel point ils avaient faim. Bientôt, deux femmes aux cheveux gris émergèrent de la hutte, la première transportant un large plateau de bois duquel elle lançait des morceaux de viande aux prisonniers, l'autre passant une gourde d'eau le long de la file. Mordant dans sa viande, Pandie se rendit compte que c'était principalement des nerfs, du gras, et des bouts d'os. Elle cracha sa bouchée discrètement et fit signe à Amri et à Ismailil de faire la même chose (même si Ismailil refusa jusqu'à ce qu'il se casse presque une dent sur un morceau d'os). Puis elle glissa furtivement des poignées de fruits séchés aux garçons.

Lentement, la file avançait, un pas à la fois.

Une heure plus tard, ils étaient rendus à moins de trois mètres de la porte couverte et Pandie tenta de voir si elle pouvait dormir debout.

— Morphée ? appela-t-elle dans sa tête. Morphée… es-tu là ?

— Non, vint la réponse.

— Oh, parfait ! Hé ! Puis-je juste avoir un petit rêve ?

— Arrête ça.

— Quoi ?

— Cesse de poser des questions. Je ne viendrai pas. Hermès m'a dit de ne pas t'aider maintenant, répondit Morphée.

— Pourquoi pas ?

— Parce que tu n'es pas supposée dormir maintenant, Pandora. Tu dois rester alerte.

— Juste une sieste ?

— Non.

— Une toute petite ? Je suis si fatiguée. S'il te plaaaaaaaît !

— Non. Je ne peux t'entendre. Je n'écoute pas. Lalalalalalalalalalalala ! commença à chanter Morphée.

Ismailil, qui se claquait les bras pour s'empêcher de dormir, donna une petite tape à Pandie. Elle écarquilla les yeux.

— S'il te plaît, reste éveillée ! murmura-t-il.

— Bon garçon ! dit Morphée, son rire s'estompant dans l'esprit de Pandie.

— Je suis réveillée. Je suis réveillée, dit-elle.

Mais Amri avait finalement lâché prise et était dans les limbes, pressé contre la hanche de Pandie. Lançant son bras autour de ses petites épaules, elle se pencha vers l'arrière et se trouva à s'appuyer contre deux énormes billots rosâtres et duveteux, empilés l'un sur l'autre. Elle n'avait aucune idée de ce que c'était et ça n'avait pas vraiment d'importance ; tout ce qu'elle sentait, c'était la douceur. Même les poils de mince duvet noir saillant du billot, tels des fils noirs, étaient assez doux.

C'était la chose la plus confortable qu'elle ait connue en des semaines. Elle s'y nicha et laissa ses paupières s'appesantir, tandis que ses doigts se glissaient dans la masse de fils noirs. Sans réfléchir, elle tira fort sur l'un d'eux, remarquant comment la substance alentour se renflait vers l'extérieur au fur et à mesure qu'elle tirait. Soudain elle arracha le fil noir du billot.

Immédiatement, le billot fit un brusque mouvement de recul et une petite tache rouge apparut à l'endroit où le fil se trouvait.

Avec un hurlement étouffé, Pandie s'écarta d'un bond, tenant toujours le fil, mais le regardant maintenant fixement… se rendant compte qu'il s'agissait d'un gros poil et qu'elle était appuyée contre une gigantesque paire de jambes.

Les jambes incroyablement démesurées (et le large bord de la toge d'un homme) sortaient à l'horizontale d'une ouverture dans la hutte. Au début, elle ne l'avait pas vu, car cette plus grande ouverture était cachée par quelques sections de colonnes brisées et abandonnées. Soudain, les jambes (son propriétaire, qui qu'il soit, était manifestement allongé) se redressèrent et se replièrent dans l'ouverture, puis Pandie aperçut une silhouette assise, d'une taille de plusieurs mètres — trop grande pour qu'il soit possible de voir le visage, mais elle pouvait facilement distinguer la base d'une longue barbe noire bruissante.

Elle perdit l'équilibre tandis qu'Amri était rudement poussé vers l'avant. Un autre groupe de prisonniers avaient rejoint l'extrémité de la file. Mais cette fois, un tumulte s'éleva immédiatement dans la hutte de la cuisine.

— Laissez-moi simplement terminer cette… soupe… ce bouilli… ou quoi que ce soit ! s'éleva la voix d'une femme au-dessus du vacarme.

— C'est ton tour ! cria une autre, plus en colère que la première. Fais passer l'eau dans la file !

Au loin, la porte de côté de la hutte s'ouvrit et deux femmes en sortirent : la première, à la chevelure rousse, avec un plateau de viande, et l'autre, portant une gourde, ses cheveux noirs tombant autour de son visage. Commençant à la nouvelle extrémité de la file, la femme avec la viande atteignit en quelques minutes l'homme qui se tenait maintenant derrière Amri. La gourde circulait lentement.

La femme aux cheveux foncés ne regardait personne et son impatience était manifeste.

— Excusez-moi ! cria Pandie, alors que l'homme derrière Amri finissait de prendre une immense lampée. Ces garçons peuvent-ils avoir juste un peu plus d'eau ?

Tournant le dos à Pandie, la femme cambra sa hanche en déplaçant mollement son poids sur une jambe, et hocha la tête.

— Si je leur en donne, dit-elle, se tournant pour regarder Pandie dans les yeux, alors je devrai donner… Oh, oh ! Ahhh ! Amri !

Laissant tomber la gourde, elle fit une grande enjambée pour prendre le petit garçon dans ses bras.

Amri qui dormait paisiblement contre Pandie se réveilla et, au début, sentant une nouvelle paire de bras autour de lui, se mit à lutter contre son nouveau ravisseur. Puis, il regarda le visage de la femme.

— Mère !

— Mère ! hurla Ismailil.

— Mes fils ! cria-t-elle, se précipitant vers Ismailil, les trois s'étreignirent très fort, ce qui incluait naturellement Pandie.

Une telle clameur retentit que plusieurs des femmes dans la hutte de nourriture se rassemblèrent à la porte, et les prisonniers en file, étrangers les uns aux autres, s'allongèrent le cou pour entrevoir la source de l'agitation.

Après beaucoup de larmes et beaucoup de baisers, les garçons présentèrent Pandie.

— Elle nous a sauvés, mère ! dit Ismailil.

— Elle a guéri ma jambe ! cria Amri. Elle croit qu'elle est un serpent. Et elle peut parler aux écureuils !

Jetant un coup d'œil en direction de la hutte de nourriture, Pandie vit que la femme rousse revenait vers la mère des garçons. Soudain, l'une des femmes aux cheveux gris cria de l'entrée.

— Laissez-la faire !

— Elle se relâche dans son travail ! cracha la rousse.

— J'ai dit, laisse-la faire ! Elle a retrouvé ses enfants. C'est une raison suffisante pour se réjouir.

La mère des garçons se tint devant Pandie.

— Je suis Ghida, dit-elle, puis elle fit une pause, tremblant légèrement. Je… je ne sais pas quoi dire.

— Ça va. Vous n'êtes pas forcée de dire quelque chose. Nous avons eu du plaisir, n'est-ce pas les gars ?

— Nous sommes allés dans les cieux ! dit Ismailil.

— Nous avons touché les étoiles, dit Amri en hochant la tête.

— Quoi ! cria Ghida.

— Euh ! il y a eu, genre, un accident, dit rapidement Pandie. Une femme a essayé de s'échapper, mais croyez-moi, vos garçons vont bien.

— Nous avons fait quelque chose que même ses dieux n'ont pas fait ! dit Amri.

— Vous connaissant tous les deux, dit Ghida, caressant tendrement le visage d'Amri, je n'en doute pas.

L'instant suivant, Pandie et les garçons furent tirés d'un coup vers l'avant.

— Oh ! non, dit Ghida. Vous allez entrer.

— Mère ! crièrent les garçons aussitôt.

— Tout va bien.

Ghida suivait le rythme de la file en s'avançant vers la seconde hutte.

— Il n'y a rien à craindre. Et je vous retrouverai... tous les deux. D'accord ? Amri, regarde-moi ! Je viendrai te chercher !

Ghida s'interrompit alors qu'un garde brandissait son épée dans son visage.

— Recule !

— Ne vous inquiétez pas ! lança Pandie, juste comme Ismailil disparaissait derrière le rideau de tissu. J'en prendrai soin.

Soudain, Ghida fut hors de vue et Pandie sentit sa tête être pressée contre sa poitrine.

— Garde-la ainsi ! commanda quelqu'un.

Les yeux baissés, la file entière fut rassemblée en rangées devant une extrémité de la hutte. D'un côté, Pandie aperçut un groupe de gardes, en position d'attente. Après que les captifs se furent immobilisés, personne ne broncha pendant un long moment.

Après plusieurs minutes de silence, ils remarquèrent soudain un nouveau son, un léger ronflement venant de la partie la plus chaude de la pièce. Il y eut une conversation étouffée entre deux gardes à la tête.

— Réveille-le, dit finalement l'un des gardes.

Un bruit de pas, puis d'autres paroles.

— Monsieur, la nouvelle file est prête.

Puis une énorme salve de raclements de gorge et de crachotements.

— Oh ! et j'étais en train d'avoir le plus joli des rêves — quelque chose au sujet des nuages, et il y avait un canard, et ensuite ma mère était là, sauf que ce n'était pas ma mère mais une scinque verte.

— Monsieur, les prisonniers ? réitéra le garde.

— Ah, oui ! Oh ! chouette... des nouveaux ! Ouais !

— Les yeux levés, tous, dit le garde.

Pandie leva les yeux en même temps que tout le monde, vers l'énorme visage ensommeillé de son oncle Atlas, le porteur des cieux.

Une petite coupe

Pandie songea qu'il devait avoir au moins 15 fois la taille d'un homme normal, peut-être 20. Dieux! se rendit-elle compte, Atlas était plus grand que Zeus! Ses bras ressemblaient à des troncs d'arbre, et sa poitrine avait la forme d'une cuve de vendange. Plusieurs couches de muscles se superposaient. Il ne pouvait que s'asseoir ou se coucher; s'il s'était redressé, il aurait arraché le toit du bâtiment. Sa peau était d'un rose blanchâtre à force d'avoir été si près des cieux sombres pour l'éternité et de n'avoir jamais vu le soleil. Ses dents — elle les avait vues lorsqu'il avait bâillé — étaient arrondies et bulbeuses, comme de gros oignons. Mais c'étaient ses poils et ses cheveux qui donnaient la chair de poule à Pandie. Il y en avait partout. Les poils noirs épais sur ses jambes n'étaient que le début. Les cheveux sur sa tête se dressaient sur au moins la moitié d'un mètre dans toutes les directions ; ses sourcils avaient la forme d'un serpent noir sur son front. Ses bras étaient couverts d'épaisses plaques de poils faisant saillie à des angles bizarres, et sa barbe noire, tressée et ornée de perles à certains endroits, que Pandie avait juste entraperçue de l'extérieur, retombait sur presque un bon mètre. Puis Pandie vit sa défense.

Défense ?

Elle attendit qu'il bouge la tête, juste un peu. Lorsqu'il le fit pour bâiller à nouveau, elle constata qu'il ne s'agissait nullement d'une défense, mais d'un poil gris jaunâtre géant, deux fois plus épais que tous les autres, environ de la taille d'une grosse courge et mesurant au moins un mètre de long, qui sortait carrément d'une narine.

— Très bien, les nouveaux, dit Atlas. Où, oh où ! dois-je vous mettre tous, hummm ? Un par un, il assigna les tâches.

— Toi, four numéro huit… toi, beaux bras : porteur… porteur… porteur, montagne du nord… distributeur, montagne de l'est…

Pandie se rendit compte qu'il y avait aussi des esclaves dans des colonnes sur les montagnes environnantes. Atlas avait probablement l'intention de couvrir les montagnes du monde connu avec des millions de colonnes, servant toutes à faire son travail.

— ... porteur... puits d'eau numéro 37... distributeur... distributeur, montagne du nord... toi, tu peux grimper une échelle? Bien : recherche des hommes usés... hum! four numéro cinq... toi, bons bras, mais tu es un enfant : poulies... pour toi : cuve à malaxer... porteur... porteur, montagne du sud... toi : sentinelle du périmètre.

Puis, rendu à environ la moitié de la file, Atlas ferma tout simplement les yeux et se mit à sommeiller. Quelques moments plus tard, quand les gardes de la tête de la file le réveillèrent doucement, il se racla la gorge et jeta un coup d'œil autour de lui comme s'il ne savait pas exactement où il se trouvait. Il s'étira, bâillant, et passa ses mains géantes dans ses cheveux.

— Oh là là ! J'ai besoin d'une autre coupe de cheveux, dit-il, mais à personne en particulier.

— Barbiers ! cria un garde.

L'appel se répercuta à l'extérieur.

— Aimeriez-vous continuer ? demanda le garde à Atlas.

— Après ma coupe de cheveux.

— Oui, Monsieur.

Le reste de la file attendit pendant que deux jeunes barbiers perses entraient dans la hutte par l'ouverture arrière, suivis d'une assistante, une fille, transportant un grand sac en tissu. Rapidement, l'assistante ouvrit le sac et tendit à un des barbiers une paire de lourds ciseaux. L'autre barbier tapa du pied et marcha lourdement et bruyamment vers l'ouverture.

— Dépêche-toi ! l'entendit crier Pandie.

— Je suis désolée, prononça une petite voix qui s'approchait. Je suis désolée.

Et là, soudainement, manœuvrant à grand-peine deux larges échelles et un long balai, apparut Iole.

— Ahhh !

Pandie s'étouffa bruyamment et agrippa les garçons si fortement qu'ils se mirent tous les deux à crier. Alors que ceux qui étaient près d'elle se retournaient pour regarder, elle baissa rapidement la tête.

La tête lui tournait. Elle était en état de choc — abasourdie, certainement, mais elle se rendit compte qu'elle était plus heureuse en ce moment qu'elle ne l'avait jamais été auparavant dans sa vie. Rien n'allait mal, tout allait bien. Iole était vivante ! Et si Iole était vivante, alors Alcie devait l'être… elle devait tout simplement l'être !

— Que se passe-t-il à l'arrière ? hurla un des gardes responsables.

Un autre garde du groupe claqua Pandie avec le côté plat de son épée.

— Quoi ? aboya-t-il.

— Je suis désolée ! dit Pandie très fort, levant les yeux et redressant sa tête. Une crampe à la jambe. C'était moi. Ma mauvaise jambe.

Puis elle regarda fixement Iole, qui laissa tomber les échelles sur le pied de l'un des barbiers.

— Désolée ! Désolée ! dit Iole, essayant de retrouver sa poigne.

— La ferme ! dit le premier garde à Pandie.

— Tu parles ! répondit Pandie, se détendant.

— Faisons une coupe sur tout le corps, disait Atlas aux barbiers. Je me sens tout pelucheux.

Iole et l'autre fille positionnèrent les échelles contre Atlas. Alors qu'un barbier dénattait la longue barbe et enlevait les perles, l'autre se mit à couper ses poils de jambe. Pandie fit semblant de simplement regarder autour d'elle, ses yeux revenant toujours sur Iole. Iole essayait de paraître concentrée, mais elle tremblait sérieusement et ne cessait de tendre les mauvais instruments à son barbier.

— J'ai dit « un rasoir droit » ! cria-t-il.

— Désolée, bredouilla-t-elle, lui tendant le bon outil, son regard dérivant vers Pandie.

Des jambes aux bras jusqu'à sa poitrine massive en forme de baril, montant et descendant l'échelle, le barbier rasa tous les poils noirs. Iole s'avançait toutes les quelques secondes pour écarter, avec un balai, les poils coupés.

— Vous me faites de jolies pointes, n'est-ce pas ? demanda Atlas au barbier, semi-somnolent. Vous faites attention à bien les tailler.

— De superbes pointes, Monsieur, absolument.

— Et toi, dit Atlas à l'autre, quand tu auras terminé de faire la coupe, je veux des perles rubis et ivoire cette fois-ci.

— Excellent choix, Monsieur, dit le barbier, coupant lentement au ciseau chaque poil de barbe individuellement.

Après 20 minutes, Pandie riva son regard sur Iole pour la centième fois et, finalement,

eut le courage de marmonner le nom
« Alcie ».

Iole fit un hochement de tête presque
imperceptible.

Pandie serra les lèvres en un sourire tendu
et marmonna le nom « Homère ».

Iole hocha à nouveau la tête, mais son
front se fronça profondément.

Quelque chose n'allait pas avec Homère.
Comme Pandie regardait, Iole appuya le balai
contre le mur opposé et leva les deux bras au-
dessus de la tête et tourna ses paumes vers le
haut, s'accroupissant pendant une fraction de
seconde. Puis elle baissa les bras comme après
un bref étirement.

Mais Pandie comprit.

Quelque part dans les montagnes, enfoncé
jusqu'à la taille dans une colonne, Homère
était un porteur.

— Est-ce que nous vous ennuyons, Iole ?
demanda son barbier.

— Non, Monsieur, dit-elle. Je suis
désolée.

— Un problème ? demanda Atlas.

— Oh… non ! Monsieur, dit le barbier.
C'est seulement mon assistante. Si vous pré-
férez, je peux en prendre une autre.

— Parfait, dit Atlas, puis il se rendormit promptement.

Remuant à la vitesse de l'éclair, les deux barbiers avaient presque terminé de couper et de sculpter l'énorme crinière sur la tête d'Atlas. Puis ils s'arrêtèrent abruptement. L'un des gardes réveilla Atlas.

— Monsieur, dit un barbier en s'avançant, nous allons commencer votre visage. Soudainement, Atlas se redressa d'un bond, ce qui étonna tous ceux qui se trouvaient dans la pièce. Pandie regarda immédiatement Iole, qui croisa son regard avec une expression que Pandie lut comme une invitation à « porter attention ».

Travaillant d'abord sur les oreilles, puis sur les épais sourcils, puis sur les joues, les deux hommes s'avancèrent vers l'intérieur en direction de son nez. Faisant une pause pendant une seconde pour respirer profondément, un barbier se servit de ses deux mains pour attraper l'épais poil gris jaunâtre et l'écarter légèrement, alors que son partenaire commençait à couper à petits coups de ciseaux les autres poils de narine.

— Aimeriez-vous des pointes, Monsieur ? demanda-t-il.

— Faites-le ! grogna Atlas.

Pandie avait vraiment oublié l'étrange poil, si différent de tous les autres. En réalité, si elle mettait de côté totalement le fait qu'il était gargantuesque, c'était la seule chose bizarre à propos de son oncle. Maintenant, elle surveillait Atlas, qui avait les jointures blanc neige, les dents serrées, la respiration sortant en courts jets.

— Ne le coupez pas ! siffla-t-il.

— Il n'en a jamais été question, Monsieur, répondit le barbier, mais il dut s'arrêter de temps en temps pour détendre ses mains.

Pourquoi son oncle ne voulait-il pas supprimer cet horrible poil ?

Atlas ne pouvait souffrir, pensa-t-elle. Puis, cela la frappa : il était nerveux.

Elle regarda Iole, qui pencha légèrement la tête. Soudain, elle comprit.

— Oh ! dit-elle doucement.

— Quoi ? murmura Amri.

— Rien, murmura Pandie à son tour.

Tous en même temps, les barbiers s'éloignèrent du visage d'Atlas comme s'il était incandescent et retirèrent précipitamment leurs échelles. Maintenant, avec tout le reste de ses cheveux coupés, le poil de nez jaune gris géant était encore plus proéminent.

— Tout est fait, Monsieur, dit l'un des barbiers.

— Ah! les Perses.

Atlas se mit à rire, encore une fois complètement détendu et légèrement jovial.

— Personne ne peut faire des coupes de cheveux comme les Perses. Bon; où en étions-nous?

Et pendant que les barbiers commençaient à ramasser leurs outils, les jetant dans le sac qu'Iole tenait ouvert, Atlas continua à attribuer les tâches.

— Toi : four numéro 18... toi, tu peux cuisiner? Excellent : cuisine... porteur... distributeur de nourriture, montagne de l'ouest... porteur...

Le suivant était Ismailil.

— Wow! tu es chétif : cuve à malaxage numéro deux.

Soudain, Ismailil fut libéré de ses chaînes et on allait l'éloigner. Affolé, Amri cria à son frère.

— Alors, qu'est-ce qui se passe? demanda Atlas.

— Ce sont des frères, dit Pandie. Monsieur, je vous en prie, ce sont des frères.

— Ah! c'est mignon, dit Atlas, regardant Amri. Et tu es encore plus chétif! C'est mignon un chétif. D'accord, mettez-les ensemble.

Comme on enlevait ses chaînes à Amri, il leva les yeux vers Pandie.

— Mais, Pan… !

— Non ! lança-t-elle pour l'inviter à se taire, ne voulant pas que son nom soit mentionné. Tout va bien. Allez-y.

Elle se pencha.

— Allez, murmura-t-elle aux petits garçons qu'elle considérait maintenant comme ses propres frères. Je vous retrouverai. Allez et faites ce qu'ils vous disent.

Elle les embrassa tous les deux rapidement sur le dessus de la tête et on les emmena.

Puis, elle fut seule.

— Toi, commença Atlas, et Iole laissa tomber le sac, éparpillant tous les ciseaux et les rasoirs.

— Oh !

Elle leva les yeux en s'efforçant de les écarquiller le plus qu'elle le pouvait.

— Je suis vraiment terriblement désolée.

— J'ai vraiment besoin d'une nouvelle assistante, dit son maître.

— Je pourrais bénéficier d'un peu d'aide, convint Iole, regardant directement Atlas.

— Fille effrontée ! cria le barbier. Je voulais dire me débarrasser de…

— Parfait, interrompit Atlas, jetant un coup d'œil vers Pandie. Toi avec elle.

On enleva les chaînes de Pandie, qui fut poussée à l'extrémité de la pièce. Le barbier d'Iole lui jeta à peine un coup d'œil.

— Nettoie tout et conduis-la à la tente, marmonna-t-il à Iole alors que les deux hommes sortaient, en reculant, avec l'autre assistante.

— Hum ! dit Iole à Pandie, attrapant une échelle, veux-tu aller chercher l'autre ?

— Certainement, dit Pandie.

Pandie s'avançait vers l'ouverture arrière quand Iole la prit discrètement par le bras et la serra légèrement.

— Tu dois t'éloigner, dit-elle.

— Oh ! d'accord.

Pandie réprima un sanglot inattendu. Les deux échelles ne cessaient de s'entrechoquer et de s'entremêler pendant que les filles quittaient la vaste pièce.

Pandie était très occupée à essayer de décider laquelle des informations était la plus importante : la découverte que ses meilleurs amis étaient vivants et juste ici, ou le fait que la Paresse se cachait dans l'affreux et gigantesque poil de nez de son oncle.

CHAPITRE 19

Les vieillards

— Elle est là ! lança Prométhée, à la limite du hurlement.

Il tenta de se redresser, mais en les déguisant tous les deux en vieillards, Hermès avait façonné une telle bosse dans le dos de Prométhée que, tout en dansant presque d'excitation et de joie, il ressemblait à un crabe dérangé.

— Et tu aimerais que tout le monde le sache ? répliqua Hermès, lui aussi bossu, mais pas autant.

— Elle est ici ! murmura Prométhée, secouant ses mains ratatinées et noueuses de haut en bas.

— C'est bien.

Hermès se concentra sur sa perche de bois.

— Faisons en sorte que tout le monde dans cet endroit perdu s'aperçoive que tu as une raison d'être excité à ce point. Motus et bouche cousue au sujet de la fille. Commence à brasser.

— Je suis tellement… tellement….

— Attention, le rat ! dit Hermès.

Un garde s'approchait rapidement depuis l'autre bout de l'enceinte, frappant des esclaves en chemin. À grandes enjambées, il arriva à la hauteur de Prométhée, le projetant presque dans la cuve de boue.

— Où étais-tu, vieil homme ? Je t'ai envoyé chercher mon repas du matin il y a une heure. Tes genoux noueux sont tellement courbés que tu ne peux marcher plus rapidement ?

Prométhée se rendit compte qu'il avait oublié sa tâche et lança un coup d'œil implorant à Hermès… qui venait juste de rouler des yeux derrière le garde et de faire un petit mouvement sec devant son nez comme s'il chassait une mouche. Immédiatement, dans le sac suspendu sur une épaule, Prométhée sentit le poids de deux pommes et d'un gros morceau de fromage de chèvre.

— Et c'est préférable que ce soit encore chaud, misérable ! cracha le garde, baissant maintenant les yeux sur Prométhée, sinon tu vas brasser cette boue par le fond.

En un éclair, Prométhée sentit que les pommes et le fromage s'étaient transformés en un pot d'argile rempli d'avoine à la crème.

— Voici, Monsieur.

Prométhée tendit le pot au garde et sourit d'un sourire totalement édenté.

— Bon et chaud.

— Retourne travailler.

Comme le garde s'avançait vers l'enceinte et s'installait avec ses camarades, Hermès fit un autre mouvement vif avec son doigt.

— Qu'as-tu fait au juste ? demanda Prométhée.

— Rien, dit Hermès. Je nierai toute responsabilité même partielle dans la transformation d'un pot rempli d'avoine en un estomac rempli de vers.

— D'accord. As-tu entendu ce que j'ai dit ? Elle…

— Je n'ai jamais vu tant de saleté dans ma vie, dit Hermès, avant que Prométhée puisse prononcer un autre mot. Je n'ai jamais été si sale. Je n'ai jamais goûté autant de saleté. J'ai de la saleté dans les yeux, le nez, les oreilles, les dents…

— Tu as encore des dents.

— … je suis un dieu, merci beaucoup, ce qui me donne droit à certains avantages — les cheveux, sous les aisselles, sous les ongles et entre les orteils. Ah ! les joies de l'amitié. Ça va ! Elle est ici. Maintenant que vas-tu faire ?

Prométhée poussa un soupir.

— Rien.

— C'est paaaaarfait. C'est l'entente. Regarde mais ne la serre pas dans tes bras. Elle ne saura jamais que c'est toi, même si tu dois l'aider. De cette façon, si Zeus le découvre et le lui demande, elle sera capable de répondre honnêtement. Donc, où l'as-tu vue ?

— Oh ! Hermès.

Prométhée cessa de malaxer. Il fixa l'aurore qui pointait à travers l'obscurité environnante, illuminant le village trépidant.

— Elle était en train de traîner une échelle à l'extérieur des quartiers d'Atlas. Elle était avec son amie Iole, et à voir la façon dont elles pleuraient et se serraient l'une l'autre, elle venait probablement tout juste d'arriver. Oh ! c'était tellement bon de la voir ! Et... et... elle avait cet air, Hermès. Elle a changé. C'est comme si... ma petite fille a quitté la maison et maintenant, il y a cette jeune femme capable, forte, presque... mature, à sa place. Tu sais, je crois que, si j'avais su ce qu'elle deviendrait, ce qu'elle est devenue, je n'aurais peut-être pas insisté si fort pour être ici. Je crois qu'elle peut faire face…

— Fantastique ! Nous pouvons partir !

— Non, dit calmement Prométhée sans se démonter… faire face, à presque n'importe quoi. Presque. Sauf à mon frère. À ce qu'il paraît, il s'est fait faire une autre coupe de cheveux. Je crois que Pandora a été assignée auprès des barbiers. Je suis tombé sur eux avant de la voir et ils parlaient de l'entraînement de la nouvelle fille et du poil de nez tout à fait insolite d'Atlas.

— Et je croyais que les cheveux de Déméter étaient loufoques, dit Hermès.

— Mon ami, c'est la première fois depuis des mois que je ressens autre chose que du désespoir. Et tu sais quel est ce sentiment ?

— Tu vas me le dire, dit Hermès.

— Je suis affamé.

— Bon signe, j'en suis heureux ! Fouille dans ton sac de tissu.

Prométhée fouilla et, hors de la vue des autres esclaves, en retira un morceau d'agneau parfaitement rôti.

— Merveilleux ! dit-il en souriant. Et pour ceux d'entre nous qui doivent mastiquer la nourriture avec les gencives ?

— D'accord. Range-le, soupira Hermès. Dans le sac, Prométhée sentit que l'agneau dans sa main s'était transformé en trois abricots dénoyautés et trop mûrs.

— Merci.

— C'est un plaisir, répondit Hermès.

Mastiquant les abricots avec ses gencives, Prométhée s'avança lentement vers deux jeunes garçons nouvellement arrivés ce matin-là, qui s'échinaient avec le bâton de malaxage qu'ils partageaient.

— Allo… laissez-moi vous aider, dit-il avant de se rendre compte qu'ils ne parlaient pas un mot de grec.

Il se tapota la poitrine et se présenta.

— Je suis Théus… Théus.

Le plus grand des deux comprit.

— Ismailil, dit-il, frappant sa propre poitrine, puis pointant l'autre garçon plus petit, Amri.

CHAPITRE 20

À nouveau réunis

Iole incita Pandie à demeurer silencieuse, alors que les deux filles rangeaient les échelles contre le côté d'une petite hutte. Puis elle la conduisit en contournant plusieurs colonnes dans la salle principale des appartements des barbiers ; c'était rudimentaire, mais contrairement à la plupart des autres structures, il y avait un toit. Iole ainsi que Pandie saluèrent les deux Perses, maintenant occupés à surveiller une théière de bronze suspendue au-dessus d'un petit feu, et Iole pressa Pandie de traverser un rideau d'intimité pour pénétrer dans une petite salle d'entreposage d'un côté. Pandie allait lancer ses bras autour d'Iole lorsque celle-ci fit un signe vers l'autre assistante, déjà endormie dans un coin. Les deux filles se glissèrent dans le coin opposé pour s'asseoir sur un tapis sale et se serrèrent très fort l'une l'autre, sanglotant dans leurs capes.

— Quand nous t'avons vue tomber, bre-douilla Iole, nous avons cru que tu étais morte. Mais alors, à mesure que les jours passaient, j'étais convaincue, Pandie — j'étais convaincue — que tu étais toujours vivante. Alcie aussi. Nous le savions dans nos cœurs. Nous savions que nous nous sentirions diffé-remment si tu étais partie.

— Moi aussi, murmura Pandie. J'avais l'impression que, d'une certaine manière, vous alliez tous bien. Je ne peux tout simple-ment pas penser que les dieux nous auraient permis de nous rendre si loin pour provoquer notre mort maintenant. Où est Alcie ?

— Elle distribue la nourriture. Mais son quart se termine à l'aurore. Elle devrait arriver sous peu.

— Que fait-elle ? demanda Pandie.

— C'est elle qui apporte l'eau et la nour-riture, si tu peux leur donner ce nom, aux hommes qui portent les cieux. C'est ce qu'ils font, tu sais. C'est ce qu'ils sont en train de faire, Pandie !

— Je sais.

Puis la voix d'Iole se fit tremblante.

— Homère est en haut, Pandie.

— Alors, j'avais deviné. Mais nous verrons à le faire descendre. Bien, dis-moi tout ce que tu sais. Où étais-tu, comment es-tu arrivée ici, et es-tu certaine que la paresse est dans le nez de mon oncle ?

— Oh, dieux ! soupira Iole. Par où vais-je commencer ?

Iole entreprit le récit de son incroyable voyage : Apollon faisant atterrir le char, leur enlèvement par les pirates d'Atlas, la *Syracuse*, la capture et l'emprisonnement de la Souffrance.

— Quoi ? cria Pandie.

La fille dans le coin opposé leva la tête et lança un regard noir à Pandie et à Iole.

— Quoi ? murmura Pandie.

— Nous l'avons.

Iole fit un sourire. Tranquillement, elle se leva et tira son sac d'une étagère branlante. Elle en retira la petite boîte de bois entourée de fers carrés d'adamant et la tendit avec précaution à Pandie.

— Oh ! tu aurais été si fière d'Alcie, continua Iole. Elle était féroce comme une amazone. Elle n'avait pas vraiment de plan, mais elle était déterminée. Elle ne cessait de dire : « Nous trouverons une solution ! Et ensuite, une fois que nous avons emprisonné la Souffrance dans la boîte, elle s'est rappelée que nous avions été enchaînées avec des chaînes d'adamant, donc nous nous sommes glissées en douce dans l'armurerie et avons rencontré Héphaïstos.

— Tu plaisantes, dit Pandie, prenant la boîte.

— Non. Et il a fabriqué ces fers, continua Iole, pointant les bandes autour de la boîte. Et c'est alors que nous avons su. Nous savions, à ce moment-là, que tu étais toujours vivante. Pourquoi quelqu'un nous aiderait-il si tu n'étais pas là et s'ils ne croyaient pas que nous nous retrouverions tous un jour ?

— Brillant, comme à l'accoutumée. Nous verrons plus tard comment transférer la Souffrance dans la boîte principale.

À ce moment, le lourd tissu couvrant une ouverture à l'autre extrémité de la petite pièce s'écarta et une silhouette à capuchon se tint dans la faible lumière du matin.

— Iole, il n'a pas l'air bien. Sa peau devient rose.

Alcie rejeta son capuchon en arrière et allait entrer lorsqu'elle aperçut Pandie.

En un instant, Pandie était sur ses pieds… mais Alcie ne faisait que la regarder fixement, jusqu'à ce que sa lèvre inférieure commence à trembler et que ses yeux se remplissent de larmes, l'aveuglant. Elle se cramponna au lourd tissu. Lorsque Pandie prit conscience qu'Alcie était incapable de bouger, elle traversa la pièce et embrassa son autre meilleure amie.

Pandie conduisit Alcie dans le coin, pendant qu'avec Iole, elles attendaient quelques minutes qu'Alcie cesse de pleurer et de haleter, suffisamment pour être capable de parler.

— Tangerines! plaisanta-t-elle tranquillement, attrapant la main de Pandie, c'est une façon tellement sensass de commencer la journée.

Pandie et Iole sourirent.

— Bon, dit Iole, j'étais juste en train de terminer la partie où nous avons capturé la Souffrance.

— Super, hein? dit Alcie secouée d'un léger hoquet après avoir tant pleuré.

— Tellement cool! convint Pandie.

— Vous savez, Homère n'était même pas aux alentours; il n'y avait qu'Iole et moi. Mais Homère a écrit des trucs absolument stupéfiants durant toute l'aventure. Il est parent avec l'autre Homère, le célèbre. Oh, dieux! Pandie, sais-tu ce qui est arrivé à Homère? Citrons! Il est en haut sur une colonne, depuis trois jours.

— Nous le ferons descendre, dit Pandie. Mais d'abord, j'ai tellement de questions.

— Moi aussi, dit Alcie.

— D'accord : vous, les filles, avez-vous rampé sous les cieux ? demanda Pandie.

— Bien sûr, c'est le seul moyen, dit Iole.

— Avez-vous perdu quelqu'un ? demanda Pandie.

— Perdu quelqu'un ? demanda Alcie.

— Quelqu'un a-t-il été attiré à l'intérieur ?

— J'ai vu un oiseau se faire aspirer, mais une personne ?

— Pommes moisies ! Non !

Pandie raconta la tentative de fuite de la pauvre femme de la file et les instants subséquents de Pandie dans le vide noir.

— Noyaux d'olive mâchés !

— Écoute, avant toute autre question... dit Pandie en se retournant vers Iole. As-tu une idée de la raison pour laquelle les choses pouvaient être attirées dans le vide en bas et pourquoi les hommes sont capables de le soutenir ici ?

— Elle le sait, dit Alcie.

— Je le sais, dit Iole.

— Elle me l'a dit le premier matin quand je suis entrée ici furtivement pour un peu de sommeil. Je ne pouvais dormir, pensant à

Homère. Alors elle m'a expliqué sa théorie. J'ai été soufflée comme une flamme de bougie.

— J'ai émis l'hypothèse que c'est parce que la base des cieux est construite comme un filet ou une sorte de toile, commença Iole. En haut, c'est resserré comme un tambour de festival, comme c'est supposé l'être. Mais en bas, c'est complètement étiré, comme un filet de pêcheur s'étire quand il est rempli de poissons et que vous pouvez y passer votre main. Près de la Terre, le filet est largement étiré et c'est pourquoi les choses peuvent être aspirées à l'intérieur.

— Quel ennui. Bon, prunes ! Recommençons au début ; et puis, nous devons parler d'Homère. Que s'est-il passé quand tu es tombée ? lança Alcie.

Pandie leur raconta tout. Dionysos, le trajet dans la coupe de pignes dans la montagne, Ismailil et Amri, leur cachette et leur capture, les écureuils et le voyage vers Jbel Toubkal.

— Comment as-tu été assignée ici ? demanda Alcie à Pandie.

— Parce que je suis incroyablement intelligente, coupa Iole.

— Maintenant, à propos d'Homère… commença Alcie.

— Attends, si c'est toi qui distribues la nourriture, n'es-tu pas dans un autre groupe? Comment peux-tu te présenter ici chaque matin? demanda Pandie.

— S'iiiil te plaît! dit Alcie. je suis supposée être endormie et personne ne garde un groupe de prisonniers endormis. Je ne fais que m'éclipser. Il n'y a aucun moyen de quitter cette montagne, et aussi longtemps que je me rapporte ce soir, personne ne s'en fait.

— Et ensuite, tout ce que j'aurais à faire, c'est de dire qu'elle est avec moi et tout le monde laisserait tomber, dit Iole.

— Oh! et ne crois pas qu'elle n'aime pas ça! dit Alcie à voix basse.

— Que veux-tu dire? demanda Pandie.

— Les barbiers, expliqua Iole, sont traités comme des philosophes grecs, ou même des acteurs! Respect total. Ils ont de la viande et du vin, une hutte avec un toit. Pas de restriction de mouvements dans l'enceinte et, étant donné que je suis une assistante…

— Elle me le rappelle constamment, soupira Alcie.

— … je peux aller et venir comme je le veux avec ceci.

Iole tapota une minuscule paire très terne de ciseaux de métal, pendant autour de son cou sur la même chaîne que l'œil d'Horus.

— Mais pourquoi ? demanda à nouveau Pandie. Ce n'est qu'une question de cheveux ?

— Les cheveux d'Atlas poussent tellement rapidement qu'il doit se les faire couper chaque jour.

— C'est bizarre. C'est le frère de papa, dit Pandie. Les cheveux de papa ne poussent pas aussi rapidement.

— Cela fait partie de son sortilège, dit Iole.

— Tu as vu le poil, non ? demanda Alcie.

Avant que Pandie puisse répondre, Iole continua.

— Apparemment, il est devenu assez hirsute…

— Poilu, interrompit Alcie.

— Merci, dit Pandie.

— … lorsqu'il a déposé les cieux, donc lorsqu'il a commencé à recruter des soldats romains dans le secteur pour agir comme hommes de main, la première chose qu'il a demandée, c'étaient des barbiers. Il adore rester simplement assis et se faire couper les cheveux.

— Mais tu as vu le poil, non ? répéta
Alcie, baissant le ton.

— Bien sûr, dit Pandie.

— C'est la Paresse, dit Iole.

— Moi aussi, j'y ai pensé. Ce doit être la
Paresse, dit Pandie. La Paresse est une chose
qui doit être sur mon oncle ou dans son corps
pour lui faire oublier sa responsabilité et
déposer les cieux. C'est la seule… quel est le
mot ?

— Transformé ? Métamorphosé ? Changé ?
dit Iole.

— … chose changée évidente à son sujet.
Il s'est figé quand les barbiers sont arrivés trop
près de son poil de nez.

— On ne l'a jamais coupé, dit Iole. Il a été
coupé deux fois ces dernières semaines et les
deux fois il est devenu enragé. C'est la seule
fois où quiconque l'a vu chez lui vraiment en
action. Il a pris ses barbiers et les a lancés en
bas de la montagne. Les barbiers actuels sont
les remplaçants des remplaçants. Mais je les
ai entendus parler et ils ont dit que, plus le
poil allonge, plus il est paresseux. C'est
comme une dose constante de feuilles de
lotus.

— Bien, même s'il était coupé, il repous-
serait tout simplement. Il faut l'extraire à la

racine. Peut-être quand il dort, songea Pandie.

— Bonne chance si vous réussissez à éluder les gardes, dit Alcie.

— Nous sommes assez bonnes pour créer des diversions, lui rappela Pandie. De toute façon, nous devons la réintégrer dans la boîte le plus tôt possible.

— Mais, Pandie, nous allons faire descendre Homère, non? dit Alcie, une inquiétude grandissante dans la voix.

— Évidemment! Aussitôt que nous aurons attrapé la Paresse…

— NON! hurla Alcie, et la fille se tourna dans son sommeil. Tout de suite! Figues! Je sais que c'est ta quête et que tu prends les décisions, d'accord? Et… et nous ignorions comment procéder avant ton arrivée, mais maintenant, avec tes pouvoirs, nous pouvons penser à quelque chose pour le faire descendre d'abord!

— Alcie, baisse le ton, l'avertit Iole.

Alcie continua sur un ton plus calme.

— Pandie, il est gros et fort, et le seul moment où je me sens tout à fait en sécurité, vraiment, c'est quand il est dans les alentours! Et il est si mignon… et il est le premier depuis longtemps à m'aimer. Beaucoup. Moi! Oh, poires ! Et il est intelligent. Et il pense que je suis… et il est, genre, formidable, et il se fera démolir si vous… nous…

Pandie regarda Iole.

— Une longue histoire. Je t'en parlerai plus tard.

— Alcie, répondit Pandie, se retournant vers son amie, calme-toi, d'accord ? Aussitôt que la Paresse sera dans la boîte, mon oncle se rappellera son vœu et sa responsabilité, et il relèvera à nouveau les cieux. J'en suis certaine. Alors chacun sera soulagé du poids, y compris les hommes sur ces autres montagnes.

Alcie devint blanche.

— Quoi ? Alcie, quoi ? cria Pandie.

— Iole, prunes… prunes ! Iole. Dis-lui. Je ne sais même pas comment le dire, gémit Alcie.

— Pandie, nous avons déterminé, d'après tout ce que nous avons vu et entendu, que chaque homme ne résiste que quatre jours sur une colonne. C'est le temps que ça prend avant que le poids des cieux, en fait, écrase les os. Cela ne les tue pas, mais cela les compresse, et même si le Soleil est loin, cela durcit la peau et la rougit et…

— Et transforme des hommes adultes normaux en ces petites créatures rougeâtres et ratatinées, termina Pandie, saisissant toute l'horreur de la situation. En tout au plus une année, peut-être moins, Atlas aura utilisé chaque homme qui reste sur la Terre. Et ensuite, que se passera-t-il ?

— Justement... dit Iole. Nous sommes arrivés ici il y a trois jours à l'aurore. Homère a presque immédiatement été encastré dans une colonne. Aujourd'hui est son quatrième jour. Cela signifie que, même si Homère est plus fort que presque tout le monde que nous connaissons et qu'il peut survivre un peu plus longtemps, il n'a en fait que jusqu'à ce soir.

— Et aussi, c'est un homme « usé », murmura Alcie. Je l'aimerai même s'il est ratatiné, par les dents d'Athéna, c'est vrai ! Mais je devrai le prendre et le transporter partout. Je devrai trimballer mon petit ami rouge sous mon bras partout où j'irai.

— C'est ce que tu voulais dire quand tu es arrivée en disant que sa peau devenait rose ? dit Pandie à Alcie.

Alcie acquiesça.

— Et il ne sera plus jamais le même. Du moins, nous ne le croyons pas. Dieux ! c'est beaucoup de poids sur un corps ? Les effets peuvent être irréversibles, dit Iole. Écoute, je sais que le raisonnement d'Alcie peut paraître un peu centré sur elle en ce moment…

— Hé !

— C'est le cas. Mais tu dois admettre, Pandie, continua Iole, qu'Homère a été extrêmement précieux dans la quête. Et maintenant que tu es ici, nous devons essayer…

— Oh, dieux ! Pandie… Pommes, pommes, pommes ! dit Alcie, la panique montant dans sa voix. Si nous ne faisons pas quelque chose, nous le perdrons. Je le perdrai. Le seul type que j'aimerai jamais fera un demi-mètre de haut. Et il sera obligé de participer à un de ces groupes de capture d'esclaves. S'il te plaît… s'il te plaît, descendons-le d'abord ? S'il te plaît ?

Pandie ne fit que tourner la tête et regarda droit dans les yeux verts d'Alcie. Puis elle hocha la tête comme si c'était la chose la plus évidente au monde.

— Mince !

CHAPITRE 21

Un appel tout près

Si incroyablement près, les cieux projetaient un voile gris sur tout. Même si c'était le matin, la seule lumière dans le village venait des petits feux disséminés un peu partout et de la faible lumière du soleil, qui essayait désespérément de se frayer un chemin de l'autre côté du vide, à travers l'obscurité, dépassé les étoiles.

— Pourquoi allons-nous de ce côté ? demanda Alcie.

— Parce qu'elle doit d'abord voir comment les hommes se retrouvent dans les colonnes. Nous devons passer par les grands fours, répondit Iole.

La lumière brumeuse ne fit que confirmer ce que Pandie avait soupçonné : le petit village sur le sommet de la montagne était l'endroit le plus dégoûtant qu'elle avait jamais vu. Les gens, couverts de boue et de crasse, étaient soit fort affairés soit endormis. L'odeur corporelle était accablante. Des cuves de boue près des puits à proximité des petits fours près des bases de colonnes à côté de groupes de corps ensommeillés. Il n'y avait pas de route, que des espaces ouverts occasionnels pour entrer et sortir en se bousculant au sein de la foule en mouvement. L'air qui semblait un peu plus pur lors de l'ascension de la montagne était à nouveau dense et noir comme la suie. Le blanc des yeux des gens, la seule partie propre de leur corps, était proéminent, donnant à tout le monde une apparence effrayante.

Iole ouvrait le chemin à travers le village. À toutes les quelques secondes, elle tapotait ses minuscules ciseaux d'un air défiant pour calmer un garde qui lui bloquait la route et pour faire taire quelqu'un qui lui demandait pourquoi elles ne travaillaient pas.

Pandie était plongée dans ses réflexions. Que ferait-elle pour sauver Homère ? Ce serait plus facile, songea-t-elle, d'agir en suivant son instinct. Depuis qu'elle avait commencé sa quête, elle avait sauvé d'autres personnes et elle-même en agissant sur le moment, ou en réfléchissant vitement, attachée à une chaise ou flottant dans les airs. Maintenant qu'elle avait vraiment le temps d'élaborer un plan, ses insécurités refaisaient surface. Elle ignorait si elle était assez intelligente pour trouver une solution.

Quelques colonnes plus loin, elle aperçut le bâtiment où logeait son oncle et pensa à ses poils qui poussaient vite et à son énorme taille en comparaison de son frère, son père. Son père… Dieux ! Elle n'avait pas parlé à son père depuis… des semaines ! Elle regarda autour d'elle. Il y avait tant de bruit et d'activités que personne ne l'entendrait. Et la frontière des cieux ressemblait à un nuage au-dessus de sa tête. Zeus avait la possibilité de voir ce qui se passait lorsque les cieux étaient clairs, mais le pouvait-il à travers l'obscurité des cieux ? Peut-être pas. Elle espéra que non. Et si quelqu'un les arrêtait, Iole n'aurait qu'à agiter ses petits ciseaux et dire que Pandie parlait dans une conque pour une « affaire de barbier ».

Iole était devant elle et les yeux d'Alcie se concentraient sur quelque chose au loin. Lentement, furtivement, Pandie mit la main dans son sac de transport de cuir, et elle en sortit sa coquille, fit courir son doigt sur le bord, et la tint contre son oreille, cachée dans ses cheveux.

Juste à ce moment, les trois amies s'approchaient du milieu du village et de la fosse de malaxage numéro deux.

Prométhée, qui travaillait à l'extrémité de la fosse avec Hermès, Amri et Ismailil, sentit vibrer sa coquille dans son sac de tissu. Instinctivement, il y inséra le bras pour l'en extraire.

— Pandie? dit-il doucement, se tournant pour ne pas attirer l'attention.

— Salut, papa, répondit-elle, à voix basse.

— Prométhée, dit Hermès d'une voix douce en se penchant vers lui. Ta fille se dirige de ce côté.

Prométhée regarda par-dessus son épaule et suivit le regard d'Hermès. Il remarqua Pandie, peut-être à 30 mètres de là, passant lentement devant la hutte d'un garde et le puits principal, se faufilant à travers la foule. Sa main était cachée dans ses cheveux et elle faisait semblant de se gratter l'oreille. Plus que n'importe quoi à ce moment, il aurait voulu courir et enlacer sa fille.

— Comment ça va à la maison? demanda Pandie.

— Que fais-tu ? siffla Alcie, son visage tout près.

— Je parle à mon papa — ne me regarde pas ! Fais comme si tout était normal.

— Oh, graines de raisins rôties ! S'iiiil te plaît !

— Tout va bien, ma chérie, dit Prométhée, certain que Xander allait bien avec Sabine, alors qu'il observait sa fille qui s'approchait de la fosse de malaxage. Comment vas-tu ? Euh ! où es-tu ?

— Baisse la voix, Pro, avertit Hermès, ses yeux fixés sur la hutte du garde.

— Je suis au sommet de Jbel Toubkal. J'ai vu oncle Atlas, papa. Je crois que je sais où se cache la Paresse. C'est dans son poil de nez !

— Ouais ! c'est assez gros, n'est-ce pas ? dit Prométhée, puis il se rendit compte de sa gaffe.

— Comment le sais-tu, papa ?

— Euh… euh !

Il eut un court instant pour penser à sa réponse, car juste au même moment, Ismailil et Amri virent Pandie qui s'avançait vers la fosse de malaxage.

— Pandie ! Pandie ! crièrent-ils.

Jetant à terre leur perche à mélanger, ils contournèrent la fosse en courant, à la surprise de tous les esclaves, dont Prométhée.

— Bien, ma chérie... euh! dit-il, observant les deux petits garçons qui se lançaient sur sa fille dans un accès de joie. Je sais à quoi ressemble mon frère normalement, tu te rappelles? Si un mal s'est logé dans son poil de nez, alors il doit être énorme, n'est-ce pas?

— Pandie!

Amri hurlait et tirait sur sa cape.

— Oh, ouais! Mince! C'est logique. Salut, Amri! dit Pandie.

Puis elle se sentit un peu désorientée à cause des cris des garçons et du tapage environnant, incertaine de la nature des sons.

— Hé, papa! on dirait que c'est bruyant où tu es. Quels sont ces bruits de fond?

Pandie, Alcie et Iole étaient arrêtées directement devant la fosse de malaxage.

— Euh! c'est ton frère, bredouilla Prométhée. C'est euh... euh!

— Xander, papa. Son nom est Xander.

— Quoi? Oh oui! c'est Xander, dit Prométhée, enchanté de la joyeuse scène devant lui.

Puis il vit deux énormes gardes romains à l'air sinistre, se dirigeant à l'endroit du tapage.

Il fit un signe à Hermès qui avait aussi remarqué les gardes, et il commença à se hâter de contourner le bord de la fosse, aussi vite que son corps de vieillard pouvait bouger.

— Où es-tu ? Que fais-tu avec Xander ? demanda-t-elle dans la conque, se penchant pour ébouriffer les cheveux d'Ismailil.

— Hé, Ismailil ! murmura-t-elle, le serrant très fort dans ses bras, alors que le petit garçon s'accrochait à ses jambes avec adoration.

— Wow ! dit doucement Prométhée, tournant à nouveau son dos à la scène, conscient du fait que la Pandora qu'il connaissait serait morte avant de se montrer gentille avec des petits garçons.

Et ces deux-là la connaissaient… et l'aimaient — non, l'adoraient. Sa fille avait changé.

— « Wow » quoi, papa ? demanda-t-elle.

— Euh ! rien. Où sommes-nous ? Euh ! Xander et moi sommes dans une vente de pâtisseries. Ils essaient de reconstruire l'École secondaire pour jeunes villes d'Athènes et nous avons apporté quelques-uns des… euh ! biscuits de Sabine.

— Pandie, dit Iole, nous devons continuer à avancer.

— Bon, papa, je dois partir, dit-elle, se rendant compte qu'elle était en train de causer trop d'agitation et que ce n'était vvvvrrraiment pas une bonne chose que des gens la regardent fixement.

— Moi aussi, ma chérie… oh ! je t'aime tant. Je suis si fier de toi, dit Prométhée, regardant à nouveau par-dessus son épaule. Plein de phileo et au revoir !

Il ferma la coquille et observa les deux gardes, maintenant presque arrivés près de sa fille.

— Hé ! les garçons, je dois partir… mais je reviendrai, d'accord ? dit Pandie à Amri et à Ismailil, replaçant à la dérobée la coquille dans son sac — mais pas sans qu'Amri la voie.

— Étais-tu en train de parler à ton père ? demanda Amri doucement.

Pandie acquiesça, puis lui fit un clin d'œil, posant son doigt sur ses lèvres.

— Pandie, dit Alcie, avançons !

— Parfait, les petits, dit Hermès, apparaissant soudainement entre Pandie et les garçons. Reprenons le travail !

— Oh, vous êtes Grec ! dit Pandie au vieillard.

— Par Jupiter ! que se passe-t-il ici ? demanda l'un des gardes romains, arrivant à grandes enjambées.

— Ils sont avec moi, dit Iole en latin, pointant vers les ciseaux qui pendouillaient à son cou.

— Très bien, dit le garde, mais si vous, les jeunes filles, avez affaire ici, dépêchez-vous.

— Oui, Monsieur ! Nous y allons, dit Alcie.

— Pandie !

Amri criait, tendant ses bras vers elle, pendant qu'Hermès les poussait, lui et Ismailil, vers l'extrémité opposée de la fosse.

— Sois un bon garçon, Amri ! lui lança Pandie, avant de s'adresser à Hermès. Merci, Monsieur !

— Pas de problème. Mon ami et moi avons tout simplement aidé les petits frères à porter leur fardeau, c'est tout, dit Hermès à Pandie, indiquant un autre vieillard, couvert de boue de la tête aux pieds, qui la regardait avec intensité, de l'extrémité opposée.

— Bien, merci, Monsieur, dit Pandie au second vieillard, jetant un coup d'œil sur ses cheveux blancs et son sourire édenté ; ils sont comme mes petits frères. Merci d'avoir pris soin d'eux.

Prométhée, méconnaissable, hocha faiblement la tête vers sa fille.

Pandie agita la main vers les garçons et commença à avancer.

— Elle paraît bien, ne crois-tu pas ? murmura Hermès, marchant sans se presser, avant de poursuivre en rougissant. Un peu plus de viande sur ses os ne lui ferait pas de tort, elle ressemble de plus en plus à sa mère de jour en jour. Bien sûr, elle paraît un peu fatiguée.

— Ouais ! elle… elle est fatiguée, s'étrangla Prométhée.

— Ah ! allez, mon ami, dit Hermès, posant une main ridée sur l'épaule de son ami. Ne t'effondre pas devant moi maintenant. Pas de larmes. Ça va bien. Elle va bien.

Prométhée s'essuya le visage et hocha la tête. Avec un petit sourire à Hermès, il remit sa coquille dans son sac.

Amri remarqua son mouvement, et les yeux grands ouverts, il poussa Ismailil du coude. Ismailil se retourna pour regarder et les frères virent que leur nouvel ami, Théus, avait une coquille exactement comme celle dont Pandie s'était servi pour parler à son père.

Puis Prométhée retourna au travail, tout à fait inconscient que les deux petits garçons le fixaient maintenant très, très intensément.

CHAPITRE 22

Les fours de Jbel Toubkal

— Tout le projet d'Atlas consiste à fabriquer le plus de colonnes possible, aussi rapidement que possible, disait Iole alors qu'elles avançaient péniblement vers un secteur particulièrement chaud de la ville. Il y a donc des fours partout dans la montagne, mais ceux vers lesquels nous nous dirigeons sont les plus gros.

— J'ai entendu dire ce matin, juste avant la fin de mon quart, interrompit Alcie, qu'Atlas avait entrepris l'expansion dans d'autres secteurs de la chaîne de montagnes. Il croit qu'il a assez de colonnes ici, je veux dire, genre, en termes de nombre... pour tenir cette section assez fermement... Désormais, il n'a besoin que d'assurer le remplacement des hommes dans les colonnes.

— Ne sait-il pas qu'il va finir par manquer d'hommes ? demanda Pandie alors qu'elles passaient devant un grand groupe d'hommes minuscules, grillés et usés, qu'on entraînait maintenant au maniement de minuscules épées.

— « Il n'aime pas à penser plus loin qu'aujourd'hui ; il dit que c'est trop de travail. », répondit Iole. C'est une citation originale.

Elles tournèrent le coin d'une longue rangée d'abris de fortune et pénétrèrent dans une grande clairière. Pandie aperçut cinq gros fours, chacun avec une ouverture d'au moins deux mètres de diamètre. Au début, le miroitement de la chaleur masquait toute l'activité, l'intense chaleur donnant l'impression d'un merveilleux bain. Mais bientôt, Pandie se rendit compte qu'elle était en nage. Se déplaçant sur le côté pour éviter le vent que produisaient les feux, Pandie finit par voir ce que l'on y faisait.

De l'autre côté de la clairière, une longue rangée de sections de colonnes cylindriques précuites s'allongeait au-delà des fours. Des gardes obligeaient les hommes à entrer horizontalement, profondément jusqu'à la taille, dans des orifices au centre des sections, puis des esclaves remplissaient les espaces vacants avec de la boue humide. Certains hommes hurlaient et se débattaient de toutes leurs forces, pour finir par se soumettre; d'autres avaient tout simplement le corps avachi, attendant leur sort.

Puis, chaque fois qu'un four était libre, un cylindre était roulé, lentement, par de nombreux esclaves, sur une rampe de bois, puis sur une plateforme, une devant chaque four. Ces plateformes glissaient ensuite sur un support qui était déplacé à l'intérieur du four ou hors du four. Seules l'argile et la boue de chaque section étaient déposées dans le four; les hommes demeuraient à l'extérieur de l'ouverture et, comme chaque cylindre était glissé à l'intérieur, un lourd tissu protecteur était jeté sur l'homme à l'intérieur.

Les feux étaient si chauds qu'il ne fallait que 10 minutes exactement avant que la boue humide soit cuite assez dure pour emprisonner chaque homme.

— Ils font cuire le cylindre, mais pas l'homme, dit Pandie.

— Ils en ont fait une science, continua Iole, tapotant ses ciseaux vers un garde curieux.

— Iole! dit Pandie, alors qu'une pensée la frappa. Pourquoi n'as-tu pas donné l'œil d'Horus à Homère? Peut-être qu'il ne ressentirait aucun effet. Peut-être que ça l'aurait sauvé!

— Oh, bien sûr! Pourquoi n'y avons-nous pas pensé? dit Iole d'un ton sarcastique.

— Je voulais seulement dire… répondit rapidement Pandie.

— Comme si nous savions même ce qui était pour lui arriver quand on nous a conduites ici! Comme si nous n'avions pas été nous-mêmes enchaînées et restreintes dans nos mouvements! Tu n'es certainement pas sérieuse, n'est-ce pas?

— Je suis désolée, Iole, dit Pandie. C'était stupide de même le demander.

— Nous n'aurions pu le faire, c'est évident, dit Alcie. Mais ne crois pas que nous n'y avons pas pensé. Citrons! j'ai même essayé de le glisser autour de son cou quand je suis montée pour le nourrir, mais son cou est si épais que ça ne fait pas le tour. J'ai trouvé un morceau de cuir plus long et j'allais le lui donner, mais ils l'ont exclu de mes rondes hier, donc j'ai juste été capable de le voir de loin.

— Je suis désolée, les filles… c'est idiot.

— Excuses acceptées. Alors, est-ce que ça t'inspire un moyen de le sortir de là ? demanda Iole.

— Hum ! absolument, mentit Pandie.

Sans avertissement, un cri s'éleva.

— Numéro un, terminé ! cria un esclave.

Au niveau du premier four, le tissu noir fut arraché, l'homme dessous haleta. La plate-forme fut roulée de côté, et le cylindre fut transféré sur le sol et poussé au loin. Tout le processus recommença. Les fours furent chargés et déchargés trois autres fois pendant que les filles regardaient.

— Allez, dit finalement Pandie, emmène-moi à Homère.

— Ohhh ! tu as un plan ! Je peux le dire. Iole, elle a un plan ! dit Alcie d'une voix perçante, puis elle fit un énorme bâillement.

— Oh, Alcie ! quand dors-tu ? demanda Pandie.

— Je ne peux dormir, dit Alcie. Pas quand Homère est là-haut. J'essaie, mais je ne peux apaiser mon esprit.

— Ne dis pas un mot, marmonna Iole à Pandie.

Elles se frayèrent lentement un chemin vers le côté opposé du village, passant devant d'autres puits, fosses de malaxage et fours préchauffés. Et partout, des colonnes.

— Regarde ceci, dit Iole, faisant une pause à un moment et pointant vers une colonne et une énorme pièce d'équipement bizarre tout près.

— Qu'est-ce que c'est ? dit Pandie.

— Un GALP, répondit Alcie d'un ton neutre.

— Une autre fois, en grec, s'il te plaît, demanda Pandie.

— Un gros appareil de levage portatif, dit Alcie.

— Nous n'avons aucune idée du vrai nom, dit Iole. Alcie a imaginé le mot GALP parce qu'elle n'est pas intelligente quand elle est fatiguée.

— Je n'ai aucun problème à l'admettre, dit Alcie en haussant les épaules.

Le GALP se faisait rouler en position le long de la colonne. Pendant une seconde, Pandie se souvint des échafaudages qu'elle voyait régulièrement sur les côtés des bâtiments et des temples lorsqu'elle était en Grèce, quand les ouvriers avaient besoin de réparer quelque chose de haut à l'extérieur. Mais ce truc paraissait plus inquiétant. C'était un énorme assemblage de poutres, de planches, de cordes et de roues tournantes ; tout l'appareil dépassait à peine la hauteur de l'homme sur la colonne (rejoignant presque la base des cieux).

— C'est une sorte de poulie, dit Pandie.

— C'est ce que j'ai dit, répondit Alcie. C'est une poulie.

Deux esclaves gravirent en courant deux échelles de bois, puis transférèrent leur poids sur deux cordes suspendues de chaque côté du sommet de chaque colonne.

— Oh ! je comprends… une échelle régulière ne pourrait jamais monter si haut, dit Pandie.

— Bien, elle le pourrait, dit Alcie, mais ce serait difficile à manier.

Pandie la regarda.

— C'est ce que m'a dit Iole.

Une fois rendus au sommet, les esclaves attrapèrent chacun deux crochets de la poulie, qui se balançaient dans les airs tout près, et les fixèrent dans les gorges de la section supérieure.

À un signal, les esclaves assignés aux cordes soulevèrent la section supérieure et la baissèrent au sol. Puis, tout aussi rapidement, la nouvelle section renfermant un nouvel esclave était soulevée jusqu'en haut et déposée en place.

— Levez les bras, esclave! ordonna un garde au sol.

Lentement, l'homme dans la nouvelle section leva les bras, les muscles de son dos se tendant et forçant alors qu'il commençait à lever sa propre petite section des cieux.

— Mais que deviendra l'homme usé? demanda Pandie.

— Regarde, dit Iole.

Avec des pics et des marteaux, deux hommes commencèrent à cogner sur l'argile dure de l'ancienne section jusqu'à ce qu'elle finisse par céder. L'homme usé tomba mollement sur le sol, où on le leva sur ses pieds pour l'emmener au loin.

— Pourquoi sa moitié du bas est-elle tordue et rouge? demanda tranquillement Pandie. Elle n'était pas exposée.

— Tout ce poids... et si haut? dit Iole. Je crois que nous ne saurons jamais à quoi cela peut ressembler. Le soleil et le poids pénètrent, j'en suis certaine.

— Mon Homie est en train de perdre sa peau lisse et soyeuse, dit calmement Alcie.

— Oh! s'il te plaît, marmonna Iole.

— Quoi? Je l'aimerai toujours! dit Alcie.

Pandie n'avait jamais vraiment cessé de penser à son oncle et à la vie qui lui avait été réservée, et qui l'attendait de nouveau si elle réussissait à remettre la Paresse dans la boîte. Elle avait tenu pour acquis que les cieux seraient toujours très, très loin au-dessus de sa tête. C'était tout simplement quelque chose de normal, comme la mauvaise cuisine de Sabine. Elle n'avait pas vraiment imaginé quelle force et quel courage il fallait pour soutenir les cieux, toute la chose, tout seul. Elle leva les yeux : partout autour d'elle, les hommes étaient enfoncés dans les colonnes, leurs bras et leur dos tordus et courbés, cuits et façonnés en de bizarres statues horribles.

Les filles continuèrent à marcher jusqu'à ce qu'elles s'approchent du mur intérieur de la montagne qui montait en pente vers la crête. Un énorme garde s'avança directement sur leur chemin.

— Pourquoi ne travaillez-vous pas toutes les trois ? demanda-t-il.

— Excusez-nous, dit Iole, tapotant ses ciseaux. Enlevez-vous de notre chemin, s'il vous plaît.

— Qu'est-ce que c'est ? Hein ? D'accord, alors vous avez autour du cou une minuscule paire de trucs pour couper, et alors ? Retournez travailler !

— Je vous demande pardon, Monsieur, mais je suis l'assistante des barbiers d'Atlas, et ainsi, je bénéficie de la liberté de traverser tout ce village en paix et en sécurité. Et elles m'accompagnent.

— Je ne sais rien de tout cela.

— Qui êtes-vous... un nouveau ? demanda Alcie.

— Oui.

— Oh ! dit Iole, bien. Je vous conseille vivement de demander à n'importe qui, et tout de suite, si vous le voulez bien.

— Je ne crois pas.

Le garde attrapa Iole par le bras.

— Ce bras a été récemment brisé, Monsieur, dit-elle calmement mais sévèrement, et si vous le brisez à nouveau et que je suis incapable d'accomplir mes devoirs avec satisfaction, c'est Atlas lui-même qui vous brisera.

— D'accord, supposons que ce que vous dites est vrai, dit le garde après un moment, relâchant sa poigne, que faites-vous ici ? Et qui sont ces autres qui vous accompagnent ?

Iole hésita un peu trop longtemps.

•

— Ouais ! C'est ce que je pensais, dit le garde, attrapant à nouveau le bras d'Iole.

— Atlas veut un nouveau look ! laissa échapper Pandie.

Iole et Alcie se retournèrent pour la regarder fixement.

— Un quoi ?

— Ooooui, dit Pandie, se demandant exactement ce qui viendrait ensuite de sa bouche, il est fatigué d'avoir les cheveux noirs et il veut être blond.

— C'eeeest exaaaact, dit Alcie.

— Atlas vous a envoyées pour trouver une nouvelle couleur de cheveux ? demanda le garde.

— Précisément, dit Iole. Après beaucoup de recherche et d'expérimentation, il a décidé que la couleur de cheveux qu'il voulait était exactement la même que celle du jeune de cette colonne.

Elle pointa une colonne à 20 mètres environ plus loin sur la pente. Alcie réajusta rapidement le bras d'Iole vers une différente colonne du même secteur.

— Donc nous devons le ramener… nous devons le faire descendre, dit Pandie.

— Pour que nous puissions faire correspondre la couleur, dit Alcie.

— C'est pour cela qu'elle est ici, dit le garde, hochant la tête vers Iole. Mais vous deux, vous n'avez pas les petits trucs coupants autour de votre cou.

— Nous faisons de la consultation, dit Pandie. J'ai d'abord travaillé au marché de beauté Pot d'argile de Calypso à Athènes. J'étais une experte en couleurs.

— Et moi aussi, dit Alcie.

Pandie surveilla un GALP que l'on déplaçait vers une colonne tout près.

— Ah, parfait! Juste à temps, dit-elle. Iole, pourrais-tu s'il te plaît rediriger cette poulie vers la… colonne… sous laquelle nous avons besoin, euh! d'aller?

— Certainement, dit Iole, s'éloignant en courant.

— Et puisque vous êtes ici, continua Pandie au garde, ce serait très utile si vous pouviez superviser l'opération.

— Je ne sais pas, finit-il par dire, l'air renfrogné. Cela ne semble pas correct. Je dois parler à mon capitaine.

— Bien, je suis certaine qu'il dira la même chose, lui lança Alcie, mais il disparaissait déjà hors de vue d'un pas lourd.

— Prunes sûres! Il va revenir et sera fâché!

Elle tourbillonna vers Pandie.

— Donc, Atlas va teindre ses cheveux ? C'est ça ton grand plan ?

— Je n'avais pas de plan ! cria Pandie, se mettant à courir derrière Iole en direction de la poulie portative.

— Mais je croyais que tu avais un plan ! hurla Alcie, courant pour la rattraper.

— Je n'ai jamais eu de plan !

CHAPITRE 23

Homère tout en haut

Avec Iole qui donnait des instructions au gardien des esclaves, le GALP était presque en position sous la colonne d'Homère.

— Comment allons-nous le sortir de là, hein ? entendit Iole, Alcie s'adressant à Pandie, alors que les deux filles la rattrapaient.

— Je ne sais pas encore, répondit Pandie.

— Elle n'a pas de plan, dit Alcie à Iole avec un petit sourire affecté.

— Je m'en doutais, dit Iole à Pandie.

Alcie ordonna à deux esclaves de l'aider à positionner les deux courtes échelles.

— Nous le ferons descendre et nous verrons ensuite, dit Pandie, ne sachant nullement ce qui se passerait ensuite.

— Allez, dit Alcie à Pandie.

Alcie commença à grimper une échelle, pendant que Pandie suivait dans la seconde.

— Attends! Oh, dieux! cria Alcie alors qu'elle n'était qu'à quelques mètres de haut. Attends…

Alcie fouilla dans son sac pendant un moment, puis en sortit l'œil d'Horus sur une longue chaîne de cuir.

— Je l'ai! cria-t-elle.

Alcie se hâta de nouveau de gravir l'échelle, dépassant Pandie. Après seulement quelques mètres, elles passèrent sur les échelles de corde suspendues au sommet. Aucune des filles ne parla avant d'être rendue à environ 18 mètres de haut. Puis Pandie s'arrêta.

— Alcie!

— Qu'est-ce qui ne va pas? cria Alcie.

— Je… je viens juste de regarder en bas. Je… je… ne peux avancer, dit Pandie.

Ses dents claquaient un peu et ses jointures commençaient à blanchir alors qu'elle agrippait les cordes.

Alcie descendit son échelle de corde et se pencha pour regarder Pandie dans les yeux.

— Regarde-moi, Pandie, regarde-moi! Il t'est déjà arrivé de te trouver aussi haut…

l'Olympe, exact ? La chambre du désespoir en Égypte ?

— Je sais, mais… mais… on dirait que le sol s'est subitement éloigné de moi, dit Pandie, fermant les yeux et balançant quelque peu. Oh, dieux ! tout ce à quoi je peux penser, c'est quand je suis tombée du char d'Apollon.

— D'accord, parfait, ce n'était vraiment pas bien. Mais… mais… tu es ici ! Tu as survécu ! Figues ! Regarde-moi ! Tu peux y arriver. Tu y es arrivée jusqu'ici sans manquer une seule marche, et tu y es presque ! Maintenant, regarde-moi droit dans les yeux… brave fille… maintenant monte une marche, juste une.

— Je ne suis pas capable, murmura Pandie.

— Ne me dis pas ça ! Grenades ! Tu peux tout faire. Je t'ai vue ! Tout. Sauf peut-être trouver un bon plan. Maintenant ; avec moi, une marche.

Pandie posa son pied sur le barreau suivant de l'échelle de corde, pour en redescendre à nouveau rapidement.

— Je ne peux pas.

— Pandie, continue à me regarder. Écoute : Homère est en haut et il compte sur nous. Sur toi. Sur toi, d'accord ? Maintenant, avec moi.

Pandie regarda Alcie et ne détacha pas ses yeux de son visage. Lentement, elle grimpa le barreau suivant.

— Brave fille ! Bon, pensons à quelque chose de vraiment extraordinaire, dit Alcie, grimpant juste un peu plus rapidement, obligeant Pandie à garder le rythme. Comme à quel point Tirésée le jeune va tellllement t'aimer quand nous reviendrons à la maison et qu'il entendra parler de la manière dont tu as sauvé le monde et tout le reste.

— Il est... il a été tttransformé en ffffille, tu te souviens ? dit Pandie, respirant fort.

— Je ne dis pas qu'il n'y aura pas quelques adaptations. Regarde le côté positif ! Comme avec Homie et moi. Il vit totalement... genre, dans une ville différente, mais nous nous écrirons et des trucs du genre...

— Alcie, Tirésée le jeune est une fille ! dit Pandie en grimpant sans vraiment réfléchir.

— ... et nous nous verrons tous les deux durant les festivals... et voilà nous y sommes !

À seulement deux mètres du sommet, Alcie s'arrêta de grimper.

— Pas si mal. Bon, dit-elle, je les ai vus le faire. Tends le bras et attrape les deux crochets les plus proches de toi.

Pandie aperçut les crochets, facilement atteignables, mais elle ferma pourtant les yeux en les attrapant, horrifiée à l'idée de regarder en bas.

— Tu les as ? Demanda Alcie.

— Attends, oui.

— Bien. Maintenant, pose les crochets dans les deux gorges de ton côté. Ne… ne regarde pas en bas ! Regarde-moi si nécessaire. Sont-ils accrochés ?

— Oui, dit Pandie, accrochant la seconde corde.

— Parfait, maintenant attends un moment avant que nous donnions le signal au sol, dit Alcie, grimpant plus haut.

— Salut, Homie, entendit Pandie de la bouche d'Alcie. Pandie est avec moi et nous allons te faire descendre. Pandie… Pandie, monte ici.

Dieux ! pensa Pandie, c'est ainsi que ça allait se terminer. Pas de Héra, pas d'enchantement, pas de magie. Juste une chute d'une échelle de corde.

— Salut, dit-elle, grimpant lentement les derniers quelques échelons de l'échelle de corde pour parvenir à la hauteur d'Homère.

Puis elle retint son souffle.

Le dos d'Homère était presque complètement tordu et sa peau, de la couleur d'une pêche mûre, était pratiquement couverte de minuscules rides.

— Salut, Homère, lui redit-elle.

Mais Homère ne parlait pas, il ne fit même pas un signe démontrant qu'il était conscient qu'elles étaient là. Ses yeux étaient fermés durs, sa bouche était tordue en une terrible grimace. Sa respiration venait en petites rafales. Pandie vit l'obscurité au-dessus de sa tête, d'énormes étoiles encore une fois si proches, et les mains d'Homère pressant contre quelque chose de transparent.

— Bon, Homie, nous allons te soulever hors de ta prison. Voici, prends cela, dit Alcie, déposant l'œil d'Horus autour du cou d'Homère.

Presque immédiatement, Pandie remarqua les yeux et la mâchoire d'Homère qui s'étaient un tout petit peu détendus, même s'il gardait le silence.

— Nous allons donner un signal maintenant, dit Alcie à Homère, tendant le bras pour rapidement caresser sa joue. Donc, quand je te le dis, laisse tomber tes bras et penche la tête. Pandie, maintenant descends un peu l'échelle. Ça va bien aller, Homie.

Comme elles descendaient de plusieurs mètres sur l'échelle de corde, Alcie agita les bras. Le dessus de la poulie avança directement par-dessus la tête d'Homère, les tiges de métal et les roues ne faisant qu'effleurer la base des cieux; lentement les cordes furent tirées bien tendues par-dessus les roues de métal et la section du sommet commença à se soulever.

— D'accord, Homie, laisse tomber! cria Alcie, et Homère baissa les bras et se pencha la tête.

— Arrêtez tout de suite! parvint un cri au loin.

À cet instant, Pandie et Alcie aperçurent le garde, revenant avec son capitaine… et l'un des barbiers.

Il y eut un peu de confusion au sol et les esclaves cessèrent de soulever pendant une seconde.

— J'ai dit: arrêtez! retentit à nouveau le cri, mais les gardes et le barbier étaient encore hors de vue pour ceux qui se trouvaient au sol.

Pandie vit Iole qui courait vers le gardien des esclaves et commençait à parler très rapidement, pressant contre elle ses minuscules ciseaux. Le garde fit signe aux esclaves, qui recommencèrent à soulever la section. La poulie pivotait maintenant vers l'extérieur, faisant pendiller la section à 20 mètres au-dessus du sol.

— Dieux ! ils reviennent ? Devrions-nous essayer de l'amener vers nous ? demanda Alcie, paniquée.

— Non ! Nous ne pouvons le faire, Alcie. Nous ne pouvons atteindre la section, répondit Pandie.

Les esclaves commencèrent à baisser la section au sol pendant qu'Homère pendait mollement contre le bord. Comme il passait devant Alcie et Pandie, il réussit à lever les yeux et à sourire faiblement.

— **Arrêtez ça tout de suite !**

Soudain, la section s'arrêta brusquement comme les gardes arrivaient à la hauteur du groupe d'esclaves. Sans réfléchir, Pandie et Alcie se mirent à descendre aussi rapidement que leurs jambes le leur permettaient jusqu'en bas des échelles de corde, puis elles descendirent à toutes jambes les échelles de bois.

— Qui a donné l'ordre de faire ceci ? demanda un nouveau garde, jeune mais avec les cheveux blancs, au gardien des esclaves.

— Elle, dit le gardien d'esclaves, pointant vers Iole.

— Qui vous en a donné l'autorité ? demanda le garde aux cheveux blancs, s'avançant vers Iole.

— Ceci, dit-elle d'un ton défiant, inconsciente que le barbier se dirigeait vers elle. Nous accomplissons une mission pour Atlas par ordre direct de ses barbiers.

— Quelle est cette mission ? dit le barbier, arrivant à grandes enjambées. Je vous ai donné un ordre, n'est-ce pas ? Quel ordre vous ai-je donné dont je ne peux me souvenir ? Hummm ?

— Euh ! vous m'avez demandé… ne vous souvenez-vous pas ?

On aurait dit qu'Iole allait être malade.

— Il n'est pas prévu de remplacer ce jeune avant ce soir.

Le garde aux cheveux blancs obligeait maintenant Iole à reculer vers la base de la poulie.

— Qu'est-ce qui vous intéresse tant chez lui ?

— Ses cheveux, bafouilla Iole.

— Je ne vous ai rien dit à propos de ses cheveux ou de toute autre chose, espèce de bonne à rien ! hurla le barbier.

— Remettez-le en haut ! hurla le garde aux esclaves. Il doit servir tout son temps !

Comme les esclaves commençaient à exercer une torsion et une traction sur les cordes, manœuvrant la section d'Homère à nouveau pour le redéposer sur les colonnes, Alcie, se tenant dans l'ombre de la colonne, attrapa le bras de Pandie.

— Oh, dieux ! Pandie, que faisons-nous ?

— Nous sommes en train de le faire, répondit doucement Pandie, et elle braqua ses yeux sur l'une des cordes. Au même moment, un mince filet de fumée commença à s'élever comme les fibres individuelles commençaient à se calciner.

— Si je peux simplement en couper une, dit-elle à Alcie, ses iris pâlissant et ses yeux devenant blancs, alors, je crois, il s'abaissera au sol. Les esclaves ne seront pas capables de le retenir.

— Oh, nectarines sucrées !

Alcie regarda tour à tour Homère et les yeux de Pandie.

Le garde aux cheveux blancs était toujours en train d'avancer vers Iole, son épée maintenant tirée.

— Vous êtes une fauteuse de trouble, c'est ce que vous êtes. Je n'ai aucune idée du petit complot que vous et vos amies essayez d'organiser, mais j'ai complète autorité pour m'occuper des fauteurs de trouble quand ils se présentent.

Pop !

Le feu eut raison de la corde, qui claqua, et les esclaves qui la tenaient tombèrent à la renverse. L'un des crochets se libéra et tomba à toute vitesse au sol. Homère empoigna deux cordes aussi fortement qu'il en était capable, empêchant la section de se renverser et de se dégager des trois autres crochets.

Le poids était trop important pour les esclaves retenant les cordes restantes ; ils commencèrent à abaisser Homère.

Iole était maintenant coincée contre la base de la poulie alors que le garde aux cheveux blancs levait son épée. Ses yeux étincelèrent un moment en voyant la corde brisée.

— Est-ce que ça faisait partie du plan, hein ? Vous détruisez les poulies une par une ? Vous travaillez contre Atlas ? Pourquoi ? je me le demande. Peu importe, j'obtiendrai cette information des deux autres. Ai-je votre bénédiction, barbier ? demanda-t-il, sans arrêter de fixer Iole.

— Vous l'avez très certainement. C'est une menteuse… et elle est remplaçable ! hurla le barbier.

Le garde aux cheveux blancs envoya siffler son épée dans les airs en direction de la tête d'Iole. À la toute dernière seconde, Iole plongea inopinément au sol, de sorte que l'épée atteignit directement les cordes. L'épée trancha net une corde, éparpillant les esclaves qui la tenaient et faisant plonger la section d'Homère vers le sol.

Alcie se mit à hurler. Les esclaves hurlèrent. Les gardes hurlèrent et se poussèrent tous hors du chemin ; un garde en poussa un autre sur le barbier qui fut propulsé en hurlant tout droit sous la pièce d'argile cuite en chute. Seule Pandie ne hurla pas. Levant les yeux vers le haut, elle chauffa au point de fusion les deux roues des poulies de métal vrombissantes, qui devinrent visqueuses sans atteindre l'état liquide. Comme elle détachait son regard, le métal collant s'agglutina aux cordes et ralentit la descente de la section, suffisamment pour qu'elle atterrisse, intacte, durement, mais sans encombre.

Tout le monde se mit à fixer Homère (et deux pieds munis de pantoufles persanes qui dépassaient sous l'argile dure). Personne ne bougea pendant une seconde, et ce fut tout ce qu'il fallut pour que la section tombe sur le côté, exposant le barbier (maintenant plat comme une feuille de papyrus) et secouant Homère encore faible comme une poupée de chiffon; elle commença alors à rouler en bas de la pente vers le village.

CHAPITRE 24

La dégringolade d'Homère

Durant sa descente sur la pente, la section de colonne commença à prendre rapidement de la vitesse. D'une certaine manière, elle avait évité toutes les autres colonnes encore debout dans le secteur, ce qui aurait pu la ralentir un peu. Au lieu de cela, en l'absence d'obstacles et avec sa vitesse croissante, tout ce qu'elle frapperait, ainsi qu'Homère, allait être fracassé.

— Dieux ! cria Pandie, regardant la section rebondir dans la pente.

— TangerINES ! hurla Alcie alors qu'elle partait à toute vitesse derrière Homère.

Pandie et Iole profitèrent aussi du désordre autour d'elles et, évitant les gardes abasourdis, coururent derrière Alcie.

Comme elle était beaucoup plus lourde à une extrémité, la section roulait rapidement en décrivant un large arc directement à travers la principale partie du village. Devant les hurlements et l'agitation sur le flanc de la colline, les gens quittèrent leur tâche des yeux, puis se dispersèrent comme des oiseaux alors qu'Homère fonçait droit sur eux.

Assez étrangement, la première pensée qui passa par la tête d'Homère au début de sa descente de la colline, n'était pas à quel point le sol était dur chaque fois que sa tête le frappait, ni combien il était bon de sentir qu'il pouvait à nouveau se servir de ses bras. Une lucidité apparut dans son esprit, maintenant libéré de la nécessité de se détourner de la douleur engendrée par le fait de porter les cieux. Homère ramassa rapidement les échelles de corde flottantes derrière la section, fouettant dans toutes les directions comme des serpents qui attaquent. En tenant les cordes solidement et en décrivant un cercle avec ses bras autour de sa tête, il se fabriqua un cocon protecteur avec la corde, qui se construisait de lui-même à chaque rotation, et qui stabilisait Homère, d'une certaine manière, bien qu'il ne voyait rien d'autre qu'un voile tourbillonnant. Il était certain d'être pris de nausées, mais il se rappela l'œil d'Horus. Puis, il se frappa la tête contre un seau d'eau égaré et perdit conscience.

Les hommes plongèrent dans des fosses de boue, les femmes se cachèrent derrière les fours ou chancelèrent sur le bord des puits, un poulet fit un vol de deux mètres et atterrit sur le casque d'un garde. Un chien se mit à courir après la colonne qui roulait, aboyant furieusement.

Debout près d'un puits, plusieurs gardes essayèrent d'arrêter la section : l'un se retrouva avec un pied mutilé et l'autre perdit deux doigts, mais ce contact fut suffisant pour faire dévier le trajet de l'arc, de telle sorte que la section faillit aboutir dans la fosse de malaxage numéro deux.

Prométhée et Hermès levèrent les yeux de leur travail de malaxage à temps pour voir Homère qui passait en trombe devant eux. Puis, moins de 10 secondes plus tard, Alcie, Pandie et Iole couraient derrière, suivis d'une dizaine de gardes... et de tout le monde dans le village qui avait été témoin du spectacle.

Laissant tomber leurs perches, Prométhée, Hermès, Amri et Ismailil se précipitèrent dans la marée de corps grouillants, tentant de garder un œil sur la colonne roulante et les filles, mais moins de deux secondes plus tard, Prométhée entendit hurler Ismailil. Les garçons étaient trop petits pour tenir le rythme et étaient tombés au sol, se retrouvant en danger d'être piétinés.

— Hermès ! cria Prométhée, sans tenir compte de qui pouvait l'écouter.

Hermès se retourna, vit les garçons au sol et, d'un petit coup de poignet, sépara doucement la foule, formant un chemin étroit mais libre. En peu de temps, ils gagnèrent du terrain, s'approchant d'Iole, puis de Pandie, puis d'Alcie qui courait et hurlait en même temps.

— Nectarines, ôtez-vous de mon chemin ! Homie ! Pommes ! Pommes, bougez ! Fiiiiiigues !

— Iole ! cria Pandie, voyant la foule s'enfuir, regarde où il se dirige.

— Je le vois ! cria Iole. Il va se rompre en morceaux.

L'arc que décrivait la section, qui lui avait permis d'éviter tout dans le village, entraînait maintenant Homère directement contre le bâtiment à l'intérieur duquel était assis Atlas. Dans moins de cinq secondes, Homère s'écraserait tout droit dans l'un des épais murs extérieurs.

— Homie ! hurla Alcie. Nnnnoooon !

La section monta en roulant sur une rampe qui avait été retirée d'un four tout près et fut suspendue en l'air sur les quelques derniers mètres.

Puis, Homère frappa le mur.

Avec une explosion assourdissante, le mur éclata, causant dans un grondement l'effondrement des deux murs attenants. Une large section du toit dans la partie détruite s'écrasa, soulevant des nuages de poussière. Partout, des gens s'étaient mis à hurler, aveuglés et étouffés, tombant les uns par-dessus les autres. Même les gardes, habituellement si sinistres et autoritaires, couraient de terreur ou restaient figés là, bouche bée.

Alcie n'hésita pas ; elle pénétra vivement, tête baissée, dans le brouillard jusque par-dessus les décombres, appelant le nom d'Homère. Pandie et Iole la suivirent dans le chaos, trouvant leur chemin parmi les débris, mais s'arrêtèrent lorsqu'elles arrivèrent près d'Alcie, debout sur un morceau de mur, regardant fixement droit devant.

La section transportant Homère avait fini par s'arrêter. Encore intacte.

Juste aux pieds d'Atlas qui était en train de faire une sieste, mais qui était maintenant bien réveillé.

Et en colère.

CHAPITRE 25

En se balançant

Heureusement, et même si c'était inhabituel, le bâtiment était presque vide. Il n'y avait ni file d'esclaves, ni gardes regroupés attendant sur le côté. Comme ils n'avaient rien à faire, les deux principaux hommes de main d'Atlas s'étaient glissés à l'arrière pour manger quelques feuilles de lotus. L'explosion derrière eux les surprit tellement qu'ils se retournèrent trop vite et se cognèrent la tête l'un contre l'autre, et ils tombèrent dans les pommes. En fait, le seul qui demeurait dans le bâtiment était Atlas lui-même.

Comme personne n'était là pour le pousser doucement, il fut réveillé en sursaut et se sentit légèrement désorienté, ce qui le mettait toujours en colère.

Voyant que l'extrémité opposée du bâtiment avait éclaté, que le toit s'était effondré, et que trois jeunes filles se tenaient debout au-dessus des décombres parmi la poussière tourbillonnante, son premier instinct fut de donner de grands coups de pied ou de s'accrocher à quelque chose de dur et de réel.

Il aperçut la section de la colonne à ses pieds avec un amas de cordes accrochées à une extrémité et leva le pied pour la frapper avec toute la force qu'il pouvait rassembler.

Alcie se mit à crier tandis que Pandie hurlait.

— Vous ne voulez pas faire ça !

Atlas s'arrêta, son pied dans les airs.

— Euh ! je ne crois pas que c'est ce que vous voulez faire ! hurla à nouveau Pandie.

Altlas n'avait pas l'habitude de se faire parler sur un pareil ton. Il pencha son énorme tête d'un côté et regarda fixement Pandie.

— Oui, c'est ce que je veux, finit-il par dire.

C'est à cette seconde même que Pandie se rendit compte qu'elle avait affaire à un gigantesque bébé.

— Non, vous ne voulez vraiment, vraiment pas, dit Pandie.

— Je ne veux pas ?

— Absolument pas.

— Pourquoi pas ?

Pandie s'approcha un peu plus près de son oncle. Elle remarqua immédiatement que, seulement quelques heures après son arrivée dans le village, son poil de nez mutant atteignait maintenant la longueur d'un mètre et demi et était très épais et strié de veines couleur rouille. Elle enleva rapidement son sac de transport en cuir.

— Tiens ceci, dit-elle calmement, le tendant à Iole, et elle descendit des décombres vers Atlas. Euh ! vous ne voulez pas le faire… parce que… ce que vous voulez vraiment faire c'est… c'est… découvrir ce qui vient tout juste d'arriver à votre hutte… votre maison ! Je veux dire, regardez un peu aux alentours. Que signifie tout cela ? Vous l'ignorez, n'est-ce pas ?

— Exact ! dit Atlas. Que s'est-il passé ?

— Pourquoi ne baissez-vous pas votre pied et je vous le dirai ? dit Pandie, une idée lui effleurant l'esprit.

Elle savait que le poil de la Paresse devait être arraché à la racine, et si elle avait seulement la chance de s'approcher suffisamment de son nez pour l'attraper…

Atlas baissa la jambe, mais son gros orteil cogna légèrement la section de colonne. C'était tout ce qu'il fallait pour fracasser l'argile dure.

La section tomba, révélant la moitié inférieure du corps d'Homère. Sa toge était sale et brune, mais ses jambes étaient parfaites.

— Qu'est-ce que c'est ? demanda Atlas, se penchant pour examiner Homère, toujours inconscient sous le cocon de corde. Est-ce lui la cause ?

— Non, dit Pandie, alors qu'elle s'approchait, surveillant le poil de nez qui traînait sur le sol au moment où le géant penchait la tête. Elle commença à essuyer ses mains sur sa toge, les asséchant pour avoir une bonne poigne.

— C'étaient vos… vos… gardes. Ils essayaient de prendre votre place !

Elle était à deux mètres de son visage, encore trop loin pour bondir sur le poil.

— Ils sont en train d'essayer de vous tuer ! cria Alcie derrière elle.

Pandie s'avança d'un autre pas et se trouvait maintenant à distance de frappe. Elle bondit vers l'avant, les mains prêtes à s'accrocher à l'affreux poil épais quand Atlas se leva soudainement sur ses pieds pour la dominer.

— Ils essaient ? Mes gardes sont en train d'essayer de me tuer ? hurla-t-il.

Pandie atterrit en plein sur l'estomac d'Homère, ce qui le fit s'agiter et grogner très légèrement. Elle leva les yeux vers son oncle, se rendant compte qu'il ne paraissait pas si large en position assise, mais qu'en fait il faisait presque 10 mètres de hauteur.

Et alors que Pandie, sous le choc, le regardait fixement, il se mit à augmenter encore de volume. Ses jambes s'étirèrent de plusieurs autres mètres, tout comme ses bras, et son torse s'élargissait dans toutes les directions. Même sa tête augmentait de volume. Quelques secondes plus tard, Atlas avait atteint sa pleine taille en position debout, faisant éclater la partie de toit qui restait, avec presque 18 mètres de haut, à juste un bras de distance de la frontière des cieux.

— Je vois que j'ai besoin d'écraser quelques têtes, dit Atlas. Quelqu'un sera expulsé de la montagne !

— Attendez ! cria Pandie se reprenant. Vous ne savez pas qui sont les responsables !

— Pas important, dit Atlas, commençant à bouger. Le premier que je vois planera en bas de la montagne !

En une enjambée, Atlas franchit le tas de débris du mur pour se retrouver dans la foule. Des milliers de gens, qui n'avaient jamais vu un Titan à pleine hauteur, s'enfuirent dans toutes les directions. Atlas attrapa les deux premiers gardes qu'il rencontra et commença à marcher d'un pas lourd vers la crête la plus proche.

Pandie courut par-dessus les décombres, passant devant Alcie, qui se dirigeait vers Homère.

— Je resterai avec lui, toi et Iole, allez-y !

Pandie et Iole se mirent à courir dans la foule, maintenant moins dense, et pourchassèrent Atlas. En moins d'une minute, elles découvrirent qu'elles étaient presque rendues à sa hauteur.

— Ça n'a aucun sens, dit Iole en haletant, alors qu'elle et Pandie se précipitaient sur le côté pour courir parallèlement à la course du Titan. Il devrait maintenant être à la limite de la montagne.

— Non, haleta Pandie, observant soigneusement son oncle, regarde-le ! Il essaie d'éviter de marcher sur les gens !

— Très grande Athéna, dit Iole.

C'était vrai. Atlas titubait presque sur ses jambes gargantuesques, regardant partout autour de lui et faisant de tous petits pas, dans un effort pour ne piétiner aucun travailleur. Et il présentait ses excuses à chacun.

— Désolé. Pardonnez-moi. Désolé. Je dois tuer quelques gardes. Excusez-moi.

Oooh ! était-ce votre bébé ? Non ? Le bébé va bien ? Parfait. Excusez-moi. Pardonnez-moi s'il vous plaît.

Pandie et Iole s'arrêtèrent un moment pour observer le spectacle, pliées en deux à force de rire aux larmes. Puis, inopinément, Pandie attrapa le bras d'Iole, une image se formant dans sa tête.

— Viens ! cria-t-elle, se précipitant vers l'avant. Je dois arriver au sommet de la crête avant lui.

Pandie et Iole firent une course serrée à travers le village, dont la plus grande partie était maintenant déserte, étant donné que la majorité de la foule était derrière eux et couraient en sens opposé. Les filles n'avaient pas conscience de la présence des deux vieillards qui les suivaient obstinément. La crête la plus proche était en vue, vide de gardes ; ils avaient tous abandonné leur poste au premier signe de trouble dans le village. Pandie et Iole passèrent devant la dernière colonne et entreprirent de gravir la pente. Franchissant la crête, Pandie faillit basculer sur la pente abrupte de l'autre côté, ses bras s'agitant frénétiquement alors qu'elle vacillait au bord. Juste au moment où elle allait culbuter, Iole tendit brusquement son bras et attrapa une poignée de la toge de Pandie, tirant Pandie vers elle et la remettant sur ses pieds.

— Merci, dit Pandie.

— Tout le plaisir était pour moi, répondit Iole. En ce moment, tu n'as probablement pas de plan…

— Chhhut ! Attends, dit Pandie, faisant taire Iole et regardant Atlas qui s'approchait de la crête.

Il atteindrait la crête qui était à seulement 15 mètres de distance, juste passé un gros amas de pierres. Pandie se tourna vers Iole.

— J'ai un plan.

— Naturellement, sourit Iole.

Prométhée dut s'arrêter un moment. Haletant lourdement, il s'appuya sur un four qui était en train de refroidir, maintenant que personne ne s'occupait du feu mourant. Sur ses jambes grêles de vieillard, Hermès arriva à grands pas à côté de lui, parfaitement reposé, sans même un cheveu dérangé.

— Avais-tu besoin de me faire sentir vieux ? N'aurais-tu pas pu seulement me faire paraître vieux ? haleta Prométhée.

— Absolument. Mais où serait le plaisir ?

— Bon… maintenant nous la sauverons, n'est-ce pas?

— Non, dit Hermès.

— Non? Que veux-tu dire, non?

— Je veux dire, mon ami, que si elle se fait tuer, elle se fera tuer. Nous savons tous les deux que le Destin l'a décrété. Pour vraiment l'empêcher de se faire tuer, il aurait fallu intercéder auprès du Destin. Cela veut dire des formulaires en triples copies, des signatures, de la corruption, et faire du pied à Clotho. Si tu vois ce que je veux dire… et je n'en ai pas l'intention.

— Mais tu as promis.

— Je n'ai rien promis.

— Alors pourquoi m'as-tu emmené, Hermès? Tu es un rigolo, mais tu n'es pas cruel.

— Non, je ne le suis pas, dit Hermès, observant calmement Pandie qui était sur le point de tomber en bas du flanc de montagne escarpé, au loin. Je t'ai emmené parce que tu t'es agenouillé devant moi. Tu n'as jamais fait cela pour quiconque ou quoi que ce soit, à moins que ton cœur et ton âme ne soient en jeu. Puisque la capture de ce mal en particulier est maintenant devenue une affaire de famille, j'ai eu l'impression qu'il te fallait voir l'issue par toi-même ; tu dois constater par toi-même ce qui se passera avec ta fille et ton frère. C'est pourquoi je t'ai emmené.

— J'ai toujours l'intention de la sauver si elle en a besoin, dit Prométhée, marchant d'un pas tranquille vers la crête en lançant un regard noir à Hermès.

— Tu peux essayer, mon ami, soupira Hermès pour lui-même, marchant lentement derrière. Tu peux essayer.

Pandie et Iole fusèrent en travers de la crête et se cachèrent derrière deux des plus gros rochers juste au moment où Atlas entreprit de gravir la pente. Comme il ne risquait plus de piétiner personne, il avançait maintenant plus rapidement. Pandie sortit la tête de sa cachette, sachant qu'elle devrait orchestrer ses prochains mouvements à la seconde près.

En une enjambée, Atlas était rendu à la moitié de la pente. Comme il effectuait son pas suivant, il se pencha vers l'avant pour se stabiliser, ramenant sa tête près du sol, juste en bas de la crête. À cette seconde, avant qu'il ne remonte son autre jambe, Pandie jaillit des rochers et s'élança vers l'avant et vers le haut, les bras étendus, visant directement l'énorme poil de nez.

Et en cette même seconde, elle se rendit compte qu'elle allait l'attraper avec ses mains nues. Elle avait déjà été infectée par la Jalousie et par la Vanité en les touchant par erreur. Pourquoi n'avait-elle pas songé à la Paresse ? Qu'est-ce que ça lui ferait ? Et comment pouvait-elle avoir été aussi stupide pour oublier le filet d'adamant ?

Clomp !

Soudain, le poil se retrouva entre ses deux mains et elle était à 15 mètres dans les airs, suspendue et luttant désespérément pour sa vie. De près, le poil était encore plus dégoûtant qu'elle ne l'avait imaginé ; il était rugueux sur toute sa longueur avec ses propres poils gris crépus et dégageait une odeur de bois brûlé.

Atlas sentit une petite secousse sur son précieux poil et baissa les yeux pour voir Pandie qui se balançait d'un côté à l'autre, comme un pendule, devant son corps. Il laissa échapper un énorme grognement à fendre les oreilles et s'arqua le dos, levant les bras en l'air de chaque côté. Il laissa tomber deux gardes inconscients sur la pente et gesticula furieusement pour atteindre Pandie. Mais ses mouvements étaient maladroits, comme ceux d'un petit bébé, et au lieu de chercher à l'attraper, il essayait de la frapper pour qu'elle lâche le poil.

Pandie ne sentait nullement l'effet de la Paresse, mais elle n'avait pas le loisir de se demander pourquoi. Elle rebondissait sur le dos des mains d'Atlas, fouettant l'air de chaque côté de son cou et carambolant sur sa poitrine. Soudain, ses pieds atterrirent sur son corps, et elle choisit ce moment pour s'élever, puis donna une immense secousse sur la racine du poil. Atlas se mit à hurler et balança son torse d'un côté à l'autre. En un pas, il monta sur la crête, sa tête égratignant la base des cieux, ses cris retentissant dans les montagnes environnantes. Pandie, qui s'était littéralement figée plus tôt sur une échelle de corde parce qu'elle avait peur des hauteurs, se balançait maintenant librement au-dessus de la descente à pic de Jbel Toubkal, certaine de trouver la mort à des milliers et des milliers de mètres plus bas.

Prométhée était rendu à mi-pente lorsque son énergie et sa force se tarirent. Il tomba comme

une pierre au sol et demeura étendu là, haletant, juste au moment où Hermès le rejoignait
et s'assoyait à ses côtés, et juste au moment où
Pandie s'élançait sur le poil de nez d'Atlas.

— S'il te plaît, murmura-t-il à Hermès.

— Non, répondit Hermès, regardant
son cher ami avec une petite touche de
sympathie.

— Je… te… déteste, dit Prométhée.

— Tu ne me détestes pas.

— Oui… je te déteste.

— Si je pensais que c'était vrai, je serais
blessé, dit Hermès, en souriant. C'est toi qui
voulais le déguisement d'un vieillard.

— Mais…

— Chut ! mon ami, dit Hermès, regardant Atlas debout sur la crête et Pandie accrochée à son poil de nez, se balançant au-dessus
de la pente escarpée. Il est temps d'observer
ta fille.

Pandie se libéra des mains d'Atlas et atterrit à
nouveau sur l'avant-bras du géant. Plantant
son pied et s'élevant dans les airs, elle tira fort
de côté. Le poil ne bougea pas, ce qui, se
rendit compte Pandie, était une très bonne

chose, parce que, s'il avait cédé, elle aurait fait une chute mortelle en bas de la montagne.

Atlas, voyant que ses tentatives pour se débarrasser de la fille étaient infructueuses, décida finalement de l'empoigner. Pandie vit son bras s'étendre, sa paume massive se tourner vers elle, et elle comprit qu'elle n'avait que deux choix. Soit tenir le poil très fort et se laisser attraper, de sorte que, lorsqu'Atlas l'empoignerait, il arracherait aussi le poil. Ou éviter de se faire tuer en se rendant intouchable. Elle n'avait aucun désir d'être écrasée complètement, et elle savait qu'elle ne pourrait concentrer la chaleur directement sur les mains de son oncle, car il en avait besoin pour soutenir les cieux ; elle concentra donc son pouvoir... sur elle-même.

Elle n'avait aucune idée de si son plan réussirait, mais elle dirigea son pouvoir sur le feu à l'intérieur d'elle-même, et le fit ensuite irradier à l'extérieur, sur sa peau. Comme la main d'Atlas allait la toucher, elle se concentra sur tout ce qu'elle avait, dans le but de faire en sorte que sa peau, et seulement sa peau, soit chaude... très chaude. Tellement chaude que ses sandales commencèrent à fumer et que l'extrémité de sa cape s'enflamma. Comme elle devenait à nouveau complètement sourde, elle examina ses bras : ils luisaient de la radiance du soleil. La main d'Atlas se referma autour d'elle un moment (ce qui éteignit sa cape), puis il grogna à nouveau et rejeta sa main en arrière, une petite cloque se formant sur sa paume. Elle sentit le poil de nez qui commençait à fondre légèrement à l'endroit où elle le touchait, et elle remonta ses mains plus haut pour avoir une meilleure poigne, se concentrant à bloquer la chaleur dans ses mains. Atlas se retourna vivement alors que Pandie plantait ses pieds sur sa poitrine et tira à nouveau. Le poil demeura enfoncé dans sa narine, mais Pandie perdit sa prise de pied et s'écrasa contre la poitrine d'Atlas. Elle brûla la peau du géant, la faisant bouillonner, ce qui fit trébucher Atlas vers l'avant. Il perdit complètement l'équilibre et dégringola devant en roulant de côté, le corps de Pandie fouettant contre le sol, ce qui faillit lui faire lâcher prise.

Puis Atlas perdit pieds devant les quelques derniers mètres, traînant Pandie derrière lui dans la terre.

Il s'écrasa sur la colonne la plus proche, ce qui causa une réaction en chaîne alors que les sections éclataient, retombant sur les autres colonnes tout près. En moins d'une minute, 17 colonnes s'écrasèrent au sol.

Les sections qui frappèrent le corps d'Atlas ne firent que dévier, mais la section supérieure, dans laquelle se trouvait l'esclave, le frappa juste au niveau de son point faible, au milieu du front, l'étourdissant au point qu'il resta étendu sur le sol, très désorienté. Pandie trébucha et percuta son oncle, tout de même consciente qu'Iole descendait la pente vers elle en courant. Elle se hissa avec difficulté sur le torse d'Atlas, ce qui arracha un gémissement de douleur au Titan à chacun de ses mouvements, et elle marcha sur son immense poitrail en forme de baril et son cou épais jusqu'à ce qu'elle se trouve juste sous son menton. Prenant le poil dans ses mains, Pandie prononça immédiatement une courte prière à tous les Olympiens et tira de toutes ses forces. Elle était inconsciente que la chaleur résiduelle de son corps se diffusait à travers le poil jusqu'à sa racine, de sorte que la peau autour commença à s'étirer ; en fait, maintenant qu'elle était si près, tout le visage d'Atlas tournait au rouge betterave et ses pores déjà massifs étaient dilatés par la sueur.

Elle s'était servi de presque toute sa force et commençait à se rendre compte que ce ne serait pas suffisant, quand...

Pop !

Le poil mutant vola du nez d'Atlas comme une pierre hors d'un lance-pierres, fusa devant le visage de Pandie, jaillit de ses mains et se planta dans la terre, à presque cinq mètres de distance.

Immédiatement, Pandie sentit le corps d'Atlas se ramollir et vit sa tête rouler sur un côté. Pandie descendit de la poitrine d'Atlas d'un bond tandis qu'Iole montait en courant, tenant déjà la petite boîte de bois très serré dans sa main.

— Prête ? demanda Pandie.

— Prête, dit Iole.

Les deux filles se ruèrent pour atteindre l'extrémité du poil.

— Bien, tendons d'Achille ! dit Iole lorsqu'elles arrivèrent près de la masse bulbeuse, maintenant couverte de terre.

— Pas étonnant que tu aies eu tant de difficulté à arracher la Paresse.

— Le poil lui-même n'est pas la Paresse, dit Pandie. Je l'ai saisi et... rien. Elle est concentrée : elle se trouve entièrement à la racine.

— Tu as oublié le filet, tu sais, dit Iole.

— Merci, Mademoiselle Évidence !

Le bout du poil avait au moins trois fois l'épaisseur du poil lui-même. Sous la terre, il était gris laiteux et ressemblait à une épaisse corde visqueuse et sale enroulée autour de l'extrémité d'un bâton.

— Ça ressemble aux trucs dont mon papa se sert pour se nettoyer les oreilles, mais en plus gros, dit Pandie.

— Oh, beaucoup trop d'information ! dit Iole.

— Peu importe, dit Pandie. Dégageons-le et mettons-le dans la boîte. Le filet, s'il te plaît.

Iole extirpa le filet d'adamant du sac de Pandie et le lui tendit. Puis Iole glissa l'épingle à cheveux hors du fermoir de la boîte de bois et se prépara à ouvrir le couvercle, pour être prête lorsque Pandie en donnerait l'ordre. Pandie enveloppa sa main droite dans le filet et s'avança vers la masse bulbeuse. Instantanément, la matière grise dégoûtante commença à palpiter comme s'il s'agissait d'un battement de cœur.

— Je ne m'attendais pas à cela, dit Iole.

— Parfait, donc c'est… vivant, dit Pandie. Parfait.

Elle était sur le point de le saisir lorsque la matière visqueuse commença à se dérouler et à se dégager du cheveu.

— Dieux! cria Pandie, reculant. C'est un... c'est un... qu'est-ce que c'est?

Soudain, alors qu'une extrémité tombait au sol, une grande bouche s'ouvrit, révélant de nombreux anneaux de dents grises aiguisées. Puis, aussi rapidement, la bouche se referma.

— Incroyable, dit Iole, la boîte de bois tombant sur un côté. C'est un parasite!

— Quoi?

— C'est tout à fait logique! haleta Iole. La Paresse se nourrissait de ton oncle, lui aspirant sa force et son énergie alors qu'elle s'était logée dans son nez.

— Trop d'information! hurla Pandie.

Le parasite, la Paresse, était maintenant complètement déroulé, s'étirant presque d'un demi-mètre sur le sol. Immédiatement, la créature dégueulasse commença à onduler sur le sol.

— Oh non, tu ne fais pas cela! hurla Pandie, tendant le bras avec le filet, mais le parasite était trop rapide et glissait plus rapidement qu'elle ne pouvait bouger.

Pandie et Iole se mirent à courir, mais le parasite les devançait facilement, et elles furent bientôt hors du secteur des colonnes écrasées et se dirigeaient à nouveau vers le milieu du village. Les ouvriers avaient commencé à revenir depuis les autres parties du village et la Paresse avançait tout droit vers le milieu d'une foule, qui incluait Ismailil et Amri.

— Bougez, les garçons, bougez ! hurla Pandie. Courez !

Toute la foule se dispersa à nouveau, mais le parasite visait Ismailil et serpentait rapidement, gagnant du terrain sur le petit garçon. Pandie savait qu'elle ne pourrait lui envoyer une onde de chaleur ; la paresse risquait de se s'évaporer et de s'évader complètement. Son seul espoir était de la dépasser, mais la Paresse déjouait invariablement les plans de Pandie et se trouvait à une distance de frappe d'Ismailil, fouettant sa queue furieusement, se propulsant vers l'avant.

Juste au moment où la Paresse était en train de dresser son extrémité avant, la bouche largement ouverte, pour attaquer le petit garçon, une perche de malaxage perça l'air dans un sifflement, se logea dans le milieu du corps du parasite, le souleva très haut et le fit retomber sur le sol dans un énorme fracas, épinglant la Paresse dans la terre.

Le parasite tenta de se libérer, se tortillant furieusement, mais Pandie fut alors à sa hauteur, enveloppant ses deux mains dans le filet et saisissant chaque extrémité.

— Je l'ai ! cria-t-elle, sans lever les yeux.

La perche fut rapidement retirée.

— Iole ?

— Juste ici ! dit-elle, ouvrant doucement le fermoir de la boîte.

La Paresse était maintenant enroulée comme un serpent en une boule serrée.

— Au compte de trois : un... deux... trois !

Iole entrebâilla le couvercle juste assez et Pandie lança la Paresse à l'intérieur. Iole ferma le couvercle d'un claquement, baissa le fermoir et glissa l'épingle à cheveux soigneusement en place.

— Très beau travail, dit Pandie à Iole. Je n'ai rien vu d'autre essayer de s'échapper.

— Nous avons pris de la vitesse. Nous devrions commencer à nous chronométrer.

Iole sourit à son tour.

Elles entendirent toutes les deux le léger sifflement alors que la Paresse se dissolvait dans la boîte.

Ce n'est qu'à ce moment que Pandie et Iole levèrent les yeux pour voir qui avait manié la perche de malaxage avec une telle force et une telle adresse. Mais elles n'eurent qu'une vague vision d'une cape sale alors que, qui que ce puisse être, la personne s'évanouissait dans la foule.

CHAPITRE 26

Entretien entre frères

— Tu m'as dit que tu allais aux toilettes ! dit Hermès, traînant Prométhée derrière une hutte de garde déserte, loin de la foule. « Oh ! s'il te plaît mon ami, redonne-moi simplement un peu de ma force pour que je puisse me rendre vite aux toilettes. » C'est ce que tu as dit !

— Je sais, répondit Prométhée. Et je suis allé. Et je n'ai fait qu'aider ma fille. Je ne l'ai pas planifié. C'est arrivé tout simplement.

— Tu as menti.

— Oh, arrête-moi ça, veux-tu ! cria Prométhée, ce qui surprit Hermès. J'ai été sage comme une image — j'ai fait et n'ai pas fait tout ce que tu m'as demandé de faire et de ne pas faire. J'ai tenu ma promesse, je ne lui ai pas fait savoir que j'étais ici, je ne suis pas intervenu dans son plan entre elle et Atlas, comme je l'avais promis. J'ai regardé ma petite fille se balancer à l'extrémité de son poil de nez, risquant de se faire tuer. Je t'ai écouté, avec toi assis juste là près de moi, détendu et cool comme un concombre. Bla bla bla ! Pas une once de préoccupation. Et quand tout a été terminé entre les deux, fini, consommé, j'ai juste démoli un gros… peu importe ce que c'était… avec une perche. Alors enchaîne-moi dans le Tartare maintenant, si tu as l'intention de le faire, car si ce n'est pas le cas, je dois aller parler à mon petit frère.

Prométhée commença à s'éloigner. Après quelques pas, il s'arrêta et se retourna. Hermès le fixait, la bouche ouverte.

— Tu viens ? demanda Prométhée.

Avant que Pandie ait eu le temps de se lever pour suivre la personne vêtue de la cape, Alcie arriva, s'efforçant du mieux qu'elle le pouvait de soutenir un Homère très affaibli.

— Nous l'avons vu ! dit Alcie, faisant asseoir Homère et l'appuyant sur une colonne tout près. Tu vas bien, Homère ?

— Je suis cool, murmura-t-il.

— Nous avons tout vu ! Bien, abricots, presque tout... mais nous étions loin, dit Alcie, debout et serrant Pandie dans ses bras. Dieux ! Pour quelqu'un qui n'aime pas les hauteurs, tu étais pratiquement en train de t'envoler de la montagne !

— Ne me le rappelle pas, d'accord ? dit Pandie.

— Très bien, dit Iole. Et maintenant, que fait-on ?

— Maintenant, dit Pandie, vous, les amis, vous vous occupez des gens et commencez à aider les esclaves libérés des colonnes qui se sont écrasées. Voyez si Atlas n'en a pas blessé d'autres. Je vais...

— Vous n'allez rien faire, ma jolie dame, dit une voix derrière elle.

Soudain, Pandie sentit qu'elle se faisait enchaîner dans des menottes. Le garde brutal lui tenait les bras pendant que le sinistre garde aux cheveux blancs s'avançait pour lui faire face. Derrière lui, des gardes saisirent Alcie et Iole et les enchaînèrent. Presque tous les gardes du village les entouraient en formant un cercle géant.

— Ce sera assez amusant pour moi, ricana le garde aux cheveux blancs. Pour nous tous, à vrai dire. Depuis votre arrivée, nous n'avons que des problèmes. Je n'arrive pas à décider quoi faire avec vous trois. Mais je sais où vous allez finir.

Il regarda vers le ciel.

— Les premières jeunes filles à tenir les cieux. Quel honneur !

Le garde pivota pour faire face à la foule.

— Retournez travailler, tout le monde ! hurla-t-il.

Personne ne bougea.

— M'avez-vous entendu ? hurla-t-il. Vous voulez mourir en même temps que ces trois-là ? Bougez !

Mais personne ne bougea.

Ils regardaient tous la fille aux cheveux bruns avec les poignets fumants.

— Quooooi ? dit doucement le garde.

Pandie avait la tête baissée, les yeux dissimulés. Les serrures sur ses menottes jetaient une lueur rouge clair et fumaient. Pendant qu'elles fondaient et libéraient ses poignets, elle leva les yeux et tout le monde vit ses yeux d'un blanc clair.

— Je ne le crois pas.

Les gardes commencèrent à s'enfuir à l'extrémité opposée du village. Pandie concentra son esprit à surchauffer chaque morceau de métal que les gardes portaient sur eux. Immédiatement, des épées rouge luisant, des lances, des casques, des épingles de cape, des protège-tibias et protège-poignets ainsi que des plastrons s'envolèrent un peu partout. Puis, elle se concentra pour enflammer leurs vêtements extérieurs. Soudain, de larges hommes, hurlants et simplement vêtus de minuscules sous-toges, se ruaient à travers le village pour échapper à la fille enchantée.

Pandie prit une profonde respiration et regarda Alcie et Iole, ses yeux redevenus bruns.

— Tu es tellement cool ! dit Alcie.

— Merci, sourit Pandie. Bon, alors les amis, allez vous occuper des gens…

— Excuse-moi, ô Très cool !

Iole leva ses mains menottées.

— Tu as oublié celles-ci.

— Oh, désolée ! dit Pandie. Où est la clé ?

— Ce n'est pas important, répondit Iole, c'est fondu.

— C'est pas tellement cool, dit Alcie.

Pandie posa son visage entre ses mains.

— Dieux ! grogna-t-elle dans ses paumes. Je ne peux les faire fondre sans te brûler.

— Non, merci ! dit Alcie. Franchement !

— Mais je dois retourner et parler à mon oncle avant qu'il se soit écoulé trop de temps.

— Écoute, soupira Iole, vas-y. Nous pouvons nous arranger avec ceci plus tard. Homère est en train de retrouver sa force et ces chaînes ne sont même pas faites d'adamant. Peut-être qu'il pourra les briser. Vas-y.

— D'accord, je reviens tout de suite. Je l'espère, dit Pandie, se précipitant, et criant par-dessus son épaule. Je suis désolée !

Prométhée demeura debout à côté du visage géant de son frère pendant presque une minute, tapotant doucement le nez d'Atlas avec son pied et observant les poils sur le visage et la tête d'Atlas qui commençaient à raccourcir et à s'amincir, revenant à la normale.

— Mon frère ? dit-il au Titan, toujours inconscient. Mon frère ? Il est temps de te réveiller !

Atlas commença à remuer. Il ouvrit ses larges yeux, essayant d'éclaircir sa vision. Finalement, il aperçut clairement un minuscule vieillard qui lui donnait des coups de pied sur le nez. Comme le front d'Atlas commençait à se froncer, Prométhée se rendit compte de la situation.

— Hermès, il ne sait pas qui je suis. Change-moi de nouveau en moi.

— Rien à faire, mon ami, dit Hermès appuyé contre une colonne en ruines et lançant un morceau d'argile de la taille d'une main dans les airs.

— Je couvrirai ma tête avec mon capuchon, fais-le… jusqu'à que j'aie fini de lui parler.

Hermès regarda Prométhée un moment, puis soupira et donna un petit coup de poignet.

Instantanément, Prométhée se retrouva dans son propre corps. Se couvrant la tête, il regarda sous son capuchon.

— Atlas ? dit-il à nouveau au Titan. Hé ! c'est moi. Mon frère ! C'est Prométhée.

— Héééééé, Prométhée ! dit Atlas, toujours sonné. Qu'est-ce qui se passe ? J'ai mal à la tête !

— Écoute, je n'ai pas le temps de te raconter tous les détails, mais tu dois soutenir à nouveau les cieux.

— Hein ?

Atlas écarquilla ses yeux qu'il braqua vers le haut.

— Oh, wow ! Regarde ça ! Les voilà ! Et il y a de minuscules personnes qui les retiennent en haut. C'est mignon ! Vraiment, vraiment mignon !

— Atlas, dit Prométhée, c'est ton travail. Pas le leur. Tu dois le faire.

— Pas question, dit Atlas, fermant les yeux. J'ai mal à la tête, mais mon dos ne s'est pas senti aussi bien depuis des éternités. S'ils veulent le faire, laissons-les faire ! ·

— Ils ne veulent pas et ils ne peuvent pas le faire. Seul toi le peux. Tu les as obligés et ils se font écraser. Ce sont eux qui portent ta punition !

— Je déééééteste Zeus, gémit Atlas.

— Atlas, sois attentif ! cria Prométhée. Tu as fait un serment ! Tu as promis. Les Titans ont perdu la bataille contre les Olympiens et c'est ton destin !

— Ouuuublie ça, murmura Atlas.

Prométhée baissa la tête, totalement à court de mots. Si son frère ne voulait pas porter les cieux, il n'y avait aucun moyen de l'y forcer. Seul Zeus pouvait intervenir, et alors Zeus découvrirait que Prométhée s'était rendu à Jbel Toubkal et cela provoquerait de gros problèmes...

Soudain, une idée frappa Prométhée.

— Parfait, finit-il par dire. Je pourrais parler de l'honneur… et… de ta responsabilité, de ta parole, et de ce que tu fais pour le monde. Mais je ne le ferai pas.

— Très bien, soupira Atlas.

— Mais je te dirai plutôt ceci…

Il se pencha et murmura dans l'oreille de son frère. Atlas commença à gémir. Puis il écarquilla les yeux. Prométhée continuait pourtant à murmurer. Enfin, Atlas lâcha un cri épouvantable, qu'entendit Pandie alors qu'elle se frayait un chemin à travers les décombres des colonnes.

— Non ! hurla Atlas, s'assoyant et regardant fixement Prométhée.

Prométhée se contenta de hocher la tête solennellement vers son frère.

Atlas se releva.

— Parfait ! cria-t-il, et il repartit vers le village d'un pas pesant, juste comme Pandie contournait une pile de sections de colonnes.

Prométhée jeta un coup d'œil à Hermès et sentit immédiatement qu'il revenait dans le déguisement du vieillard.

— Que s'est-il passé ? demanda Pandie aux deux vieillards. Où est parti Atlas ?

— Il est parti pour reprendre à nouveau son fardeau, dit l'homme édenté.

— Vous plaisantez ! dit Pandie. Je veux dire, c'était facile. L'était-ce ? Que lui avez-vous dit ?

— Je lui ai simplement rappelé son serment de porter les cieux… et que, si sa parole ne signifiait rien, sa noblesse de Titan ne signifiait rien non plus, et l'humanité périrait.

— Et cela a fonctionné ? demanda Pandie, incrédule. Bien, de toute évidence, ça a réussi.

— Bien, c'est ce que n'importe qui aurait dit, répondit le vieillard. C'est ce que vous auriez dit, n'est-ce pas ?

— Euh… ouais ! répondit Pandie. Oui, c'est exactement ce que j'aurais dit.

— Vous êtes mieux de vous hâter si vous voulez le voir faire, dit le vieillard. Vous n'aurez probablement jamais une telle autre chance, heureusement, et c'est plutôt spectaculaire. Euh, au moins, je crois que ce doit l'être. Dépêchez-vous.

— Ouais ! dit Pandie, fixant le vieillard, et trouvant quelque chose de familier dans sa… voix ? Ses… yeux ?

Quoi exactement ? Stupide, songea-t-elle. Ce pourrait être n'importe quoi. Elle ne l'avait jamais rencontré avant ce matin.

— Merci, dit-elle, se dirigeant vers la hutte d'Atlas. Merci encore une fois !

Prométhée regarda sa fille jusqu'à ce qu'elle soit hors de vue, inconscient que Hermès s'était avancé à côté de lui.

— Notre travail ici est terminé, dit le dieu.

— Exact, dit Prométhée, retournons à la maison.

CHAPITRE 27

Le soulèvement et la séparation

Pandie vit Atlas, dont la silhouette imposante dominait le village, debout près de sa hutte détruite et regardant fixement les cieux. Sans le perdre de vue, elle se frayait un chemin à travers une foule désorientée qui se dispersait et constata que de nombreux combats se déroulaient entre des bandes d'anciens esclaves et d'anciens gardes presque nus. Certains étaient en train d'essayer de charger les gardes les plus brutaux dans des fours alors que d'autres leur bloquaient le chemin, affirmant qu'ils ne devraient pas se montrer aussi durs qu'eux. Elle fit mourir instantanément les feux ou les fours allumés qu'elle apercevait sur son chemin. Elle esquiva des morceaux d'argile durcie en chute alors que les gens emboutissaient des colonnes au hasard avec les GALP, et elle s'arrêta pour aider une vieille femme à sortir d'une fosse de malaxage, dans laquelle elle avait été poussée par la foule qui se livrait à des actes séditieux.

Comme Pandie scrutait la foule pour trouver Alcie, Iole et Homère, elle jeta un coup d'œil sur la voie étroite en pente ascendante menant hors du village ; cette voie était maintenant bondée de gens qui se hâtaient de fuir le chaos, la plupart inconscients de ce qui allait se passer.

Les yeux rivés sur son oncle, Pandie l'aperçut en train de se pencher pour faire quelque chose hors de vue au sol. Quelques secondes plus tard, des nuages de poussière remplirent l'air. Comme il se dressait de nouveau de toute sa taille, Pandie le vit soudainement commencer à secouer furieusement ses bras et sa tête d'un côté à l'autre, à la façon des lutteurs de l'Académie des jeunes d'Apollon, qu'elle avait vus en train de se réchauffer avant un match, comme s'il était en train de relâcher ses muscles. Mais la foule prit ces gestes comme un signe de colère et de violence croissante, et devint encore plus déchaînée.

Comme Pandora s'approchait de son oncle en contournant la hutte des barbiers par l'arrière, la foule devint si dense et si incendiaire qu'elle attrapa l'échelle appuyée contre la hutte et se hissa sur le toit. Baissant les yeux, elle vit Ghida, Amri et Ismailil qui se faisaient emporter comme des feuilles sur une rivière sauvage par la foule : Ghida avait de la difficulté à empêcher les deux petits garçons de tomber. Désespérée, Pandie leur lança un cri. C'est Ismailil qui l'entendit et la vit leur faire signe de grimper sur l'échelle. Après que tous les trois l'eurent rejointe sur le toit, Pandie et Ghida remontèrent l'échelle pour que personne d'autre ne puisse l'utiliser. Il n'y avait aucun signe d'Homère, d'Alcie et d'Iole. Pandie scruta le secteur devant son oncle : apparemment, il avait complètement dégagé les deux larges plateformes où reposaient jadis sa hutte et la hutte de cuisine. Des particules de poussière et de débris assombrissaient toujours l'air.

Soudain, Atlas laissa échapper un hurlement terrifiant, et tout le village se figea et devint silencieux. Tous les yeux se levèrent vers le ciel.

Amri commença à gémir, mais Ghida posa son bras autour de lui, et Pandie murmura dans son oreille.

— Ne fais que regarder, d'accord ?

Il réprima un cri, ses yeux agrandis, et hocha la tête vers elle.

Alors que tout le monde regardait la bouche ouverte, la taille d'Atlas augmenta lentement d'un autre 10 mètres, son dos et ses épaules se recourbant contre la base des cieux. Il leva son pied droit qu'il posa résolument sur une plateforme, puis porta son pied gauche sur l'autre, faisant trembler la montagne. Il frotta vigoureusement ses énormes paumes ensemble, les tourna vers le haut et les plaça contre les cieux. Il regarda autour de lui pendant un long moment et soupira. Puis Atlas ferma les yeux et prit une profonde respiration.

Involontairement, Pandie serra le bras de Ghida, observant Atlas, dont tous les muscles se tendaient.

Avec un énorme hurlement, Atlas, dans un mouvement lent, souleva toute la voûte des cieux sur son dos. Comme il redressait ses jambes, son corps augmentant de plusieurs autres mètres, il y eut des craquements horribles se répercutant dans les montagnes les plus éloignées alors que les cieux étaient soulevés de telle sorte que leurs ondulations et leurs courbes anormales étaient aplanies et que le dôme qui couvrait la Terre retrouvait son aspect lisse. Ceux qui avaient déjà atteint le bord de la pente escarpée dans leur fuite commencèrent à hurler, et devant leurs yeux, le vide noir qui encerclait Jbel Toubkal et ses montagnes voisines commença à se soulever, et le terrain en contrebas fut exposé.

En quelques secondes seulement, les hommes sur les colonnes, ceux qui n'avaient pas défailli, hurlaient joyeusement, suppliant qu'on les descende.

— Couvrez-vous les yeux, dit Pandie à Ghida, Ismailil et Amri alors que les cieux reprenaient leur place au-dessus d'eux.

— Pourquoi ? demanda Ismailil.

— Attendez, répondit Pandie, plaçant son bras sur ses yeux pour faire bonne mesure.

— Fermez vos yeux, dit Ghida, ses propres yeux bien fermés.

Les deux garçons fermèrent leurs paupières juste au moment où la lumière du soleil, dégagé de tout ce qui l'obscurcissait, frappa le village à pleine force. Nombre de gens haletèrent de douleur, leurs yeux n'étant habitués qu'à une faible lumière filtrée.

— Quand pourrons-nous les ouvrir ? demanda Amri.

— Attends une seconde et ouvre-les lentement, répondit Pandie.

Quelques moments plus tard, ils plissaient les yeux en se regardant. Baissant les yeux, Pandie vit des gens de toutes les tailles et de toutes les couleurs sauter de joie, renversant les colonnes, riant et se dégageant de leurs chaînes, et courant pour s'embrasser les uns les autres. Subitement, Ghida lança ses bras autour de Pandie.

Pandie la serra très fort dans ses bras, tournant un peu la tête pour lever les yeux vers son oncle.

Ses yeux étaient fermés et il n'y avait aucun mouvement derrière ses paupières, seulement une ride profonde sur son front et une respiration mesurée à travers des dents serrées.

— C'est pour cette raison qu'il a regardé aux alentours si longtemps avant de commencer à soulever, pensa Pandie, son cœur lui faisant soudainement mal pour son oncle. C'était pour se souvenir. Les cieux sont si lourds qu'il ne peut même pas ouvrir les yeux.

— Hé! arriva un cri d'en bas. Ou bien vous descendez, ou nous montons!

Pandie s'écarta de Ghida et jeta un coup d'œil par-dessus le bord du toit. Alcie était là, debout, les mains sur les hanches. Homère les protégeait, elle et Iole, les empêchant d'être écrasées par les gens qui se dépêchaient de récupérer leurs affaires avant de quitter la montagne à vive allure.

— Vous êtes libres ! cria Pandie.

— Homère a retrouvé sa force ! hurla Alcie. Dépêchez-vous avant que les gens commencent à voler nos trucs !

— Gardez votre cape, dit Pandie avec un large sourire. Nous arrivons.

Lorsqu'ils furent tous au sol, Pandie se retrouva au milieu d'une vaste étreinte collective. Soudainement, elle commença à pleurer sans pouvoir s'arrêter sur l'épaule d'Alcie.

— Hé... hé ! Tangerines ! dit doucement Alcie, regardant Pandie droit dans les yeux. Tu as bien réussi.

— Ouais, ouais ! Nous l'avons tous fait, dit Pandie d'une voix nasillarde, en souriant.

CHAPITRE 28

Sur la route

Pendant deux jours, ils marchèrent sur la route à travers les montagnes avec des milliers d'autres anciens esclaves qui retournaient chez eux ; deux journées à parler librement, à raconter des histoires, à faire des arrêts occasionnels pour Homère (même si sa force et son énergie se rechargeaient rapidement à chaque heure), à partager des provisions et à rire beaucoup.

Assise autour d'un grand feu la deuxième nuit, luttant contre les larmes alors qu'elle pensait à quel point Dido adorait la chaleur de son feu dans l'âtre à la maison, espérant que Héra le gardait au chaud, le nourrissait et ne l'attachait pas avec une chaîne ou une corde, Pandie se souvint soudain de la corde magique toujours logée dans la jambe d'Amri. Alors qu'Alcie captivait tout le monde en racontant pour la énième fois comment

Héphaïstos l'avait impulsivement étreinte dans l'armurerie de la *Syracuse*, lui disant qu'elle était sa préférée, Pandie sortit son journal de peau de loup.

— Regarde, dit-elle, le tendant à Ismailil et à Amri. Cher journal…

Immédiatement, les yeux commencèrent à luire et les larges oreilles se dressèrent.

— Bonsoir, Pandora. Ça fait longtemps que nous nous sommes parlé. Qu'as-tu à dire ? commença le journal, puis il vit les visages hébétés d'Ismailil et d'Amri. Oh ! Allo, hum, et qui êtes-vous, tous les deux ?

— Journal, dit Pandie, s'il te plaît, raconte-nous la journée où j'ai eu 13 ans et ce que Sabina m'a préparé pour mon repas spécial du soir.

— Avec plaisir, dit le journal. Oh ! les horreurs…

Comme les deux petits garçons écoutaient attentivement, Pandie marmonna à voix basse.

— Corde, viens vers moi.

Instantanément, elle vit une légère ondulation sous la peau de la jambe d'Amri. Amri se gratta distraitement, mais il continua à écouter le journal. Il y eut un petit mouvement dans la poussière entre Pandie et les garçons, puis soudain la corde, pas plus épaisse qu'un cheveu, s'enroula dans sa paume.

— Un peu plus épaisse.

La corde se dilata jusqu'à une taille maniable, et Pandie la rangea dans son sac. Puis elle prit conscience qu'il lui fallait faire quelque chose d'autre, quelque chose de plus important.

Plus tard cette nuit-là, alors que tout le monde dormait confortablement autour de la braise mourante (Alcie ronflant paisiblement, la tête sur la poitrine d'Homère), Pandie et Iole transférèrent la douleur dans la plus grande boîte. Elles n'avaient pas osé laisser la minuscule femme sortir, mais Iole estimait que la plus petite boîte pouvait tout simplement être insérée dans la plus grande, avec les fers d'adamant et tout le reste.

— Dieux! dit Pandie, tu as raison à propos de tout le reste, alors espérons que tu aies raison à ce sujet. Un, deux… trois!

Elles relevèrent le fermoir, ouvrirent le couvercle de la boîte et glissèrent la plus petite boîte à l'intérieur. Pandie sentit un éclair de peur la traverser lorsque le couvercle refusa de se fermer pendant une fraction de seconde, pour ensuite se poser aisément en place alors

que la plus petite boîte disparaissait à l'intérieur, dans un grésillement.

— Peu importe à quoi il ressemble ou qui
est sa préférée, dit Iole. Héphaïstos est suprê-
mement… cool !

— Que murmurez-vous, vous les deux petits
satyres ? demanda Alcie en se retournant.

— Rien, dit Amri.

— Rien, mon gros morceau de zeste
d'orange ! Parle ! dit Alcie, reculant pour
bousculer le petit garçon en plaisantant.

Ils étaient rendus à une autre fourche,
menant encore à une autre montagne éloignée. À chacune des fourches précédentes,
Ghida s'était arrêtée pour questionner
d'anciens esclaves, dans l'espoir de découvrir
où son mari se trouvait. Une femme lui avait
raconté que, la dernière fois qu'on l'avait vu, il
travaillait dans une fosse de malaxage sur la
montagne maintenant directement à leur
gauche. S'immobilisant en bordure de la route
principale, Ghida regarda Pandie, Iole et
Homère. Elle fixa Alcie qui se bagarrait avec
ses fils, à court de mots et sachant que leurs
routes devaient se séparer ici.

— Nous pensions justement que peut-être que Pandie pourrait venir vivre avec nous, dit Ismailil, souriant et regardant le sol.

— Pandie ? cria Alcie, chatouillant Ismailil. Et moi, hein ? Qui suis-je, chimère hachée ?

— D'accord, d'accord… tu peux venir toi aussi !

Ismailil tomba par terre en riant.

— Les garçons, du calme ! Il est temps de dire au revoir.

— Non !

Amri saisit la main de Pandie et la cape d'Homère.

— Chut, maintenant ! dit doucement Ghida.

— Vous êtes certaine que vous voulez monter là-bas ? demanda Pandie.

— Si mon mari est vivant, je le trouverai. Je crois qu'il l'est, dit Ghida, et elle pointa son cœur. Ici.

— Nous comprenons ce que vous ressentez, dit Iole.

Alcie, Iole et Homère serrèrent très fort les petits garçons dans leurs bras, puis Pandie s'agenouilla et leur parla à tous les deux.

— D'accord ; les garçons, soyez gentils et aidez votre mère, dit-elle.

— D'ac ! dit Ismailil.

— Vas-tu revenir ? demanda Amri.

— Je ne crois pas que je...

— Est-ce qu'on te reverra ? demanda Ismailil, sa lèvre supérieure tremblante.

Pandie réfléchit un moment.

— Ouais, vous me reverrez, dit-elle.

— Promis ? demanda Amri.

— Promis. Je ne sais pas quand, mais à un moment donné... je le ferai.

— Oh ! Oh ! dit soudainement Amri en poussant un cri perçant. Ismailil, dis-lui ! Oh ! Nous avons vu quelque chose, Pandie. Tu te souviens, Ismailil ? Le vieillard avait le même truc... il était pareil au tien, Pandie.

Soudain, une pomme de pin frappa Pandie juste entre les yeux.

— Ouche !

— Mère, regarde ! cria Amri, instantanément distrait.

Tout le monde se tourna pour voir une centaine d'écureuils gris couvrant un amas de rochers tout près, le plus gros d'entre eux se tenant au centre sur son arrière-train, avec une autre pomme de pin dans ses petites griffes.

— C'est l'écureuil d'attaque de Dionysos ? demanda Iole.

— Ouais ! dit Pandie.

Tous en même temps, la troupe d'écureuils salua Pandie de la patte droite et commença à se déplacer en formation le long du chemin que Ghida était sur le point d'emprunter. Pandie sourit.

— Devinez quoi, les amis ? Je pense que vous aurez une escorte ! Peut-être qu'ils vous aideront à trouver de la nourriture et qu'ils vous réchaufferont la nuit !

— La couverture de fourrure ? demanda Ismailil.

— Peut-être... j'espère que oui. Vous êtes mieux de vous dépêcher ! dit Pandie, en se levant.

— Au revoir, Pandie, dit Ghida. Merci d'avoir pris soin de mes enfants. À vous tous... merci.

— Au revoir, répondit Pandie avec une dernière étreinte.

Pandie et ses amis observèrent le trio qui se dirigeait vers la montagne, leur faisant signe jusqu'à ce qu'ils soient presque hors de vue, puis ils réintégrèrent la file mouvante.

Alors que la nuit tombait, Pandie se rendit compte qu'elle reconnaissait le tronçon de route particulier où ils étaient comme étant l'endroit exact où elle et les garçons avaient été capturés. Comme ils n'étaient plus enchaînés et n'avaient plus à ramper, la cadence de leur marche était adéquate, mais Pandie était toujours inquiète.

— Combien de temps devons-nous marcher avant d'atteindre la mer ? demanda Alcie, lisant presque dans les pensées de Pandie.

— Nous devrions atteindre la rive dans deux semaines, dit calmement Homère. Il n'y a rien pour nous ralentir.

— Oh, Homie ! tu as vraiment l'air bien, dit doucement Alcie, lui massant les doigts. Tu es certain que tu ne ressens pas d'effets résiduels ?

— Je ne sais pas comment ça se fait, mais, genre, non, dit-il.

— Fan-tas-tique ! dit Alcie.

— Donc, où allons-nous ensuite ? demanda Iole après un moment.

— Ouais ! il est à peu près temps de le découvrir, soupira Pandie, prenant sa carte-bol de son sac.

Deux minutes plus tard, après avoir ajouté quelques larmes de son ampoule de verre et attendu que les anneaux extérieurs du bol finissent par s'aligner, Pandie tint le bol dans les airs pour que tout le monde voie les symboles brillamment éclairés.

— Mont Pélion, dit Iole. C'est en Thessalie.

— La Concupiscence, dit Alcie.

— Et il nous reste 129 jours, dit Pandie.

Deux semaines plus tard, ils franchirent tous la crête de la même dune de sable brun où Alcie, Iole et Homère avaient été faits prisonniers des semaines auparavant. Des dizaines de bateaux étaient chargés alors qu'ils gisaient sur la plage, d'autres attendaient dans l'eau leur tour pour accoster.

— Que diable… ? cria Alcie. Comment savaient-ils ?

— Je présume que, lorsque les cieux ont repris leur place, dit Iole, les familles, les villes et les pays plus riches ont probablement envoyé des bateaux pour rapatrier leurs citoyens.

À la vue des passerelles d'embarquement et des échelles de corde fourmillant de gens, ils surent qu'Iole disait vrai.

— En route pour la Syrie ! La Syrie est de ce côté ! cria un marin, dirigeant les passagers.

— La Décapole en direction de la Samarie !

— Asie mineure ! Départ dans cinq minutes pour l'Asie mineure !

— La Germanie avec une halte en Macédoine, juste ici !

— Embarquement immédiat pour Capharéus, Skyros, Thessalie, Samothrace, et vers les destinations du nord !

— C'est pour nous, dit Pandie, regardant le bateau massif un peu plus loin sur la plage. Allons-y.

Mais comme ils montaient sur la passerelle d'embarquement, Pandie entendit un autre cri plus loin.

— Crète, Délos et Athènes ! Crète, Délos et Athènes ! Tous à bord pour le sud de la Grèce ! À bord !

Pandie s'arrêta, clouée sur place à mi-chemin sur la passerelle, empêchant Alcie, Iole et Homère d'avancer, fixant le magnifique bateau grec avec des voiles blanches immaculées. Comme les gens derrière commençaient à pousser et à crier, Pandie regarda Iole, une vague de mal du pays l'envahissant.

— Je veux rentrer à la maison, murmura-t-elle à Iole, des larmes commençant à couler sur ses joues. Je veux rentrer à la maison.

— Je sais, murmura Iole en retour. Je sais, Pandie. Et nous le ferons.

Elle saisit la main de Pandie et la poussa doucement sur le bateau à destination de la Tessalie et du mont Pélion. Pandie se tint sur le pont avec Iole et Alcie pendant qu'Homère leur trouvait des couchettes en bas et que les hommes autour d'eux se préparaient à prendre la mer.

— Tu sais, si nous regardions la carte immédiatement, le compte de jours serait 115, dit doucement Pandie, observant les marins sur le bateau en route pour la Grèce qui remontaient ses cordes, ses rameurs qui le guidaient dans le détroit et ses voiles que le vent gonflait.

— On a amplement de temps, dit Iole.

— Vraiment ? dit Pandie, une touche d'alarme dans sa voix. Vraiment ?

— Vraiment, dit Iole, glissant son bras autour de la taille de Pandie, pour découvrir que le bras d'Alcie s'y trouvait déjà.

— Nous sommes bonnes, Pandie, dit Alcie, les trois amies contemplant la terre désolée qu'ils venaient tout juste de quitter, alors que le bateau s'éloignait de la rive.

— Nous sommes bonnes.

ÉPILOGUE... LE PREMIER

Prométhée s'effondra sur le géant coussin de plancher, essayant d'éviter le regard d'Hermès sans avoir vraiment l'*air* de l'éviter.

— Très bien, mon ami, dit-il d'un ton décontracté, merci beaucoup.

— Bienvenue, dit calmement Hermès, debout les bras pliés, les ailes de son casque doré frôlant à nouveau le plafond.

— Donc, je vais aller voir ce que fait Xander. Voir si tout va bien avec Sabine.

— Bonne idée.

— Tu sais, je ne veux pas te retenir de...

Hermès demeurait silencieux.

— ... quoi que tu aies besoin... de... faire.

— Tu crois vraiment que je vais partir ? demanda Hermès.

— Euh, bien...

— Tu crois vraiment que je quitterai cette maison sans que tu ne m'aies raconté ?

— Te raconter quoi ?

Prométhée se leva et essaya de regarder nonchalamment par la fenêtre.

— Tu fais juste commencer à te montrer évasif avec moi, mon ami, et je te transforme en vieillard, *permanento*!

— Euh...

— *Qu'as-tu dit à ton frère pour qu'il reprenne sa tâche de soutenir les cieux?*

— Oh! ça.

— Hééé! D'accord. Je sais que toutes tes âneries à propos de la responsabilité, de l'honneur et de l'intégrité n'ont pas été bien efficaces, dooonnc... était-ce sordide et sanglant? Lui as-tu dit que tu le combattrais jusqu'à ce qu'il soit inconscient?

— Non.

— Lui as-tu dit que Zeus l'enchaînerait avec le reste de ta famille en Tartare?

— Pas exactement.

— Que tu lui couperais les bras?

— Hermès!

— Alors quoi?

— Je lui ai juste dit...

— Oui? dit Hermès avec impatience.

— ... que notre mère, Clymène...

— Oui, oui?

— ... et Atlas a toujours été son préféré, remarque.

— Oui, exact...

— ... serait très déçue de lui, et...

— Et ?

— … qu'elle ne l'aimerait plus comme son fils favori.

La mâchoire d'Hermès tomba. Après une bonne minute pendant laquelle les deux amis ne firent que se regarder fixement, Hermès éclata de rire, imité par Prométhée. Les deux devinrent rapidement hystériques.

— Ça va, ça va… la meilleure part ? s'étouffa Prométhée.

— Raconte-moi !

— La partie à propos de notre mère ?

— Ouais ?

— C'est vrai ! Il est son préféré !

— Oh ! arrête… arrête !

Les deux riaient si fort qu'Hermès crut qu'il s'était étiré un muscle quelque part et que Prométhée s'effondra sur sa table de bois.

— Oh ! vous autres, les Titans, dit Hermès d'une voix rauque. Mon vieux ! Toute ta famille, c'est quelque chose !

ÉPILOGUE... LE DEUXIÈME

Héra s'avança d'un pas pesant le long du sentier à travers le magnifique jardin qui menait à l'atelier d'Éole, les plis tourbillonnants de ses robes bleues frappant les bourgeons de roses, d'iris et de lis rares. Comme elle tournait rapidement un coin, la manche droite accrocha toute une rangée de superbes hortensias blancs.

Elle ne le remarqua même pas.

Elle s'approcha de la massive porte de bois, qu'elle franchit sans se préoccuper de cogner pour s'annoncer.

— D'accord, voici l'entente ! cria-t-elle furieusement à la silhouette solitaire aux cheveux blancs qui regardait fixement à l'extérieur des énormes fenêtres à l'opposé de la pièce. Cette fois-ci, j'ai besoin d'un vent qui fera...

— ... qui fera quoi, très chère ? dit la silhouette en se retournant.

Héra s'arrêta net.

— *Zeus* ! Je veux dire... Zeus. Mon époux. L'amour de ma vie... pourquoi es-tu... ?

— Ici, ma douce colombe ?

— Oui, lumière de mes matins. Et pourquoi es-tu vêtu de la sorte ?

Effectivement, Zeus arborait un court et étrange vêtement sans manches par-dessus sa toge, qui semblait muni de plusieurs poches extérieures. Celles-ci étaient remplies de petits crochets de métal de différentes formes et de minuscules poissons, le tout dégageant une odeur désagréable. Il tenait aussi deux longues perches, chacune avec une corde de cuir encore plus longue attachée à une extrémité.

— Tu vois, mon précieux petit veau, j'ai décidé de prendre de petites vacances, et qui d'autre emmener avec moi durant mes vacances que mon cher ami Éole ?

Au même moment, Éole s'avança dans l'atelier, habillé presque exactement comme Zeus, transportant deux chapeaux de paille et une outre à vin démesurément grande.

— Maintenant ceci devrait fonctionner… j'ai rempli l'outre extérieure avec de la glace pour que le vin reste bon et frais.

Il aperçut Héra debout près des tables de travail.

— Ohhh, salut !

Sa voix tomba de deux octaves.

— Éole.

Héra lui souhaita froidement la bienvenue.

— Ah, bien! Un chapeau! Pardonne-moi, mon adorée agnelle suralimentée, dit Zeus, contournant Héra, prenant des mains d'Éole un chapeau qu'il posa en biais de manière guillerette sur sa tête. Et voici ta perche, mon ami, et... bon, je crois que tout est prêt, n'est-ce pas? Oh! sauf que Héra voulait quelque chose de toi... qu'est-ce que c'était, très chère? Oh! oui... un vent! Tu voulais un vent. Bien, tu es venu au bon endroit. Quelle sorte de vent et pourquoi?

Les lèvres de Héra remuèrent légèrement, ses dents grinçant ensemble dans sa bouche alors qu'elle s'efforçait de trouver quelque chose à dire.

— Je viens juste de découvrir un charmant parfum en provenance de Thrace... oui, Thrace, et... et je veux un doux vent soufflant constamment sur mon cou pour que son odeur se répande et chatouille les sens de ceux qui m'entourent.

— Bien, mon énorme gâteau d'avoine, bien que j'adorerais poser quelque chose autour de ton cou, ta requête ne me semble pas trop urgente et je n'ai pas de doute que cela peut attendre jusqu'à notre retour. N'es-tu pas d'accord?

— Oui, mon seul et unique amour, dit Héra, d'une voix basse.

— Excellent! cria Zeus, poussant Éole à travers la porte de bois de l'atelier. Tu viens, mon grand verre de nectar mousseux?

Héra se hâta de rejoindre les deux immortels qui attendaient déjà sur le chemin à l'extérieur.

— Oups! j'ai presque oublié… je ne veux pas tenter les voleurs, dit Zeus.

Après un battement de ses paupières, une barre géante d'adamant glissa correctement en place en travers de la porte, condamnant l'entrée de l'extérieur.

— Mon adorée, dit Zeus, embrassant son épouse sur la joue, je te verrai quand je te verrai. Amuse-toi et essaie de ne pas t'attirer des ennuis. Je t'aime! Viens, Éole!

Sans même un regard vers l'arrière en direction de Héra, Zeus et Éole s'éloignèrent à grandes enjambées sur le chemin.

Ce n'est que lorsque Héra, dans un état de totale confusion et de défaite, se retourna pour vérifier la porte qu'elle vit l'affiche : de l'encre bleu indigo sur un large morceau de parchemin blanc.

PARTI À LA PÊCHE!

ÉPILOGUE… LE TROISIÈME

— Tu es certain que tu ne veux pas que nous attendions ici? Nous en serions heureux, tu sais.

— Non. Merci, mais tout ira bien pour moi.

Prométhée se détourna de Bellérophon et regarda fixement au loin, derrière Pégase qui insérait son nez rose dans un four froid, et au-delà des ruines du village, au sommet de Jbel Toubkal.

— Va voltiger dans les alentours pour un moment, va chercher un peu d'avoine pour Pégase, trouve une belle fille pour bavarder.

— Il est peu probable que je puisse trouver tout cela dans les environs. Quand veux-tu que nous revenions? demanda Bellérophon.

— Bien, il mérite de recevoir certaines réponses, dit Prométhée, hochant la tête vers Atlas, à distance derrière eux. Il y a beaucoup de choses qu'il doit savoir. Et je dois procéder délicatement. J'y arriverai en quelques heures.

— Parfait. Nous serons de retour dans deux heures.

— Merci encore une fois de m'avoir emmené, mon ami, dit Prométhée.

— Pas de problème. De toute façon, c'était une journée languissante, n'est-ce pas Pégase ? cria Bellérophon.

Pégase acquiesça d'un hochement de tête et s'avança vers son maître, à moitié volant, à moitié caracolant. Bellérophon attrapa rapidement la bride incrustée de joyaux et s'élança sur le dos du cheval, particulièrement attentif à ne pas heurter ses ailes.

— Au revoir ! dit Bellérophon.

— Au revoir, répondit Prométhée, donnant une rapide petite tape sur la joue de Pégase avant que le cheval s'envole dans les cieux au-dessus de la crête montagneuse.

Prométhée se fit un chemin à travers l'immense quantité de décombres. Les esclaves libérés avaient presque tout détruit lors de leur violent et rageur exode du village. Puis, il se tint aux pieds de son frère.

— Hé, mon frère ! cria-t-il. C'est moi, Prométhée. Je monte. Ne sois pas nerveux quand je commencerai à parler dans ton oreille. Je ne suis pas un oiseau qui veut s'y nicher. Ne m'écrase pas ! Je répète, ne m'écrase pas !

Avec le bout de son doigt, Prométhée commença à réchauffer l'air directement sous son postérieur. Lentement, comme l'air devenait plus léger, Prométhée se mit à s'élever sur une colonne invisible et surchauffée.

— Je m'approche ! cria-t-il à Atlas, à mi-chemin.

— Presque rendu... presque... et...

Il s'arrêta tout près de l'oreille de son frère.

— Salut.

Atlas laissa échapper un énorme soupir à travers ses dents.

— D'accord ; je parlerai, tu te contentes d'écouter, dit Prométhée.

Atlas fit le plus léger grognement inimaginable.

— Tout d'abord, Maman veut que je te dise qu'elle t'aime et qu'elle est très fière de toi. Elle comprend... nous le comprenons tous... que tu n'avais absolument aucun contrôle sur tes actions et tu es vraiment irréprochable. Tu comprends ? D'accord. Maintenant...

Prométhée respira profondément, se rendant soudainement compte qu'il ne savait par où commencer. Il se concentra à réchauffer la colonne d'air pendant qu'il essayait de trouver les bons mots.

— Donc… donc tu te demandes probablement ce qui, au nom d'Hadès, s'est passé dans les environs depuis les dernières semaines, n'est-ce pas? Exact. Bien. Mon frère, cela a en fait tout commencé il y a un moment, avec ta nièce, Pandora. Pandie, c'est ainsi qu'elle aime qu'on l'appelle. Et tu l'as déjà rencontrée. Tu… tu ne savais tout simplement pas alors que c'était elle. Bon, laisse-moi revenir au commencement. Donc, tu te souviens de mon vol du feu et du gros aigle qui mangeait mon foie? Bien, il y avait aussi cette boîte… et… et maintenant, il y a une quête…

Prométhée commença à rire malgré lui. Il regarda autour de lui, au-delà du sommet des montagnes, vers le soleil qui entamait sa descente sous l'horizon.

— Oh, cher frère! Attends que je te parle de ma fille!

Glossaire

Noms et descriptions des dieux, demi-dieux, et autres immortels, lieux, objets et personnages fictifs intégraux apparaissant dans ces pages. Les définitions dérivent de trois sources principales : 1) *Mythology : Timeless Tales of Gods and Heroes* d'Edith Hamilton ; 2) Webster's Online Dictionary, dont plusieurs définitions sont puisées dans Wikipedia, l'encyclopédie libre (d'autres sources sont aussi indiquées sur ce site Internet) ; 3) le propre cerveau de l'auteur.

Atlas : l'un des Titans originaux, et dans certains mythes, le frère de Prométhée. Zeus a condamné Atlas à porter pour toujours la voûte écrasante des cieux sur ses épaules. (Souvent on le décrit comme devant aussi porter la Terre, mais c'est tout simplement illogique. Je veux dire, où se tiendrait-il ? Hum ?)

Espania : un terme archaïque (ou ancien) désignant l'Espagne.

Fenugrec : une herbe annuelle du sud de l'Europe et de l'Asie de l'Est, arborant des fleurs blanc cassé et des semences aromatiques employées à des fins médicinales et dans la composition du cari.

Hiéron II : souverain (et tyran) de *Syracuse* de 270 à 215 av. J.-C.

Îles Baléares : un groupe d'îles dans la mer Méditerranée occidentale, près de la côte de l'Espagne.

Jbel Toubkal : s'écrit parfois Jebel Toubkal. À 4 167 mètres, c'est le sommet le plus élevé des montagnes de l'Atlas situé en Afrique du Nord.

Mauritanie : une province romaine sur la côte Méditerranéenne de l'Afrique du Nord, où se trouve maintenant l'Algérie, à l'est du Maroc.

Orme rouge : un orme avec une écorce intérieure de bois dur, qui peut être broyée en une pâte riche en nutriments. L'écorce contient aussi un mucilage employé comme remède pour les maux de gorge et dans les cataplasmes.

Parasite : un animal ou une plante qui vit dans ou sur un hôte (un autre animal ou une plante) ; le parasite obtient sa nourriture de son hôte, aux dépens de celui-ci, lui portant préjudice mais sans le détruire.

Somnus : le dieu romain du Sommeil. Le nom grec pour le même dieu est Hypnos.

Styx : une rivière dans les Enfers où Charon transportait les âmes des morts.

Remerciements

Merci à Harriet Shapiro, Ph.D., Marcia Wallace, Scott Hennesy, Antoinette Spolar-Levine, Phyllis Kramer, Deb Shapiro, Tom Stacey, Rosemary Rossi, Simon Lewis, Debbie O'Connor, Michy and the Cool-ettes et Dominic Friesen.

Un merci très spécial à Elizabeth Schonhorst, Caroline Abbey, Minnie, Josie, Rosie et Sara.

De la même série :

Tome 1

Tome 2

Pour obtenir une copie de notre catalogue :

Éditions AdA Inc.
1385, boul. Lionel-Boulet, Varennes, Québec, J3X 1P7
Téléphone : (450) 929-0296, Télécopieur : (450) 929-0220
info@ada-inc.com
www.ada-inc.com

Pour l'Europe :
France : D.G. Diffusion Tél.: 05.61.00.09.99
Belgique : D.G. Diffusion Tél.: 05.61.00.09.99
Suisse : Transat Tél.: 23.42.77.40

www.ada-inc.com
info@ada-inc.com